Rotenbürg an der Taüber.

UWE KLAUSNER

Engel der Rache

TODESENGEL Rothenburg ob der Tauber im Jahre 1418. Geheimnisvolle Vorfälle halten die Freie Reichsstadt in Atem. Am Anfang steht der Selbstmord einer 14-jährigen Färbertochter, deren eilig bestatteter Leichnam auf rätselhafte Weise verschwindet. Kurze Zeit später schlägt der Leichendieb erneut zu, dieses Mal in der Franziskanerkirche. Dort ist Egberta Tuchscherer aufgebahrt, Spross eines alteingesessenen Patriziergeschlechts. Auch dieser Leichnam verschwindet spurlos. Als dann auch noch die lebenslustige, junge Frau des Baders tot aufgefunden wird, macht sich große Angst breit. Ein Glück für Bruder Alban, graue Eminenz des örtlichen Franziskanerkonvents, dass er genau im richtigen Moment Besuch erhält. Handelt es sich dabei doch um keinen Geringeren als Bruder Hilpert, Bibliothekarius des Klosters Maulbronn und über die Mauern der altehrwürdigen Reichsstadt hinaus bekannter Meisterdetektiv. Mit von der Partie ist dessen Freund Berengar von Gamburg. Konfrontiert mit der Bitte seines Gastgebers, den mysteriösen Leichendiebstahl in der Franziskanerkirche aufzuklären, beginnt Hilpert mit den Ermittlungen …

Foto © Braune

Uwe Klausner, Jahrgang 1956, studierte Geschichte und Anglistik in Heidelberg. Heute lebt er in Bad Mergentheim. 2007 startete er im Gmeiner-Verlag seine überaus erfolgreiche historische Romanserie um den Zisterziensermönch Hilpert von Maulbronn. »Engel der Rache« ist bereits der fünfte Fall für den Detektiv im Mönchsgewand. Im Frühjahr 2009 erschien zudem mit »Walhalla-Code« sein erster Roman in der zeitgenössischen Krimireihe des Verlags.

Bisherige Veröffentlichungen im Gmeiner-Verlag:
Kennedy-Syndrom (2011)
Bernstein-Connection (2011)
Die Bräute des Satans (2010)
Odessa-Komplott (2010)
Pilger des Zorns (2009)
Walhalla-Code (2009)
Die Kiliansverschwörung (2008)
Die Pforten der Hölle (2007)

UWE KLAUSNER

Engel der Rache

Bruder Hilperts fünfter Fall

Original

GMEINER

Besuchen Sie uns im Internet:
www.gmeiner-verlag.de

Im Ehnried 5, 88605 Meßkirch
Telefon 07575/2095-0
info@gmeiner-verlag.de

1. Auflage 2012

Lektorat: Claudia Senghaas, Kirchardt
Herstellung: Julia Franze
Umschlaggestaltung: U.O.R.G. Lutz Eberle, Stuttgart
unter Verwendung des Bildes »Porträt einer Frau« von
Rogier van der Weyden; http://commons.wikimedia.org/wiki/File:Rogier_van_der_Weyden_029.jpg?uselang=de
Kartendesign: Ingenieurbüro Schwegler, Vogelherd 8, 74937 Spechbach
Druck: Bercker Graphischer Betrieb GmbH & Co. KG, Kevelaer
Printed in Germany
ISBN 978-3-8392-1267-7

Rothenburg ob der Tauber, Anno Domini 1418

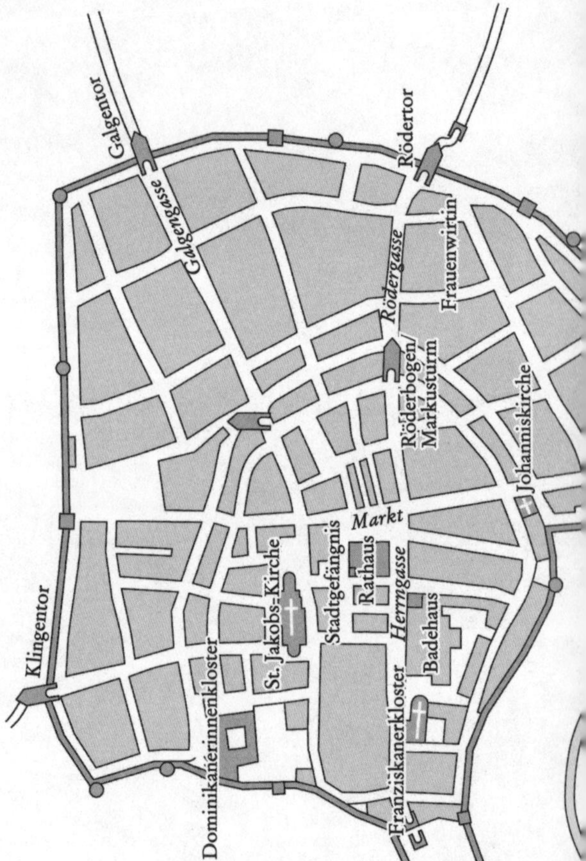

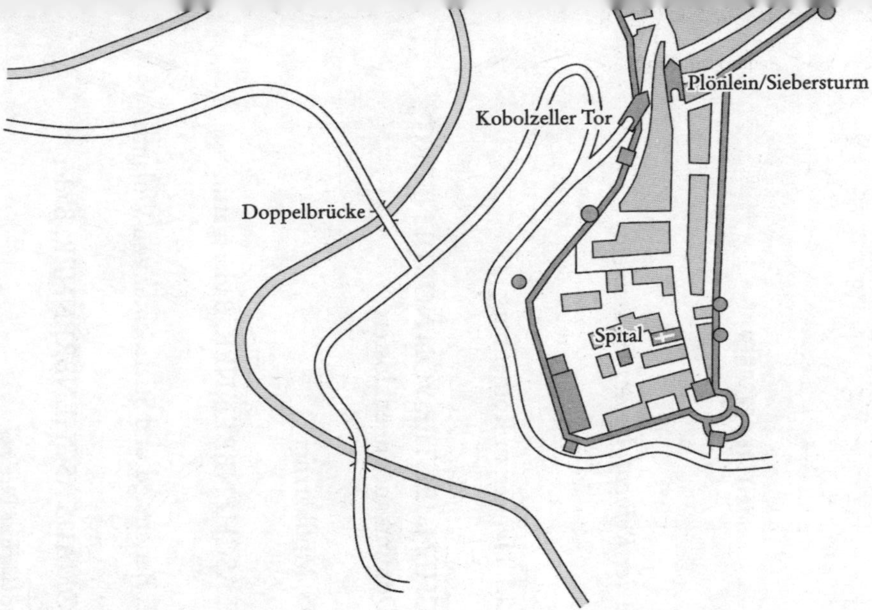
Plönlein/Siebersturm
Kobolzeller Tor
Doppelbrücke
Spital

DRAMATIS PERSONAE

HILPERT VON MAULBRONN, Bibliothekarius

BERENGAR VON GAMBURG, Vogt des Grafen von Wertheim

IRMINGARDIS, seine Verlobte

WEITERE PERSONEN

(in der Reihenfolge des Erscheinens)

FRIEDHELM, Henker zu Rothenburg

JUTTA KÜCHENMEISTER VON NORDENBERG*, Priorin des Dominikanerinnenklosters

DEODATUS, Müllkärrner

VIOLANTE ASCHENBRENNER, Badersgattin

MELUSINE, Bademagd und Stieftochter von Violante

BARTHOLOMÄUS ASCHENBRENNER, Bader

---

* kursiv: historisch fassbare Personen

SCHWESTER SCHOLASTIKA, Infirmaria der Dominikanerinnen

BRUDER ALBAN, Lektor des Franziskanerklosters

BRUDER CLEMENS, Kustos

LAURENZ TUCHSCHERER, verwitweter Patrizier

HEINRICH BERMETTER, Stadtrat und Schwager von Laurenz Tuchscherer

CHLOTILDE WERNITZER, Schwiegermutter Tuchscherers

IRMTRUD, Amme und Heilerin

HEINRICUS NYESS, Notarius

VINZENZ LEBERECHT, Bürgermeister der Stadt Rothenburg

ORT DER HANDLUNG

Rothenburg ob der Tauber, Anno Domini 1418

TAGESEINTEILUNG

(für die Monate März bis September):

Ende der

1. Stunde: 06.00 h

2. Stunde: 07.00 h

3. Stunde: 08.00 h

4. Stunde: 09.00 h

5. Stunde: 10.00 h

6. Stunde: 11.00 h

7. Stunde: 12.00 h

8. Stunde: 13.00 h

9. Stunde: 14.00 h

10. Stunde: 15.00 h

11. Stunde: 16.00 h

12. Stunde: 17.00 h

SONNENAUFGANG UND SONNENUNTERGANG (GMT):

am 17. März 1418 (Würzburg): 05:27 h / 17:23 h

am 18. März 1418 (Würzburg): 05:25 h / 17:25 h

ROTHENBURGER LÄNGENMASSE
(gültig bis 1811):

Fuß oder Schuh: 0,302 m

Elle: 0,590 m (zwei Fuß)

Klafter: 1,806 Meter (drei Ellen)

Rute: 3,930 m (13 Fuß)

(Quelle: Kriminalmuseum Rothenburg ob der Tauber)

LÖHNE UND WÄHRUNG:

Ein Gulden = drei Pfund = 20 Schillinge = 240 Pfennige (1380)

Jahreslöhne in Rothenburg ob der Tauber (1377/78):

Waagemeister	100
Arzt	76
Henker	53
Türmer	50
Wächter	31–40
Stadtschreiber	10
Stadtpfeifer	06
Trommler	05 Pfund Heller
Kaufpreis eines Hauses	50 Gulden

(Quelle: E. W. Heine, *Toppler. Ein Mordfall im Mittelalter*, Zürich 1992, S.66-67)

KLOSTERÄMTER DER FRANZISKANER:

Guardian (Klostervorsteher)
Vizeguardian
Lektor (Lesemeister)
Kustos (Sakristan)
Konfessor (Beichtvater)
Novizenmeister
Prediger (und Stellvertreter)
Terminarier
umherziehende Brüder, zuständig für Gottesdienst, Seelsorge und Abnahme der Beichte
Des Weiteren: Knechte, Köche, Schaffner (Verwalter) etc.

PROLOG

Universität Heidelberg

(Freitag, 25. Februar 1418)

1

Augustinerkloster[*]*, eine halbe Stunde vor dem Mittagsläuten* | [11.30 h]

»Und nun, Vorschneider, waltet Eures Amtes!«

Knapp zwei Dutzend Studenten, Bruder Hilpert mit eingeschlossen, wichen instinktiv zurück, als sich der schafsäugige und mit dunkler Robe sowie roter Samtkappe bekleidete Prosektor[**] auf Geheiß des Professors einen Weg durch ihre Reihen bahnte und mit ausdrucksloser Miene an den Seziertisch trat. Vorlesungen waren eine Sache, Sektionen etwas ganz anderes. Das war den zukünftigen Doctores bewusst. Entsprechend gedämpft war die Stimmung, hatten doch allerlei Gerüchte, makabere Details und sogar Spottverse die Runde gemacht.

Doch nun, in der Vorlesung über die Geschichte der Medizin, gab es kein Zurück mehr für sie. Das galt auch für Bruder Hilpert, Bibliothekarius des Klosters Maulbronn, der dem Ereignis mit gemischten Gefühlen entgegensah. Von Natur aus ein wissbegieriger Mensch, hatten ihn bis zuletzt Zweifel geplagt, aber da er sich keine Blöße geben wollte, ließ er sich nichts anmerken und heftete den Blick auf die weiß getünchte Wand hinter dem

---

[*] Die Vorlesungen an der 1386 gegründeten Ruprecht-Karls-Universität Heidelberg, nach Prag und Wien die drittälteste im Deutschen Reich, wurden aufgrund erheblicher Raumprobleme zunächst im Augustiner- bzw. Franziskanerkloster, später dann in der zu einer Kapelle umfunktionierten jüdischen Synagoge abgehalten.

[**] Bediensteter, der auf Anweisung eines Professors den Leichnam öffnet und im Verlauf von dessen Erklärungen mit einem Zeigestock auf die entsprechenden Organe deutet

Seziertisch, an der ein lateinischer Sinnspruch zu lesen war: ›Hic est locus, ubi mors gaudet succurrere vitae‹* hieß es da, was Bruder Hilpert aufgrund einer Sehschwäche, welche ihm immer häufiger zu schaffen machte, nur mit Mühe entziffern konnte.

Auf ein Zeichen des Professors, der dank eines erhöhten Sitzplatzes am Fußende den besten Überblick besaß, trat sein Famulus** an das Kopfende des in der Mitte des Kapitelsaales postierten Schragentisches. Dann schlug er das Leinentuch zurück, mit dem der für die Sektion ausgewählte Leichnam verhüllt gewesen war. Bruder Hilperts Schätzung zufolge war der Tote, auf den sich die Blicke richteten, in seinem Alter, also Mitte dreißig. Beim Anblick des bläulich roten Striemens an seinem Hals erübrigte sich jeglicher Kommentar, und der hagere Bibliothekarius fragte sich im Stillen, was der dunkelhaarige, kräftige und mittelgroße Mann, von dem die Leichenstarre komplett Besitz ergriffen hatte, auf dem Kerbholz gehabt haben mochte.

Da diese Frage eine akademische war, schob der Zisterziensermönch sie beiseite und konzentrierte sich auf die Erläuterungen des Professors, der wie Gottvater über den Häuptern seiner Eleven thronte und abwartete, bis der Prosektor seine Instrumente ausgepackt, das Skalpell zur Hand genommen und den Körper des Unbekannten vom Brustbein bis zum Becken aufgetrennt hatte. Manch einer der Umstehenden wich beim Anblick der wie Magma aus dem Abdomen*** hervorquellenden Darmschlingen entsetzt

---

* dt.: ›Hier ist der Ort, an dem der Tod dem Leben gerne zur Hilfe eilt.‹
** dt.: Gehilfe, Diener
*** Bereich zwischen Brustkorb und Becken

zurück. So auch Bruder Hilpert, der sich der Ablenkung halber auf die Gesichter der Umstehenden und den knapp 50 Jahre alten und mit einer nicht gerade wohlfeilen Robe mit weiten Ärmeln bekleideten Professor konzentrierte. Dieser wiederum, sich seiner Würde durchaus bewusst, machte es spannend, schien das makabere Spektakel förmlich zu genießen. »Wie ihr, Discipuli*, erkennen könnt«, ließ er sich schließlich herab, das Wort an die Mitglieder der Medizinischen Fakultät zu richten, etliche gerade einmal halb so alt wie der Bibliothekarius, »hat mein wackerer Famulus bei seinem Schnitt das Omentum** durchtrennt und die Gedärme freigelegt, welche ihr vor euch auf dem Seziertisch liegen seht. Würde vielleicht jemand die Güte besitzen und sie in den Eimer dort drüben … sei bedankt, Laurentius Mittermeier, für deine Hilfe.« Der Angesprochene, offenbar einer der unteren Semester, kam der Bitte des Professors eilfertig nach, musste jedoch seine ganze Selbstüberwindung aufbieten, um die übel riechenden, triefenden und glitschigen Schlingen einzusammeln und in das bereitstehende Behältnis zu stopfen.

Bruder Hilpert wandte sich schaudernd ab. Ganz anders der offenbar grenzenlos von sich überzeugte Professor, der nach einem amüsierten Räuspern mit seinen Erläuterungen fortfuhr. »Wie jedermann weiß«, dozierte er mit majestätischem Blick auf sein Publikum, welches ihn wie eine verschüchterte Schafherde umlagerte, »kann man nur dann einen ungehinderten Blick auf die inneren Organe unserer Spezies werfen, wenn zuvor der Dünndarm ent-

---

* dt.: Schüler
** lat. für ›Netz‹ oder ›Bauchnetz‹

fernt worden ist. Eine Aufgabe, der Ihr Euch, Famulus, nunmehr widmen werdet. Nicht gerade einfach, wenn man bedenkt, dass es beileibe nichts Ungewöhnliches ist, wenn der Dünndarm eine Länge von über elf Ellen* erreicht. Eine Distanz, welche annähernd der Breite dieses Raumes entspricht. Im Anschluss daran gilt es, mithilfe des Requisits, zu dem mein furchtloser Helfer in diesem Moment greift, die Knochen des Brustkorbs zuerst zu brechen und im Anschluss daran zu entfernen. Nur so, erlauchte Magnifizenzen, wird es uns möglich sein, einen Blick auf das Innere des Thorax** zu werfen und die Organe, welche Gegenstand meiner heutigen Ausführungen sind, genauer in Augenschein zu nehmen. Einstweilen irgendwelche Fragen?« Der Professor machte eine kurze Pause, zupfte die Robe zurecht und blickte seine Schüler, von denen etliche der Ohnmacht nahe waren, der Reihe nach an. Wie nicht anders zu erwarten, wagte niemand, das Wort zu ergreifen, und so setzte er seine Ausführungen fort. »Nein? Wenn dem so ist, möchte ich mit meinem Diskurs fortfahren. Im Folgenden, Discipuli, werden wir uns näher mit den Organen befassen, welche dank der fachkundigen Handgriffe des Prosektors nunmehr besser zu erkennen sind. Ad rem!*** Wie so häufig, geschätzte Studiosi, ist es das bleibende Verdienst des Hippokrates, Licht ins Dunkel heidnischer Vorstellungen und Mutmaßungen gebracht zu haben, war er doch der Erste, dem es gelang, Sinn und Zweck der wichtigsten Organe auf – wie ich meine – bislang unübertroffene Art und Weise zu erläu-

* Elle (Kurpfalz) = 0,53 Meter
** Brustkorb
*** dt.: Zur Sache!

tern. Beginnen wir mit dem Herzen, auf das unser ehrenwerter Prosektor gerade mit seinem Zeigestock deutet. Das Herz, von alters her Sitz menschlicher Leidenschaften, ist durch unauflösbare Bande mit dem Blut verknüpft, desgleichen die gelbe Galle mit der Leber, die schwarze mit der Milz und der Schleim mit dem Gehirn. Dementsprechend weist der menschliche Corpus vier verschiedene Säfte auf, welche ihrerseits mit den vier Elementen – also Luft, Feuer, Erde und Wasser – in Beziehung gesetzt werden können. Das heißt, die Luft entspricht dem Blut, das Feuer der gelben, die Erde der schwarzen Galle und das Wasser zu guter Letzt dem Schleim. Sind die oben erwähnten Körpersäfte gleichmäßig auf den menschlichen Organismus verteilt und befinden sich im Einklang miteinander, wird demjenigen, welcher sie beherbergt, schwerlich Böses widerfahren. Mit einem Wort: Er wird sich, so Gott will, allzeit bester Gesundheit erfreuen und allzeit guten Mutes sein. Gewinnt jedoch einer der Säfte die Oberhand, wird dies dem Betreffenden unter Umständen große Pein zufügen, je nachdem, ob es sich um Sanguiniker, Choleriker, Melancholiker oder Phlegmatiker handelt. Steht doch unwiderruflich fest, dass das Blut heiß und feucht, die gelbe Galle heiß und trocken, die schwarze kalt und trocken, und der Schleim, welcher das Gehirn durchströmt, bei jedem von uns kalt und feucht ist. Ergo: Es gilt, unsere Leidenschaften zu zügeln, ganz gleich, wie sie beschaffen sein mögen. Auf dass der Weltenverderber, auch Satan genannt, zu keiner Zeit die Oberhand über uns gewinnen möge!« Berauscht von den eigenen Worten, zog der Professor sein Schweißtuch unter der Robe hervor, betupfte die hohe, von schwindender Haarpracht bekränzte Stirn und fügte triumphierend hinzu: »Was für Hippokrates gilt, wurde im Übrigen durch allerlei Koryphäen bestätigt, per exemplum durch Galen, Leibarzt des römischen Kaisers Marcus Aurelius*, durch Plinius den Älteren** sowie auch durch Pedanios Dioskurides***, woraus folgt, dass ...«

»Irren menschlich ist und besagte Herren völlig vergreiste Quacksalber waren!«

»... die von mir vorgetragenen Sachverhalte wohl fundiert und unwiderlegbar ... was habt Ihr gerade eben gesagt?«

Aller Augen, auch die des Prosektors, dem der Zeigestab vor Schreck beinahe aus der Hand gerutscht wäre, waren zunächst auf Bruder Hilpert gerichtet, wandten sich jedoch unmittelbar darauf der Gestalt zu seiner Linken zu, welche sich von den übrigen Anwesenden allein schon aufgrund ihrer Kleidung unterschied. Bruder Hilpert wunderte sich, warum ihm die Person im schwarzen Umhang nicht schon früher aufgefallen war, unterschied sie sich doch komplett von den übrigen Studenten, von denen einer den anderen in puncto Kleidung zu übertrumpfen versuchte. Viel zu sehen war von ihrem Gesicht indessen nicht, dank einer Kapuze, welche der Gestalt beinahe bis zur Nasenspitze reichte und die Augenpartie komplett verhüllte. Das einzig Auffällige an ihrer Gewandung, unter der ein Paar schwarze Stiefel hervorlugten, war die silberne Spange, welche das pechschwarze Gewand zusammenhielt und dem Geschöpf ein beinahe mystisches Gepräge verlieh.

---

* 121–180 n. Chr.
** 23–79 n. Chr.
*** 1. Jhdt. n. Chr.

»Wer gibt Euch das Recht, unaufgefordert das Wort zu ergreifen – sprecht!«

Ohne einen Blick auf die Umstehenden zu verschwenden, verharrte die schwarz gewandete Gestalt auf der Stelle und stierte mit gesenktem Blick vor sich hin. Dann aber, der Gaffer offenbar überdrüssig, stieß sie ein verächtliches Schnaufen aus, machte eine wegwerfende Geste und wandte sich zum Gehen.

Zurück blieben zwei Dutzend Medizinstudenten, die Gesichter immer noch schreckensbleich, ein in seiner Ehre gekränkter Professor und ein fassungsloser Prosektor, der wie sein Herr und Meister vergeblich nach Worten rang. Zurück blieb aber auch ein hagerer Mittdreißiger im Habit der Zisterzienser, der den Vorfall, dessen Zeuge er gewesen war, so schnell nicht vergessen würde.

»Nanu, welche Laus ist denn dir über die Leber gelaufen?«, rief Berengar von Gamburg, Vogt des Grafen von Wertheim, schon von Weitem aus, als er Bruder Hilpert einsam und frierend am Rande des Kornmarktes stehen sah. Gegen die klirrende Kälte war kein Kraut gewachsen und ihm war, als seien seine Kukulle*, die dazugehörige Tunika** und die Beinkleider aus Schafswolle samt den kuhledernen Schuhen aus Papier. Vom Turm der Heiliggeistkirche, nur einen Steinwurf weit entfernt, erklang gerade das Mittagsläuten, was Bruder Hilpert, dessen vergrübelte Miene sich beim Auftauchen seines besten Freundes kaum merklich

* Übergewand mit Kapuze und weiten Ärmeln
** Wollenes, knöchellanges Hemd mit langen Ärmeln

erhellte, jedoch kaum wahrzunehmen schien. »Nichts für schwache Nerven, so eine Sektion, hab ich Recht?«

»Als ob ich das nicht schon vorher gewusst hätte, Berengar.«

»Wollt ihr wohl aufhören, euch zu zanken!«, kam Irmingardis, Berengars Verlobte, einer launigen Bemerkung ihres künftigen Gatten zuvor, hakte sich bei ihm und Bruder Hilpert unter und zog das ungleiche Paar mit sich fort. Dann richtete sie das Wort an Hilpert und fragte: »War es wirklich so schlimm?«

»Wie man's nimmt!«, seufzte Bruder Hilpert, in sich gekehrt und noch eine Idee blasser als sonst. »Mein Fall war es jedenfalls nicht.«

»Und das ausgerechnet von dir!«, amüsierte sich Berengar, knapp 31 Jahre alt, beinahe sechs Fuß groß und von kräftiger Statur, die unter seinem Leinenhemd, dem schwarzblau gestreiften Wams mit den geschlitzten Puffärmeln und dem Überwurf aus Schaffell mehr als deutlich zur Geltung kam. »Schon vergessen, was wir in den letzten zwei Jahren erlebt haben?«

»Wie könnte ich!«, erwiderte Bruder Hilpert, während das verschworene Trio die Heiliggeistkirche passierte und auf die Schenke zusteuerte, wo Berengar und seine Verlobte Quartier genommen hatten. Bruder Hilpert fand zwar, dass sich das nicht gehörte, und hätte es lieber gesehen, wenn die beiden bis zu ihrer Hochzeit etwas mehr auf Sitte und Anstand geachtet hätten, unterließ es aber, seinen Freund zur Rede zu stellen. »Ein Grund mehr, nach Maulbronn zurückzukehren.«

»Das ist doch wohl ein Scherz, oder? Kann es sein, dass du deine Pflichten ein wenig zu ernst nimmst?«

»Apropos ›Pflichten‹ – hat sich das Verhältnis zwischen deinem Herrn und dem Kurfürsten wieder eingerenkt?«

»Soweit man das sagen kann – ja. Sieht so aus, als hätten sich die beiden zusammengerauft. Und weißt du, was das Beste daran ist? Er hat mir bis Pfingsten freigegeben. Überaus christlich, findest du nicht auch?«

»Bis Pfingsten? Alle Achtung. Genug Zeit, um allerlei gottgefällige Werke zu tun.«

»Du sagst es!«, pflichtete Irmingardis mit dem für sie typischen Lachen bei und warf ihm ein strahlendes Lächeln zu, wodurch sich die Vorbehalte, welche er in moralischer Hinsicht hegte, einstweilen in Luft auflösten. Irmingardis war nicht nur hübsch anzuschauen, was selbst ihm, der er seine Gelübde abgelegt hatte, nicht verborgen geblieben war, sondern trotz ihres Alters von knapp 24 Lenzen bereits eine lebenskluge und den Fährnissen des Erdendaseins in jeder Hinsicht gewachsene Frau. Ein Blick ihrer Rehaugen, und Berengar schmolz förmlich dahin, was Bruder Hilpert, der von der Tochter aus betuchtem Würzburger Patrizierhause überaus angetan war, ein ums andere Mal das Herz erwärmte. Wäre er Maler oder Bildhauer geworden und auf der Suche nach einem passenden Modell für eine Madonna gewesen, hätte er gewusst, für wen er sich entscheiden würde. »Weshalb wir Tante Jutta, Priorin vom Orden der Dominikanerinnen, anlässlich ihres Geburtstages am Tag der heiligen Gertrudis einen kleinen Besuch abstatten werden.«

»Das kann ja heiter werden!«, seufzte Berengar, dem die Aussicht auf eine Stippvisite bei Verwandten, noch dazu bei einer leibhaftigen Priorin, überhaupt nicht zu behagen schien. Mit Ausnahme seines Freundes Hilpert war er auf Angehörige des geistlichen Standes nicht übermäßig gut zu sprechen und machte aus seiner Meinung auch keinen Hehl. »Eine leibhaftige Priorin – riecht ja förmlich nach Fehdehandschuh!«

»Jutta Küchenmeister von Nordenberg?«, warf Bruder Hilpert geistesgegenwärtig ein, im Gegensatz zu Irmingardis, die verdrossen nach Luft schnappte, längst an Berengars Humor gewohnt. »Eine weithin berühmte und hochgelehrte Frau!«

»Hochgelehrt? Das glaubst aber auch nur du!«, hielt der Vogt des Wertheimer Grafen dagegen und setzte sogar noch eins drauf: »Wie lautet doch gleich die Bauernregel? ›Gibt es an Gertruden Eis, wird's in der Liebe nimmer …‹«

»Welch Glück, Liebster, dass wenigstens dein Freund die Verdienste von Tante Jutta zu schätzen weiß!«, fuhr seine Verlobte ihm über den Mund, wohl wissend, dass Berengar nicht aus seiner Haut konnte und ihr mit jeder Faser seines Wesens ergeben war. »Wie wäre es, wenn du die Halbschwester meiner Mutter erst einmal kennenlernst, bevor du sie mit dem Bannfluch belegst?«

»Bleibt mir ja wohl nichts anderes übrig«, murrte Berengar, woraufhin sich seine Miene schlagartig erhellte und er seinen Freund, der die Neckereien seiner Begleiter mit amüsiertem Stirnrunzeln verfolgt hatte, aus dem Augenwinkel taxierte. »Wenn wir gerade von Kennenlernen reden – hättest du nicht Lust, uns zu begleiten, Bücherwurm? Und sei es nur, um mir seelischen Beistand zu leisten?«

»Als ob ausgerechnet du so etwas nötig hättest. Tut mir leid, Berengar, aber mein Entschluss steht unwiderruflich fest.«

»Papperlapapp! Schon vergessen, dass dich dein Abt bis zu unserer Hochzeit an Ostern von sämtlichen Pflichten entbunden hat? Aus Dankbarkeit, dass wir unseren vierten Fall gelöst haben? Nein? Dann frage ich mich, was so schlimm daran ist, wenn wir noch ein paar Tage am Hof des Kurfürsten verbringen und du uns anschließend begleitest.«

»Gar nichts, geschätzter Freund, gar nichts. Zumal sich auch mir die Gelegenheit zu einem Wiedersehen mit einem alten Freund bieten würde.«

»Tatsächlich?«

Bruder Hilpert nickte, schlug seine Kapuze zurück und öffnete die Tür der Schenke, aus der ihm der Geruch von Wildbret, gefüllten Pasteten und frisch gebackenem Fladenbrot entgegenschlug. »Bruder Alban vom Orden der Minderen Brüder zu Rothenburg«, entgegnete er, ließ seinen Freunden den Vortritt und fügte erklärend hinzu: »Weggefährte während meiner Pilgerfahrt nach Rom. Kaum zu glauben, wie lange das schon wieder her ist.«

»Na also!«, rief Berengar freudestrahlend aus, half seiner eineinhalb Köpfe kleineren Verlobten aus dem blauen Umhang und überreichte ihn dem Wirt, welcher eilfertig seine Dienste anbot. »Warum nicht gleich so.«

»Was tut man nicht alles für einen guten …«, begann Bruder Hilpert, im Begriff, sich seinen Begleitern anzuschließen. Dabei fiel sein Blick eher zufällig auf zwei Streithähne, welche unweit der Heiliggeistkirche aufeinander einredeten und so sehr in ihr Gezänk vertieft waren, dass sie den Bibliothekarius nicht bemerkten. Einer der beiden, allem Anschein nach Devotionalienhändler, war ihm völlig unbekannt, der andere, eine Gestalt mit dunklem Umhang, hingegen schon.

»Was ist denn los?«, fragte Berengar, nachdem Hilpert neben ihm Platz genommen hatte.

»Nicht der Rede wert!«, wiegelte Bruder Hilpert ab, roch an seinem Glühwein und nahm einen kräftigen Schluck. »Nur ein Bekannter, von dem ich hoffe, dass sich unsere Pfade nie mehr kreuzen werden!«

ERSTES KAPITEL

*Rothenburg ob der Tauber, Tag der heiligen Gertrudis**

(Donnerstag, 17. März 1418)

* Äbtissin von Nivelles (626–653/659 n. Chr.)

CUPIDITAS*

2

Rothenburger Richtstätte, knapp eineinhalb Stunden vor Sonnenaufgang | [04.00 h]

»WENN DAS RAUSKOMMT, wird es uns den Kopf kosten!«

Friedhelm, Henker zu Rothenburg ob der Tauber, stieß seine Schaufel in den Erdhaufen neben der etwa fünf auf neun Fuß** großen Grube und hielt schwer atmend inne. Im Verlauf der letzten halben Stunde hatte er sich mächtig ins Zeug gelegt, ohne Rücksicht auf die Böen, welche von Osten über den Schindanger*** der Gehenkten fegten, Myriaden von Schneeflocken vor sich her peitschten und voller Ungestüm am Geäst der Ulme rüttelten, unter der er gerade eine Verschnaufpause einlegte. Der Scharfrichter spie verächtlich aus. Die Leute behaupteten, dies sei ein verwunschener Ort, freiwillig traute sich kein Mensch hierher. Vor allem nachts, hieß es, stiegen die Geister der Geräderten, Gehenkten und Gevierteilten aus ihren Gräbern und wanderten in stummer Prozession zum nahen Galgen, an dem sie geheime Zwiesprache hielten und den Ort ihrer Marter mit Flüchen belegten.

---

* dt.: Wollust

** Ein Fuß: in Rothenburg 30,2 cm

*** Ort, an dem Hingerichtete oder Personen verscharrt wurden, denen kein christliches Begräbnis zuteilwerden durfte

Über Altweibergeschichten wie diese konnte der meistgefürchtete Bewohner der Stadt, vor deren Toren die Richtstätte lag, freilich nur lachen. Friedhelm gab nichts darauf, noch weniger als auf das Geschwätz, das über ihn und sein unehrliches Gewerbe die Runde machte. Dennoch war da diese Anspannung in ihm, dieses ungute Gefühl, welches ihn seit geraumer Zeit plagte, und so stieß er einen gequälten Seufzer aus, wischte den Schnee von seinem Bart und ging erneut ans Werk.

»Den Kopf kosten? Das wird es uns nicht, keine Sorge!«, munterte ihn die Stimme hinter seinem Rücken auf, »alles wird glattgehen – wie immer.«

»So, meint Ihr«, entfuhr es dem Scharfrichter, der eigentlich lieber Badstuber und noch viel lieber Medicus geworden wäre. Da das Gesetz ihm jedoch vorschrieb, in die Fußstapfen seines Vaters zu treten und das als unehrlich geltende Gewerbe des Scharfrichters auszuüben, hatte er seine Hoffnungen schon vor langer Zeit begraben müssen. An der Mauer, die ihn von seinen Mitmenschen trennte, führte kein Weg vorbei, und es gab niemanden, der sich erdreistet hätte, sie niederzureißen.

Binnen Kurzem schweißgebadet, machte Friedhelm seinem Groll durch eine Serie halblaut gemurmelter Flüche Luft. Es hatte Zeiten gegeben, in denen es ihn verdross, wenn sich ehrbare Bürger bei seinem Herannahen bekreuzigten, rasch die Straßenseite wechselten und Reißaus nahmen, als sei der Leibhaftige hinter ihnen her. Diese Zeiten waren jedoch längst vorbei. Er hatte sich damit abgefunden, wie im Übrigen auch mit seinem Refugium, dem Henkersturm, welcher in sicherer Entfernung zum Markt und in unmittelbarer Nähe des Judenfriedhofes lag. Friedhelm war es zufrieden. Dorthin, wo sich ehrbare Bürger die Klinke in die Hand gaben, zog es ihn ohnehin nicht mehr. Auch diese Zeiten waren vorbei. Was nützte es ihm schon, wenn er die Johanniskirche durch die Seitenpforte betreten durfte, dabei aber Gefahr lief, mit Schimpf und Schande davongejagt zu werden. Oder wenn er Wirtshäuser und Bäder nur von außen sehen durfte. Doch wohl nicht das Geringste. Überhaupt konnte er von Glück sagen, dass er eine Frau gefunden hatte, sonst wäre das Dasein, welches er fristete, nicht zu ertragen gewesen. Hieß es doch, wer den Henker berühre, werde unrein, was ihm bei der Geburt seines Sohnes beinahe zum Verhängnis geworden wäre. Keine Hebamme, die sein Haus betreten, kein Arzt, der sich auch nur in seine Nähe gewagt hätte.

Doch Friedhelm war das Glück hold geblieben. Denn es gab jemanden, der ihm mit Rat und Tat zur Seite gestanden, jemand, der ihm aus der Patsche geholfen hatte. Jemand, den er jetzt, da er um Hilfe gebeten worden war, nicht im Stich lassen konnte. »Und was, wenn man uns auf die Schliche kommt?«

»Wenn, dann doch wohl mir!«, versetzte die anziehende und samtweiche Stimme, die ihn seit jeher in ihren Bann gezogen hatte, nicht ohne einen Hauch von Spott, welcher sich im Geheul des Windes, des knarrenden Geästs und des wie entfesselt hin und her wogenden Gestrüpps jedoch alsbald wieder verlor. »Darauf gebe ich Euch mein Wort.«

»Amen!«, entgegnete Friedhelm voller Hohn, rieb sich die taub gewordenen Hände und näherte sich der Grube, um einen Blick auf den in grobes Sackleinen gehüllten und mit Hanfstricken verschnürten Leichnam zu werfen, dessentwegen er die Torheit, für die er sich bereits mehrfach verflucht hatte, auf sich genommen hatte. Noch war der schmächtige Körper nicht dabei, sich in seine Bestandteile aufzulösen, noch schien es, als sei die Kreatur, welche am Vorabend verscharrt worden war, gerade eben erst zur letzten Ruhe gebettet worden.

Friedhelm wusste natürlich, dass dies nicht stimmte, ein Blick auf die Würmer, Maden und Käfer, welche in den Lichtkegel seiner Laterne gerieten, genügte vollauf. In zwei, längstens drei Tagen würde der Fäulnisprozess einsetzen, was bedeutete, dass von der Hülle aus Sackleinen und ihrem vergänglichen Inhalt bald nicht mehr viel übrig sein würde. Wie hieß es doch gleich? ›Denn du bist Erde und sollst zu Erde werden.‹*

Friedhelm, nicht gerade ein Freund der Pfaffen, beileibe jedoch kein Leugner der Worte des Herrn, deutete ein Nicken an, als wolle er sich selbst Mut zusprechen, stellte seine Laterne wieder ab und ließ sich vorsichtig in die Grube gleiten. Ihr Rand gab ein wenig nach und er konnte von Glück sagen, dass er mit seinen fünfeinhalb Fuß zwar recht groß, darüber hinaus aber hager und beinahe schon ein Leichtgewicht war.

Am Fußende angekommen, holte der Scharfrichter tief Luft, drehte sich um die eigene Achse und beäugte das fest verschnürte Bündel, über dem sich eine hauchdünne Schneeschicht ausgebreitet hatte. Er kannte die zarte Maid, welche es barg, kannte die Umstände, unter denen sie zu Tode gekommen war, wusste um ihre Qualen. Kein Wunder also, dass ihm sein Vorhaben erhebliches Kopfzerbrechen bereitete. Ausgerechnet ihm, der er

* 1. Mose 3, 19

bereits mehrere Dutzend Menschen auf jede nur erdenkliche Art und Weise vom Leben zum Tode befördert hatte. Das Schicksal der 14-Jährigen ließ ihn indes nicht kalt, obwohl er der Letzte gewesen wäre, der dies offen zugegeben hätte.

»Was plagt Euch, Meister Flegler – befindet Ihr Euch nicht wohl?«, ließ sich die Gestalt vernehmen, nur eine Armlänge von ihm entfernt. »Oder plagt Euch am Ende gar das Gewissen?«

»Wenn ich ehrlich bin – ja. Ich finde, wir sollten den armen Teufel in Ruhe lassen. Was kann die kleine Egerter denn dafür, dass …«

»Dass sowohl die Kirche als auch der Rat unserer weithin berühmten Freien Reichsstadt sich weigern, Selbstmördern ein christliches Begräbnis zuteilwerden zu lassen, meint Ihr? Nichts kann sie dafür, gar nichts.«

»An Eurer Stelle würde ich den Mund nicht so voll nehmen – es sei denn, Ihr legt es darauf an, im Stadtgefängnis zu landen.«

Die Antwort auf Friedhelms Zurechtweisung ließ nicht lange auf sich warten. »Wenn hier jemand im Stadtgefängnis landet, dann mit Sicherheit nicht ich«, stellte die Stimme hinter seinem Rücken kategorisch fest, in einem Tonfall, wie er dem Scharfrichter nie zu Ohren gekommen war. »Darauf gebe ich Euch Brief und Siegel.«

»Wer denn sonst?«

»Meine Sorge, nicht die Eure.«

»Heißt das, Ihr habt vor, die Angelegenheit nicht auf sich …«

»Genau das heißt es, Meister Flegler!«, vollendete die Stimme brüsk. »Ich werde weder rasten noch ruhen, bis der kleinen Agnes Gerechtigkeit widerfahren ist. Und wenn ich die ganze Stadt auf den Kopf stellen muss, um den Schuldigen seiner gerechten Strafe zuzuführen.«

»Ich wüsste nicht, was es da zu bestrafen gibt!«, trotzte Friedhelm, arbeitete sich bis zur Längsseite der Grube voran und bückte sich, um den Leichnam empor zu hieven. Wie vor ein paar Stunden kam er ihm auch jetzt viel zu leicht und beinahe zerbrechlich vor, weshalb er nach wie vor Skrupel hatte, ihn anzufassen. »Das arme Ding hat so viel Lauge getrunken, dass man halb Rothenburg hätte vergiften können – wozu also Nachforschungen betreiben, wenn längst feststeht, welche Tortur die kleine Egerter durchlitten hat!«

»›Tortur‹ – Kompliment, Meister Flegler, so kommen wir der Sache schon näher.«

Hätte Friedhelm nicht genug damit zu tun gehabt, den Leichnam an die Erdoberfläche zu befördern und ihn am Rande der Grube abzulegen, wäre seine Erwiderung deutlich heftiger ausgefallen. »Wollt Ihr etwa damit sagen, dass …«, begehrte er auf, fand im Angesicht der Gestalt, welche aus dem Schneegestöber hervortrat, den Leichnam emporhob und ihn wie ein Neugeborenes in den Armen barg, jedoch nicht die richtigen Worte. »Dass die Kleine …«

»Dass dieser Kasus sich von all den anderen, bei denen Ihr mir mit Rat und Tat zur Seite gestanden habt, unterscheidet. Dieses Mal, fürchte ich, geht es nicht nur darum, der Wissenschaft zu dienen, indem ein Leichnam in seine Einzelteile zerlegt wird. Wie etwa die sterblichen Überreste eines Gehenkten, für die sich außer dem Scharfrichter kein Mensch interessiert. Oder die Leiche eines Bettlers,

Vaganten oder fahrenden Sackpfeifers, welche man lieber heute als morgen loswerden möchte, und sei es nur, um die Pfaffen zu besänftigen, welche behaupten, geweihte Erde sei nur etwas für ehrbare Bürger.« Die Gestalt, bis auf ihre Stiefel in einen dunklen Umhang gehüllt, dessen Kapuze bis über die Stirn reichte und ihre Gesichtszüge nahezu komplett verhüllte, brach in höhnisches Gelächter aus. ›Ehrbar‹ – wenn ich das schon höre!«

»Ihr tut besser daran, Euch nicht so weit aus dem Fenster zu lehnen, sonst …«

»Sonst was? Sind fünf Pfund Heller* pro Leichnam etwa nicht genug?«

»Doch.«

»Freut mich zu hören. Ein fürstliches Entgelt, bedenkt man, dass ich Euren Sohn vom Fleckfieber kuriert habe.«

»Das habt Ihr«, stimmte Friedhelm zerknirscht zu, kletterte aus der Grube und griff zur Schaufel, um die Spuren seines Tuns zu beseitigen. »Weshalb Ihr auch stets auf mich zählen könnt.«

»Aber?«, lauerte die Gestalt, das verschnürte Bündel fest an sich gepresst, und ließ den Scharfrichter nicht aus den Augen. »Wo drückt der Schuh, Meister Flegler?«

»An allen Ecken und Enden, wenn Ihr es genau wissen wollt. Im Klartext: Ich mache mir allmählich Vorwürfe, und wisst Ihr auch, warum? Weil ich so töricht war, Euch in die Geheimnisse der menschlichen Anatomie einzuweihen! Sonst wäre es bestimmt nicht so weit gekommen.«

* Heller = zwölfter Teil eines Schillings. 20 Schilling oder 240 Heller = ein Pfund Heller. Wochenverdienst des Henkers in Rothenburg im Spätmittelalter = dreieinhalb Pfund Heller.

»Ich möchte der Wissenschaft dienen, sonst niemandem.«

»Kommt drauf an, was man unter Wissenschaft versteht. Und ob Ihr in Eurem Bestreben, ihr dienlich zu sein, nicht zu weit gegangen seid.« Im Begriff, eine Schaufel Erde in die leere Grube zu befördern, hielt der Scharfrichter unvermittelt inne und lauschte dem lang gezogenen Heulen, welches aus nördlicher Richtung an sein Ohr gedrungen war. Die Windböen waren mittlerweile abgeklungen und je länger er die Ohren spitzte, desto mehr schien sich seine Vermutung zu bestätigen.

»Keine Angst, die sind mindestens noch eine Achtelmeile* entfernt. Wölfe haben mehr Angst vor uns Menschen als wir vor ihnen.«

»Angst oder nicht, was mich betrifft, möchte ich lieber kein Risiko eingehen!«, entgegnete Friedhelm, nahm seine Schaufel und war einen Wimpernschlag später im Unterholz verschwunden.

»Ganz wie Ihr wollt!«, rief ihm die Gestalt hinterher, barg den Leichnam in den Armen und machte sich ebenfalls auf den kurzen Rückweg in die Stadt, begleitet vom Heulen der Wölfe, welches sich kurz darauf in der Morgendämmerung verlor.

* Mittelalterliche Meile = circa 7,5 Kilometer.

ZWEITES KAPITEL

Rothenburg ob der Tauber, einen halben Tag später

SUPERBIA*

3

Kirche des heiligen Jakobus, Ende der elften Stunde, knapp eineinhalb Stunden vor Sonnenuntergang | [16.00 h]

»Du musst wissen, mein Kind«, vertraute Jutta Küchenmeister von Nordenberg, Priorin des Dominikanerinnenklosters und auf den Tag genau 54 Jahre alt, ihrer Nichte an, während sie mit ihr vor der Heilig-Blut-Reliquie kniete, »dass man gegenüber uns, den Dienerinnen Gottes, die geziemende Ehrerbietung allzu häufig vermissen lässt. Das Gleiche gilt für die Mitglieder des Johanniterkonvents, woran diese allerdings nicht ganz unschuldig sind.«

»Wie das?«, lautete die Antwort des Schwesterkindes, weniger an dem Redeschwall ihrer Tante als vielmehr an dem Reliquienkreuz mit der Kapsel aus Bergkristall interessiert, derentwegen es jährlich Tausende von Pilgern in die Freie Reichsstadt zog.

»Es hat viel böses Blut gegeben, mein Kind, mehr, als uns allen lieb sein konnte. Und darüber hinaus jede Menge Zank und Hader zwischen den Ordensleuten auf der einen und Bürgern auf der anderen Seite. Sagen wir es einmal so: Es wird behauptet, unsere Brüder vom Orden der Johan-

* dt.: Hochmut

niter hätten ein nicht gerade gottgefälliges Leben geführt, wider ihr Gelübde gehandelt und den Freuden des Erdendaseins auf das Schamloseste gefrönt.«

»Freuden – wie meint Ihr das?«

In ihrem Groll kaum zu besänftigen, gab die korpulente, scharfzüngige und mit weißem Gewand, schwarzem Mantel und Schleier bekleidete Priorin ein erbostes Fauchen von sich, rappelte sich mühsam auf und bedeutete Irmingardis, ihr zu folgen. Diese tat, wie ihr geheißen, drückte der Mesnerin einen Schilling in die Hand und folgte der Priorin auf dem Fuße, welche die Seitenkapelle wie ein Schiff mit geblähten Segeln verließ.

Wieder zurück im Ostchor, war ihr Zorn immer noch nicht abgeklungen, ungeachtet der Tatsache, dass sie sich in einem Gotteshaus befand. Das hinderte sie nicht daran, die Wut an ihrem Gehstab auszulassen, den sie im Stil eines Zeremonienmeisters auf die Steinfliesen niedersausen ließ. Jutta von Nordenberg kannte kein Pardon, am heutigen Tage weniger denn je.

Kaum größer als fünf Fuß, eilte ihr der Ruf großer Entschlossenheit voraus, vor allem was die Belange ihres Ordens betraf. Geriet sie in Zorn, gab es nichts, was sie besänftigen konnte, wovon ihre Schutzbefohlenen, gut zwei Dutzend Dominikanerinnen von überwiegend adeliger Herkunft, ein nicht enden wollendes Lied singen konnten. »Nichts für deine Ohren, Irmingardis!«, wehrte Jutta von Nordenberg kategorisch ab. »Lieber würde ich im Erdboden versinken, als die Gerüchte, welche derzeit die Runde machen, vor dir breitzutreten!«

»Da sei Gott vor!«, heuchelte Irmingardis, nach einer Kaskade fränkischer Rs und über zwei Stunden Stadtrundgang rechtschaffen müde, tat wie die Unschuld in Person und sehnte das Ende der Schulmeistereien herbei, die wie ein Sturzregen auf sie herniedergeprasselt waren. »Aber heißt es nicht auch, die Johanniter gehören zu den größten Grundbesitzern der Stadt?«

»So, heißt es das!«, grummelte die Ehrfurcht gebietende und stets auf Moral und Sittsamkeit bedachte Matrone, für die alle Menschen Sünder, Männer unterschiedslos des Teufels und Schankstuben die Vorhöfe der Hölle waren. »Wer hat dir denn solche Flausen in den Kopf gesetzt?«

»Nach den Dominikanerinnen, versteht sich.«

»Erstens: Der größte Grundbesitz befindet sich in den Händen des Spitals zum Heiligen Geist.«

»Und zweitens?«

»Zum Zweiten solltest du dir nicht so viele Gedanken machen, wer in der Gunst des Herrn an vorderster, zweiter oder dritter Stelle steht. Unser Reich, mein Kind, ist nicht von dieser Welt. Das müsstest du eigentlich wissen.«

»Amen. Über 200 Höfe, welche sich im Besitz Eures Ordens befinden – wahrlich genug, findet Ihr nicht auch, liebste aller Tanten?«

»Kann es sein, dass dir dein Verlobter, dieser … dieser ungehobelte Patron von einem Vogt, derlei Flausen in den Kopf gesetzt hat?«, schnaubte die Priorin, drauf und dran, ihrer Nichte eine geharnischte Predigt über den Wüstling zu halten, der angeblich in jedem Mann steckte. »Ehrlich gesagt, erkenne ich dich überhaupt nicht wieder.«

»Was Berengar betrifft, werte Tante, bitte ich darum, jegliche Kommentare hinfort für Euch zu behalten. Um des Friedens willen, wie ich wohl nicht extra betonen muss.«

»Und das von meiner Schwester Kind!«, entrüstete sich

die Priorin, weder fähig noch willens, mit ihrer Empörung hinterm Berg zu halten. Duldsamkeit war nicht gerade ihre Stärke und die Rötung, welche die erschlafften Wangen überkam, verhieß nichts Gutes. Zur Erleichterung von Irmingardis tauchte genau im richtigen Moment der Mesner auf, entbot der Priorin einen devoten Willkommensgruß und ergriff die Gelegenheit beim Schopf, um sie mit dem neuesten Klatsch zu versorgen.

Irmingardis war es recht so, lag ihr doch nichts ferner, als mit ihrer Tante in Streit zu geraten. Drei Tage war es her, dass sie, Berengar und Bruder Hilpert in Rothenburg angekommen waren, und noch immer hatte sie sich von den Strapazen der Reise nicht erholt. Sie fühlte sich matt, ausgelaugt und fror so erbärmlich, dass sie den Mantel aus Kaninchenfell, in den sie sich gehüllt hatte, am liebsten gar nicht mehr ausgezogen und die Wärmestube des Klosters zu ihrem Domizil erkoren hätte.

Im Vergleich zu den Sorgen, die sie derzeit plagten, war dies jedoch nichts. Irmingardis machte ein betrübtes Gesicht, wandte sich ab und betrachtete ihren Verlobungsring. Es war an der Zeit, Berengar reinen Wein einzuschenken, und sie machte sich Vorwürfe, weshalb sie ihn nicht schon früher ins Vertrauen gezogen hatte. Heimlichtuerei hatte ohnehin keinen Zweck, und sei es nur, weil es bald nichts mehr zu verheimlichen geben würde.

»Wo waren wir gerade stehen … genau, beim Kleinod unserer Stadt, Sankt Jakobus!«, nahm die Priorin nach dem Verschwinden des Mesners den Gesprächsfaden wieder auf, gebot Irmingardis, ihr zu folgen, und steuerte auf die drei monumentalen Spitzbogenfenster zu, welche den Chor nach Osten hin begrenzten. Ihre Nichte folgte ihr auf dem Fuß, trotz Müdigkeit voller Bewunderung für die in sämtlichen Farben schimmernden Fenster, jedes von ihnen ein veritables Meisterwerk und ihrer Schätzung zufolge knapp 30 Ellen* hoch. So etwas bekam man nicht häufig zu Gesicht, weshalb sie den Schwindel, der sie bei der Betrachtung der Chorfenster befiel, nach Kräften ignorierte.

»Ich sehe, du bist beeindruckt!«, stellte die mit ihrer Nichte wieder versöhnte Priorin fest, konnte jedoch nicht aus ihrer Haut und ergänzte: »Wie du siehst, sind die Glasgemälde jüngeren Datums, meines Wissens knapp 20 Jahre alt. Dediziert sind sie, wie du linker Hand erkennen kannst, dem Leben der Heiligen Jungfrau und – rechter Hand – dem Erlösungswerk Jesu Christi, unseres Herrn, dessen Leben und Leiden auf dem mittleren der drei Fenster dargestellt ist.«

»Und das Gebilde da drüben ist …«

»Die Sakramentnische, richtig erkannt!«, schwadronierte die Priorin, sichtlich in ihrem Element. »Samt dazugehörigem Schrein.« Und geriet jetzt erst richtig in Fahrt: »Gottvater, Jesus, sein eingeborener Sohn, unser Herr, Johannes der Täufer und der Evangelist gleichen Namens sowie die heilige Gottesmutter natürlich nicht zu …«

Der Rest ihrer Worte, mit denen Jutta von Nordenberg nicht zu geizen pflegte, blieb ihr buchstäblich im Halse stecken. Zu groß war ihre Bestürzung, zu stark der Schock, der sie beim Anblick ihrer plötzlich in sich zusammengesunkenen Nichte befiel, als dass ihr auch nur ein Laut von den Lippen gekommen wäre.

---

* In Rothenburg: 0,59 cm

Die Raben waren einfach überall. Auf dem Gerüst, hinter dem das Kirchenschiff hervorragte, auf dem Giebel der Bauhütte, unter deren Vordach mehrere Taurollen, Zugsägen, Bohrwinden und ein Senkblei hingen, ja sogar auf den Kalkfässern, Wasserbottichen und Dachziegeln, die fein säuberlich neben dem Gerüst aufeinandergestapelt waren. Sie hockten auf den bereitliegenden Quadern und natürlich auch auf den Abfallhaufen, welche über die gesamte Baustelle verteilt waren, ein untrügliches Zeichen, dass bis zur Vollendung von Sankt Jakob noch viel Zeit ins Land gehen würde. Die Raben waren allgegenwärtig, so zahlreich, dass Berengar, Vogt des Grafen von Wertheim, das Gefühl nicht loswurde, hier gehe es nicht mit rechten Dingen zu.

Anzeichen dafür gab es freilich keine, wenngleich sich dem Betrachter der Eindruck aufdrängte, es tue not, hier öfter nach dem Rechten zu sehen. Im Hinblick auf die bereits über 100 Jahre währende Bauzeit und die immensen Kosten, welche Sankt Jakobus verschlungen hatte, wäre dies bestimmt nicht von Nachteil gewesen. Gleichwohl war ein Ende der Arbeiten nicht in Sicht, ungeachtet der Pilger, die es der Heilig-Blut-Reliquie wegen hierher zog und die dem Rat, unter dessen Ägide die Baumaßnahmen durchgeführt wurden, eine zusätzliche Einnahmequelle in Form von Spenden, Ablassgeldern und Schenkungen bescherten.

Berengar blickte sich skeptisch um. In knapp zwei Wochen, am Ende der Fastenzeit, würden die Arbeiten wieder beginnen. Bis dahin würde sich niemand blicken lassen, mit Ausnahme der Glasbläser, aus deren Bauhütte das Geräusch von Stimmen drang. Bildhauer, Steinbrecher,

Steinmetze, Maurer, Zimmerleute, Dachdecker und einen Schmied suchte man hingegen vergebens, was angesichts der Witterung ja auch kein Wunder war.

Auf Wunder ganz anderer Art hofften dagegen die Jakobspilger, von denen Berengar bereits mehrere gesichtet hatte. In der Karwoche würde es noch viel schlimmer werden, Hunderte, wenn nicht gar Tausende würden sich dann auf den Straßen drängen, nicht zu jedermanns Freude, wie man sich gut vorstellen konnte. Berengars Miene wurde immer verdrießlicher. Je länger er über das Thema nachdachte, desto mehr schienen sich seine Vorbehalte gegenüber den Pfaffen im Allgemeinen und dem Reliquienkult im Besonderen zu bestätigen. Beileibe kein unfrommer Mensch, hatte er sich dennoch ein gesundes Maß an Skepsis bewahrt, besonders was die vermeintliche Wirkung von Reliquien betraf. Er war eben ein Zeitgenosse, der nur an das glaubte, was er sah, weshalb er die Mär vom Abendmahlwein, der sich wie durch ein Wunder in Blut verwandelt habe, schlicht und ergreifend für Humbug hielt. Mit der Naivität des gemeinen Mannes konnte man allzeit gute Geschäfte machen, mit der Verzweiflung der unheilbar Erkrankten noch viel mehr.

Beinahe steif vor Kälte, klatschte Berengar laut und vernehmlich in die Hände, worauf sich der Rabenschwarm in die Lüfte erhob, laut krächzend die Türme von Sankt Jakob umkreiste und ein Gekreische veranstaltete, dass einem Hören und Sehen verging. Der Vogt hörte und sah es mit Verdruss, hatte er doch vom Warten auf seine Verlobte und ihre Tante die Nase gestrichen voll. Alles, aber auch rein alles schien sich gegen ihn verschworen zu haben. Nicht genug damit, dass Irmingardis bei den Dominikanerinnen einquartiert worden war, hatte er mit einer Kammer vorlieb nehmen müssen, in der es von Läusen und Flöhen nur so wimmelte und wo, gelinde gesagt, das Essen vom Inhalt des Futtertroges vor der Tür kaum zu unterscheiden war. Zu allem Überfluss hatte die alte Vettel, welche sich Priorin schimpfte, Irmingardis völlig für sich in Beschlag genommen, was seiner Laune, die sich mit den Unbilden der Witterung auf das Trefflichste ergänzte, in der Tat nicht förderlich war.

Dennoch blieb ihm nichts anderes übrig als zu warten, ausgerechnet hier, vor dem Portal von Sankt Jakobus, wo er sich seit über einer halben Stunde die Beine in den Bauch stand und beinahe schon wie ein Eisheiliger vorkam. Berengar stieß eine halblaute Verwünschung aus. Schnee, Schnee und abermals Schnee. Eisflächen, die sich wie ein ehernes Panier an das Pflaster krallten. Klirrender Frost und zu allem Überfluss auch noch ein schneidender Wind, der durch die nahe Klostergasse und über die Gräber auf dem Kirchhof unmittelbar neben dem Ostchor fegte. Trister hätte die Szenerie, die sich ihm darbot, bestimmt nicht ausfallen können.

Um sich aufzuwärmen, aber auch, um seine auf die Priorin abzielenden Rachegelüste zu zügeln, stülpte Berengar seine Kapuze über und begann vor dem südlichen Querschiff auf und ab zu stiefeln. Weit und breit kein Mensch zu sehen, weder ein Kirchgänger, noch ein Kärrner, noch irgendeiner der Tagelöhner, die für ein paar Pfennige in der Woche Handlangerdienste leisteten. Zu verdienen gab es heuer ohnehin nicht viel, für einen Steinmetz höchstens 10 Pfennige am Tag. Grund genug, es bei dieser Kälte mit der Arbeit nicht allzu genau zu nehmen und Zuflucht in einer der zahlreichen Schenken zu suchen. Ein Ort, der Berengar unter den gegebenen Umständen wie das irdische Paradies erschien.

Kaum war er in Versuchung geraten, musste er wieder Abstand davon nehmen. Schuld waren nicht etwa Skrupel gegenüber Irmingardis oder ihrer Tante, auf deren Gesellschaft er liebend gerne verzichtet hätte. Der Grund für den Sinneswandel war ein anderer, nämlich die Schritte, welche er plötzlich hinter sich hörte. Doch Berengar, auf Erlösung von seinen Qualen hoffend, hatte sich zu früh gefreut. Die junge Frau, welche mit forschem Schritt dem Südportal zustrebte, war nicht etwa seine Verlobte, sondern ein Geschöpf, wie er es selten zuvor gesehen hatte.

Ein bildhübsches Geschöpf, fürwahr. Berengar kam aus dem Staunen nicht heraus. Natürlich dachte er nicht im Traum daran, das Wort an die Fremde zu richten. Schließlich wusste er sich zu benehmen. Und außerdem war er verlobt, ein Grund mehr, so zu tun, als bemerke er die Unbekannte nicht.

Dies allerdings war leichter gesagt als getan. Mitte 20, graziös und von schlankem Wuchs, hatte die betuchte Dame, um die es sich offensichtlich handelte, etwas an sich, das Berengar förmlich zum Hinsehen zwang. Obwohl er sich dafür schämte, musste er zugeben, dass es sich nicht nur um eine hübsche, sondern mit sämtlichen Gaben der Natur ausgestattete Weibsperson handelte. Zwar trug sie einen wollenen Überwurf, aber was sich darunter verbarg, war dazu angetan, das Blut jedes Mannes in Wallung geraten zu lassen. Ein derartiges Kleid, noch dazu aus dunkelrotem Samt, bekam man nicht alle Tage zu sehen, vor allem nicht mitten im Winter, wo die Gewänder nicht dick genug sein konnten. Von derlei Anwandlungen schien die Venus mit dem walnussfarbenen, bis auf die Schultern herabreichenden Haar indes nicht viel zu halten, und es schien, als könne ihr die klirrende Kälte nichts anhaben.

Gut möglich, mutmaßte Berengar, dass die junge Frau mit dem wiegenden Schritt in Eile war. Warum sonst hätte sie ihn keines Blickes würdigen, ihr mit Goldfäden durchwirktes Kleid raffen und stur geradeaus blickend an ihm vorüberhasten sollen? Berengar kam dies reichlich merkwürdig, um nicht zu sagen unhöflich vor. Nicht zuletzt deshalb wandte er sich achselzuckend ab, beinahe froh, links liegen gelassen worden zu sein. Es ging doch nichts über eine Frau wie Irmingardis, mit der keine Schönheit dieser Welt, mochte sie sich auch noch so sehr herausgeputzt haben, konkurrieren konnte.

Die Unbekannte war bereits mehrere Schritte entfernt und Berengar in Gedanken wieder bei seiner Verlobten, als ihn ein neuerliches Geräusch, diesmal von oben, aufhorchen ließ. Woher es kam und welchen Ursprungs es war, blieb ihm zunächst verborgen. Doch dann, fast gleichzeitig, war der aufgeregte Flügelschlag eines Rabenschwarms zu hören, welcher sich zuvor lautlos genähert und ebenso lautlos auf der Balustrade niedergelassen hatte, die das Gerüst zur Straßenseite hin begrenzte.

Berengar zog den Kopf ein und wirbelte herum. Die Unbekannte, schätzungsweise 50 Schritte entfernt, tat das Gleiche. Einen Wimpernschlag starrten sie einander an, die Münder halb offen und einen fragenden Blick im Gesicht.

Es war dieser Blick, dieses ans Kokette grenzende Mienenspiel der jungen Frau, der dazu führte, dass Berengar die Gefahr, in der sie schwebte, viel zu spät erkannte. Erst als sie den Blick nach oben richtete, tat der Vogt es der Fremden gleich, einen Ruf auf den Lippen, der ihm buchstäblich im Hals stecken blieb.

Dieser Warnruf, so er denn rechtzeitig ertönt wäre, hätte am Gang der Ereignisse freilich nicht das Geringste ändern können. Auch daran nicht, dass der Greifarm, an dem der tonnenschwere Quaderblock hing, seine Last freigeben würde. Starr vor Schreck, hing Berengars Blick wie gebannt an dem Flaschenzug, welcher sich auf der obersten Ebene des Baugerüstes befand und an dem, wie er bestürzt registrierte, eine bis zur Unkenntlichkeit vermummte Gestalt herumhantierte. Welchen Zweck sie damit verfolgte, stand dem Vogt klar vor Augen, wenngleich er im Gegensatz zu der Unbekannten, die sich blitzschnell von ihrem Schreck erholt hatte, zu keiner vernünftigen Reaktion fähig war.

Als der Greifarm nachgab und der Quaderblock sich aus seiner Umklammerung löste, war die junge Frau bereits zurückgewichen, die Hände schützend von sich gestreckt. In ihrem Gesicht, aus dem die pechschwarzen Augen besonders hervorstachen, regte sich dagegen nichts. Ihr Blick war immer noch der gleiche, furchtlos, gefasst, und, wie Berengar erstaunt registrierte, alles andere als überrascht.

Dementsprechend kühl fiel die Reaktion der mysteriösen Schönheit aus, nachdem der Quader auf dem Pflaster aufgeschlagen, in mehrere Teile zerborsten und unweit des Südportals liegen geblieben war.

Berengar, dem die Rolle des Zuschauers überhaupt nicht behagte, rieb sich verwundert die Augen. An Vorkommnisse dieser oder ähnlicher Art konnte er sich natürlich erinnern, an eine derartige Reaktion dagegen kaum. Hatte die geheimnisumwitterte Venus, die ihm mehrere Rätsel gleichzeitig aufgab, doch offenbar nichts Besseres zu tun, als den Saum ihres Gewandes zu inspizieren, ihr Gegenüber kokett anzulächeln und anschließend mit wiegendem Schritt davonzuspazieren. An die Gestalt, welche ihr nach dem Leben getrachtet hatte, verschwendete sie keinen Blick, anders als der Vogt, dessen Bemühungen, sie ausfindig zu machen, jedoch kein Erfolg beschieden war.

Doch Berengar wäre nicht Berengar gewesen, hätte er den Vorfall, mit dem er konfrontiert worden war, ad acta gelegt. So einfach, wie es sich die verführerische Unbekannte machte, war der Kasus nämlich nicht, zumal man die Annahme, all das sei nur Zufall gewesen, zur Gänze ausschließen konnte.

Dies hatte zur Folge, dass in Berengar der Gesetzeshüter erwachte, und das, obwohl er diesbezüglich keinerlei Befugnisse hatte. Wenn überhaupt, war es Sache der Stadtknechte, sich mit derlei Kalamitäten herumzuschlagen, nicht die Seine. Aber da weit und breit kein Mensch, geschweige denn ein Hüter der öffentlichen Ordnung zu sehen war, wischte der Vogt sämtliche Bedenken beiseite und heftete sich an die Fersen der unbekannten Frau.

Als er auf gleicher Höhe mit ihr war, hatte diese die Baustelle bereits hinter sich gelassen und stand im Begriff, in die Kirchgasse einzubiegen. Sie tat dies ohne Anzeichen von Hast und, wie Berengar mit wachsendem Unmut registrierte, ohne auch nur einen einzigen Blick über die Schulter zu werfen. Es war dieses Verhalten, dieses bewusste Ignorieren seiner Person, das ihn, den verhinderten Gesetzeshüter, erst richtig in Harnisch brachte. An sich war Berengar von Gamburg ein friedfertiger Mensch, zumindest was sein Verhalten gegenüber dem weiblichen Geschlecht betraf. Kam er sich jedoch veralbert vor, entfaltete sich sein hitziges Temperament, mit dem Ergebnis, dass es kein Halten mehr für ihn gab. »Darf man fragen, warum Ihr es so eilig habt?«, blaffte Berengar, wohl wissend, wie ungehobelt sein Betragen und wie absurd die Frage, die er an die Fremde gerichtet hatte, im Grunde war. »Mich dünkt, wir haben einiges zu bereden.«

»Tatsächlich?«, entgegnete die Frau, verhielt ihren Schritt und drehte sich ohne erkennbare Anzeichen von Eile oder Verwunderung um. »Und was, wenn die Frage gestattet ist? Was mich betrifft, wüsste ich nicht, worüber wir beide uns unterhalten sollten.«

»Bei allem Respekt, findet Ihr nicht auch, dass … dass …«, begann Berengar, geriet jedoch derart aus dem Konzept, dass seine Erwiderung in zusammenhangloses Gestammel ausartete. »Dass Ihr …«

»Dass ich was?«, versetzte die Unbekannte, deren Lippen sorgsam geschminkt waren, mit unverhohlener Ironie und sah sich rasch nach allen Seiten um. »Meint Ihr, ich sei nicht imstande, auf mich aufzupassen?«

»Das wollte ich damit nicht sagen.«

»Sondern?«

»Dass Ihr, gelinde gesagt, auf Euch achtgeben müsst.«

»Müssen wir das nicht alle?«

»Mit Verlaub – mir scheint, man trachtet Euch nach dem Leben.«

»Angenommen, Ihr habt Recht – darf man fragen, was Euch das angeht, edler Herr?«

Teils wütend, zum Teil aber auch ehrlich verblüfft, zügelte Berengar sein Naturell und runzelte die Stirn. »Nichts«, räumte er unumwunden ein, »Hauptsache, wir beide sind nicht zu Schaden gekommen.«

»Eben.« Nicht mehr so spröde wie zuvor, hielt die junge Frau Berengars Blick ohne mit der Wimper zu zucken stand. Sie wirkte in der Tat äußerst anziehend, wenn nicht gar eitel, hatte schneeweiße Haut, einen Schmollmund und karmesinrot geschminkte Wangen. Je länger er sie betrachtete, desto stärker keimte ein ganz bestimmter Verdacht in Berengar empor. Eine Mutmaßung, welche durch das herzförmige Medaillon, welches an einem Goldkettchen hing und die Stirn der Fremden zierte, scheinbar bestätigt wurde. Hinzu kam der Duft, den sie verströmte, eine Mixtur aus Lavendel, Oleander und Rosmarin, dezent zwar, aber dennoch so stark, dass Berengar unwillkürlich zurückzuweichen begann.

Die junge Frau quittierte es mit einem Lächeln, warf einen Blick in die Runde und fragte: »Was ist, habt Ihr etwa Angst vor mir?«

»Warum sollte ich. Und Ihr?«

»Findet Ihr, das geht Euch etwas an?«

»Gegenfrage: Haltet Ihr es nicht für besser, wenn wir uns einander vorstellen?« Nicht im Mindesten gekränkt, deutete Berengar eine Verbeugung an und sagte: »Erlaubt, dass ich den Anfang mache. Mein Name ist Berengar. Und wie lautet der Eure?«

Die Andeutung eines Lächelns im Gesicht, ließ sich die Unbekannte mit ihrer Antwort Zeit. »Na schön, wenn Ihr darauf besteht!«, seufzte sie, schürzte die pfirsichfarbenen Lippen und blinzelte Berengar aufreizend an. »Man nennt mich …«

»Egal, wie man Euch nennt –«, erscholl plötzlich eine ihm wohlbekannte Stimme in seinem Rücken, so laut, dass sie Berengar wie die Posaunen von Jericho vorkamen, »der Verlobte meiner Nichte hat derzeit Besseres zu tun, als seine Zeit mit einer stadtbekannten Kurtisane zu vertrödeln! Auf ein Wort, Vogt, mit Irmingardis steht es wahrlich nicht zum Besten!«

4

Galgentor, eine Dreiviertelstunde vor Sonnenuntergang
| [16.48 h]

»Aus dem Weg, Abschaum – oder soll ich dir eins überziehen?«

Es gab Zeiten, in denen Deodatus die Schmährufe, Zoten und niederträchtigen Kommentare nicht mehr ertrug. Am heutigen Donnerstag, kurz vor der Schließung der Stadttore, war es wieder einmal so weit. Er hatte genug von der Plackerei, für die sich selbst ein Bettler zu schade war, genug von den ewigen Schikanen und genug vom Hohn, mit dem man ihn bei jeder Gelegenheit übergoss. Deswegen stellte er sich taub, wohl wissend, dass er den Fuhrknecht hinter sich zur Weißglut treiben und die Mission, mit der er betraut worden war, dadurch gefährden würde.

Folglich kam es, wie es kommen musste, wobei sich der Müllkärrner nicht zu Unrecht fragte, ob es klug war, mit einem stadtbekannten Raufbold Händel anzufangen. An seinem Entschluss, so töricht er auch sein mochte, würde dies jedoch nichts ändern. Deodatus gab ein desillusioniertes Schnauben von sich, nicht gewillt, seinen Müllkarren auch nur einen Zollbreit von der Stelle zu bewegen. Entweder würde der Kutscher warten, bis er seinen Esel gefüttert hatte, oder er würde klein beigeben, nach links ausscheren und das Fuhrwerk an ihm vorbeimanövrieren. So einfach war das.

»Bist du taub, Missgeburt, oder legst du es auf eine Abreibung an?«

Eine Tracht Prügel, als ob man ihn damit hinter dem Ofen hervorlocken könnte. In seinem Leben, das die Bezeichnung nicht verdiente, hatte es wahrlich schon genug Hiebe gesetzt. So viele, dass er nicht einmal mehr mit der Wimper zuckte, wenn er mit einem Ochsenziemer, Knüppel oder gar einer Peitsche Bekanntschaft machte. Seit dem Tag, an dem ihn einer der Stadtknechte kahl geschoren, nach Strich und Faden verprügelt und ihm anschließend vor aller Augen ein Kreuz auf der Stirn eingebrannt hatte, empfand er keine Schmerzen mehr. Und noch etwas war ihm seit jenem verhängnisvollen Datum abhandengekommen: sein Gedächtnis. Wie sehr er sich auch anstrengte, ihm fiel einfach nicht mehr ein, aus welchem Grund er gebrandmarkt worden war. Überhaupt konnte er sich an nichts mehr erinnern, was ihn mit seinem Leben vor der Stigmatisierung verband.

Eines freilich war ihm genau im Gedächtnis geblieben: die Worte, welche ihm der eigens herbeizitierte Dominikanermönch im Moment seiner Brandmarkung entgegengeschleudert hatte. »Hoc signum deo datus est!«*, hatte der Pfaffe in fehlerhaftem Latein salbadert, wovon ihm, der er der Sprache nicht mächtig war, ganze zwei Worte im Gedächtnis haften geblieben waren. Worte, die sich derart merkwürdig anhörten, dass er sie von nun an stets vor sich hinbrabbelte. Lange Zeit später, als sich der Mob wieder einmal das Mütchen an ihm kühlte, war

* dt.: ›Dieses Zeichen ist dir von Gott gegeben worden.‹ (korrekt: ›deo datum est‹)

dann ein Gassenjunge auf die Idee gekommen, ihn Deodatus zu taufen. Und dabei war es geblieben.

»Ich zähle jetzt bis drei, dann gibt's was auf die Ohren, Schweinefratze!«

Die Schaufel in der Hand, mit der er einen gefrorenen Haufen Hundekot auf seinen Karren beförderte, ließ sich Deodatus von den Drohgebärden des Fuhrknechtes nicht beirren, drehte ihm den höckerigen und mit Blessuren übersäten Rücken zu und fuhr mit seiner Arbeit fort. Mittlerweile hatten sich zahlreiche Gaffer eingefunden, unter ihnen ein Büttner, zwei Färbergesellen, mehrere Kesselflicker und ein Korbmacher, der mit verschränkten Armen am Türpfosten lehnte. Gassenjungen, für einen Spaß auf Kosten anderer jederzeit zu haben, eilten herbei, bewarfen ihn mit Schneebällen, schnitten Grimassen, ahmten seinen gebückten Gang nach. Deodatus ignorierte sie nach Kräften, hatte er doch mit seiner Arbeit, die ihm aufgrund der Kälte alles andere als leichtfiel, alle Hände voll zu tun. Der Müllkärrner setzte eine grimmige Miene auf. Zwar war es kraft Ratsbeschlusses untersagt, Schweine frei herumlaufen zu lassen, aber das bedeutete nicht, dass sich die Leute in der Vorstadt daran hielten. An manchen Tagen war das Pflaster regelrecht mit Kot übersät, so sehr, dass es buchstäblich zum Himmel stank. Deodatus hatte sich längst daran gewöhnt und freute sich sogar insgeheim darüber. Für jede Fuhre, die er auf den Höfen oder in den Gärten vor dem Tor ablieferte, kassierte er drei Pfennige und somit mehr als mancher Tagelöhner in der Stadt. Was machte es da schon, wenn sie ihn Gossenschlecker, Kackschleuder oder Schweinepriester riefen. Hauptsache, er kam über die Runden und blieb von Ärger verschont.

Davon, so viel stand mittlerweile fest, konnte er am heutigen Tag nur träumen. Jederzeit bereit, wenn es darum ging, Händel vom Zaun zu brechen, hatte der stiernackige Fuhrknecht sein Gefährt einfach stehen lassen und schlenderte zähnefletschend auf Deodatus zu. Eine derartige Frechheit, noch dazu von einem hergelaufenen Krüppel, würde er sich nicht bieten lassen. Schon gar nicht, wenn die halbe Vorstadt Zeuge war. »Na schön, anscheinend willst du es nicht anders«, zischte er und bleckte die giftgelben Zähne. »Selber schuld, du buckliges Warzenschwein!«

»Buckel, Schandmal, Hinkebein, wird der Deodatus sein!«, brabbelte der Müllkärrner vor sich hin, für die Umstehenden und seinen Kontrahenten kaum zu verstehen. Anschließend wirbelte er herum, vollführte eine theatralische Verbeugung und riss sich mit schwungvoller Gebärde die Gugel* vom Kopf. »Im Namen des Hausschweins, des Köters und des störrischen Esels – Amen! Was steht zu Diensten, Hochwohlgeboren?«

»Falls du mich auf den Arm nehmen willst, Arschgesicht«, knurrte der Fuhrknecht, nur noch eine Armlänge von Deodatus entfernt, »musst du dir schon einen anderen Idioten suchen. »Glaubst du, ich lasse mir auf der Nase rumtanzen?«

»Selig sind die Friedfertigen, behaupten die Pfaffen, denn sie werden ihres Nächsten Fußabstreifer sein.«

»Habt ihr das gehört, Leute?«, ereiferte sich der Fuhrknecht, krebsrot im Gesicht und so aufgebracht, dass ihm die Augen vor Wut aus den Höhlen traten. »Habt ihr gehört, was dieser verkrüppelte Haufen Kuhmist gerade

* Kapuzenartige, bis auf die Schulter reichende Kopfbedeckung, zumeist aus Wolle

von sich gegeben hat? Das ist ja wohl ein starkes Stück. Faulenzt, bettelt, wühlt den ganzen Tag in der Scheiße herum und besitzt die Frechheit, ehrbare Bürger auf das Schändlichste zu beleidigen. Da hört sich ja wohl alles auf.« Auge in Auge mit dem Müllkärrner, den er um Haupteslänge überragte, zog der Fuhrknecht die Nase hoch, blickte sich Beifall heischend um und tat im Stil eines Marktschreiers kund: »Weißt du, was ich jetzt mit dir anstellen werde, Schweinefratze?«

»Mist zu verkaufen, wie viel darf's denn sein, Hochwohlgeboren?«

»Na warte, Missgeburt, dir werd' ich's zeigen.« Schäumend vor Zorn öffnete der Fuhrknecht die Schnalle seines Gürtels, zog ihn aus dem Hosenbund und griente den Müllkärrner siegesgewiss an. »Na, was sagst du dazu? Dir werde ich die Flausen austreiben, wart's ab. Ein für alle Mal. Damit du kapierst, wo dein Platz ist, Gossenschlecker.«

»Selig sind die Armen im Geiste, denn ihrer ist das Narrenhaus.«

»Das wirst du bereuen, Abschaum, so wahr sie mich alle Humpen-Schorsch nennen. Werd' dir eine Tracht Prügel verpassen, an der du noch lange zu kauen haben …«

»Gar nichts wirst du, so wahr ich Mitglied des Zisterzienserordens bin. Lass ab von dem Mann, sonst bekommst du es mit mir zu tun!«

»›Mann‹ – hab ich da eben richtig gehört?«, blökte der Fuhrknecht, stieß Deodatus, den er gerade am Kragen gepackt hatte, von sich und baute sich großspurig vor Bruder Hilpert auf. »Und mit wem hab ich das Vergnügen?«

»Mein Name ist Hilpert, Bruder Hilpert. So, und jetzt pack dich von hinnen! Bevor ich es mir anders überlege.«

»Was soll das heißen, Pfaffe?«

»Nichts anderes, als dass ich in jungen Jahren dem Waffenhandwerk nachgegangen bin. Lust auf eine kleine Kostprobe?«

»Soll das etwa eine Drohung sein?«

»Ein Rat unter Christenmenschen, wenn man so will. Es sei denn, du lechzt danach, am Pranger zu landen. Oder nach einem Plauderstündchen beim Stadtrichter. Du weißt doch, mit Leuten wie dir macht man kurzen Prozess!«

»Meine Hochachtung, Bruder. Was hiesige Gepflogenheiten angeht, scheint Ihr Euch bestens auszukennen.« Weitgehend unbemerkt hatte sich während des hitzigen Disputs ein Reiter genähert, bei dessen Anblick die Gaffer auf der Stelle eine Gasse freigaben. Bruder Hilpert sah es mit Erstaunen, handelte es sich doch um einen Mann, der höchstens 25 Lenze zählte. Ein Mann, dessen Gewandung auf Anhieb die Blicke auf sich zog. Wäre sein prüfender Blick nicht gewesen, hätte Bruder Hilpert schwören können, er habe es mit einem harmlosen Stutzer zu tun. Dafür sprachen allein schon das mit Kringeln, Schnörkeln und Ranken durchwirkte Wams aus dunklem Brokat, das er unter dem ebenfalls dunklen Pelzmantel trug, der Kragen aus Zobelfell, mit dem dieser besetzt war, und das dazu passende rabenschwarze Barett, in dem die Feder eines Pfauen steckte. Es war diese Feder, die den Habitus eines Aristokraten perfekt machte, wenngleich Bruder Hilpert zögerte, den jungen Beau mit dem schulterlangen braunen Haar als solchen einzustufen. Da war etwas an diesem Mann, was ihn zutiefst irritierte, etwas, worüber die ebenmäßigen Züge, die fein geschwungene Nase und die von sorgfältig gestutzten Brauen überwölbten Augen nicht hinwegtäuschen konnten. Er wusste zwar nicht, worin das Besondere an dem jungen Fant bestand, war sich jedoch sicher, dass er es noch herausbekommen würde. Auch wenn die Sehschärfe seiner Augen, um die er sich ernsthaft Sorgen machte, wieder einmal zu wünschen übrig ließ. »Erlaubt, dass ich mich vorstelle – mein Name ist Laurenz Tuchscherer, wohnhaft in der Herrngasse zu Rothenburg ob der Tauber. Wie Ihr heißt, weiß ich ja bereits.«

Bruder Hilpert, der nichts mehr hasste als das aristokratische Gehabe, welches die Mitglieder betuchter Kaufmannsfamilien an den Tag legten, rang sich ein knappes Nicken ab. Daher wehte also der Wind. Der Spross eines alteingesessenen Patriziergeschlechtes, genau die Sorte Mensch, der er gemeinhin mit Vorsicht begegnete. Mitglied in einer der knapp zwei Dutzend Familien, welche seit alters her die Geschicke der Freien Reichsstadt in Händen hielten und sich gegenseitig die zwölf Sitze im Inneren Rat und den Posten des Bürgermeisters zuschanzten. Von daher also dieser Habitus, welcher ihn am heutigen Tag mehr denn je mit Unbehagen erfüllte. Ein Gefühl, welches nicht wenige der Umstehenden zu teilen schienen.

Und noch etwas wurde ihm klar, Augenlicht hin oder her. Hinter der Fassade der Gelassenheit, welche Tuchscherer an den Tag legte, war ein argwöhnischer, auf Anerkennung und Ergebenheitsbezeugungen bedachter Charakter verborgen. Seine Augen waren ständig in Bewegung, taxierten bald die Gesichter der Gaffer, bald Bruder Hilpert, dem er mit mühevoll kaschiertem Misstrauen begegnete. Im Verein mit seinem herrischen Auftreten vermittelte er den Eindruck eines sprungbereiten Raubtiers, ein Grund mehr, ihm in Zukunft aus dem Weg zu gehen. »Darf man fragen, Bruder, was Euch bewogen hat, für diesen Auswurf da drüben Partei zu ergreifen?«

»Die Tatsache, dass wir alle Kinder Gottes sind.«

Tuchscherer brach in affektiertes Gelächter aus. »So, sind wir das. Gut zu wissen, dass sich die Zisterzienser neuerdings mit Abschaum umgeben. Sei's drum. Irgendjemand muss sich ja schließlich um gebrandmarkte Ketzer kümmern.«

»Ihr tut gut daran, junger Mann, hin und wieder einen Blick in die Heilige Schrift zu werfen. Steht doch geschrieben: ›Hoffahrt kommt vor dem Sturz und Hochmut kommt vor dem Fall.‹«*

»Erlaubt, dass ich Euch ebenfalls einen Rat gebe, Bruder –«, heuchelte Tuchscherer, schnalzte mit der Zunge und dirigierte seinen unruhig auf der Stelle tänzelnden Rappen bis auf Armlänge an Bruder Hilpert heran. »Ihr tut gut daran, mir von Stund an nicht mehr in die Quere zu kommen. Ein Wort von mir, und Ihr fliegt in hohem Bogen zum Tor hinaus. Pfaffen, die eine große Lippe riskieren, können wir hier nämlich nicht brauchen. Von der Sorte gibt es nämlich schon genug. Und was Euren Hang zu bildhaften Vergleichen betrifft, lasst Euch gesagt sein, dass Ihr bei mir damit an der falschen Adresse seid. Und darum, Bruder, ein gut gemeinter Rat, von Hoch zu Niedrig sozusagen. Falls Ihr große Reden schwingen wollt, seid Ihr in Sankt Johannis besser aufgehoben. Der Bet-

* Sprüche 16, 18

bruder dort taugt ohnehin nicht viel. Und nun, Mönchlein – Gott befohlen!«

Das hatte er nun davon. Deodatus zerrte am Zaumzeug seines Esels, blickte zum westlichen Horizont und hatte es auf einmal so eilig, dass er ins Stolpern geriet. Warum bloß hatte er sich mit dem Fuhrknecht angelegt, einen Menschenauflauf verursacht und dadurch wertvolle Zeit vertrödelt? Zeit, die er jetzt, da seine Mission auf Messers Schneide stand, dringender denn je benötigte.

Innerlich aufgewühlt und in Gedanken bei dem Mönch, der ihm aus der Patsche geholfen hatte, bog Deodatus von der Straße ab und strebte der Sickergrube zu, die unweit des Stadtgrabens ausgehoben worden war. Seine verkrümmte Gestalt warf lange Schatten, und die untergehende Sonne tauchte die von Hecken, Bewässerungsgräben und Ackerfurchen durchzogene Landschaft in purpurfarbenes Licht. Der Müllkärrner indes hatte kein Auge dafür. Jetzt galt es, einen kühlen Kopf zu bewahren, den Auftrag, mit dem er betraut worden war, auf Gedeih und Verderb auszuführen.

Obwohl ihm nicht danach war, stimmte Deodatus ein altes Volkslied an und wischte sich den Schweiß von der schrundigen Stirn. Das half, vor allem gegen die Angst. Angst, die mit jedem Schritt, der ihn seinem Ziel näherbrachte, anwuchs und sich wie ein Würgeeisen um seine Kehle legte. Der Müllkärrner biss die Zähne zusammen und stapfte weiter. Aufgeben kam für ihn dennoch nicht infrage. In seinen Augen wäre dies gleichbedeutend mit

Verrat gewesen, und wenn es etwas gab, das ihn mit Schrecken erfüllte, dann die Vorstellung, dass sich sein Schutzengel von ihm abwenden würde. Der Mensch, dem er so viel Dank schuldete, dass er sieben Leben benötigt hätte, um diese Schuld abzutragen.

Die Sickergrube. Nichts wie weg mit dem Abfall, von dem sein Karren beinahe überquoll. Und dann nichts wie weiter, so schnell es ging. Die Zeit drängte, er musste sich sputen.

Endlich am Ziel, sah sich Deodatus argwöhnisch um. Das Gehöft, vor dem er stand, war im Sommer 1407 von Kriegsknechten des Burggrafen niedergebrannt und nach Kriegsende nicht wieder aufgebaut worden. Außer ein paar Mauerresten, verkohlten Balken und herumliegenden Dachziegeln war nicht viel davon übrig geblieben, kein Mensch hatte eine Ahnung, was aus den Bewohnern geworden war. Die einen behaupteten, die vierköpfige Familie sei im Schlaf überrascht und von der marodierenden Soldateska zu Tode gemartert worden, andere wiederum beteuerten, sämtliche Bewohner hätten sich in Sicherheit bringen können. An den Spukgeschichten, die in der Stadt kursierten, änderte dies jedoch nichts. Des Nachts, hieß es, könne man bisweilen das Hohngelächter der Plünderer hören, unterbrochen von lautem Wehklagen und Geschrei. Kaum verwunderlich, dass sich nach Sonnenuntergang kein Mensch hier blicken ließ, es sei denn, er führte etwas im Schilde.

So wie er. Deodatus griente zufrieden vor sich hin. Er hatte den Ort mit Bedacht gewählt, und da weder Spuren noch Hinweise auf unerwünschte Beobachter zu entdecken waren, atmete er laut und vernehmlich durch.

Ohne einen Blick zum Horizont zu werfen, wo die glutrote Sonne über den Baumwipfeln schwebte, überwand der Müllkärrner schließlich seine Scheu, ließ die Zügel aus den Händen gleiten und näherte sich dem Gehöft. Von Spuren, gleich welcher Art, war nichts zu sehen, aber das nahm er nur am Rande wahr. Nur noch ein Ziel vor Augen, kämpfte er sich durch den knöcheltiefen Morast voran, hin zu der Stelle, wo in unmittelbarer Nähe des Torbogens ein Reisighaufen in die Höhe ragte. Kaum am Ziel, wühlte sich der Müllkärrner wie ein Besessener durchs Geäst und hielt erst dann inne, als er auf ein fest verschnürtes Leinenbündel stieß.

Einen Seufzer auf den Lippen, der aus tiefstem Herzen kam, sank Deodatus auf die Knie, brabbelte ein Gebet und schob die Arme unter den Leichnam, welchen er zwölf Stunden zuvor dort versteckt hatte. Dann rappelte er sich auf, stieß einen lang gezogenen Klagelaut aus und trug die sterblichen Überreste von Agnes Egerter zu seinem Karren, wo sie unter eilends herbeigeschafften Reisigbündeln verschwanden.

Einen Choral auf den Lippen, der in keinem Gesangbuch zu finden war, strebte Deodatus wieder der Stadt zu, eingehüllt von purpurnen Dunstschwaden, die sich wie ein schützender Mantel an ihn schmiegten.

5

Postskriptum (I)

Das Furchtbare daran waren nicht die Schmerzen gewesen, ihre nicht enden wollende Pein, das Gefühl, schlimmer als ein Stück Dreck behandelt worden zu sein. Das Furchtbare daran war, dass ihr niemand geglaubt hatte, weder die Mutter, noch der Vater, und schon gar nicht ihr Beichtvater in der Sankt Peter und Paulskirche zu Detwang, wohin sie sich in ihrer Verzweiflung geflüchtet hatte. Zuvor war sie stundenlang am Ufer der Tauber entlanggeirrt, bald hierhin, bald dorthin gestolpert, bleich vor Entsetzen, stumm vor Verzweiflung, feuerrot vor Scham. In ihrer Not, so groß wie noch nie in ihrem erst 14 Jahre währenden Erdendasein, hatte sie weder ein noch aus gewusst, Gott und sämtliche Heiligen um Beistand angefleht, die Welt der Erwachsenen, in der für sie kein Platz mehr war, aus tiefster Seele verflucht. Genützt hatte es freilich nichts, weshalb sie ihre Schritte dorthin gelenkt hatte, wo sie aus den Händen von Vater Crispianus, ihrem Beichtvater, dereinst das Sakrament der Taufe empfangen hatte. Somit war die Kirche zu Sankt Peter und Paul zu ihrer letzten Zuflucht geworden, und sie, Agnes Egerter, um eine Enttäuschung reicher.

Nicht etwa, dass Vater Crispianus die kleine Bademagd abgewiesen hätte. Das nicht. Ihretwegen hatte er sogar sein Bibelstudium, dem er sich vor dem Abendläuten widmete, unterbrochen, alles stehen und liegen lassen und sich mit ihr in die Kirche begeben. Dort, vor dem Altar, hatte er ihr zunächst eine geharnischte Predigt gehalten, sie ermahnt, bei der Wahrheit zu bleiben und ihr das Versprechen abgenommen, von dem, worüber sie mit ihm gesprochen habe, nichts an anderer Menschen Ohr dringen zu lassen.

Gefruchtet hatte ihre Beichte indes nicht viel, außer vielleicht, dass ihr Vater Crispianus zum Abschied eine Scheibe Schwarzbrot in die Hand gedrückt und sie mit den Worten entlassen hatte, Gott der Herr sehe alles und werde ihr weiterhin Beistand gewähren. Ihr Peiniger, nun ja, der werde dereinst zur Rechenschaft gezogen, vorausgesetzt, sie habe ihm die Wahrheit gesagt. Dass es eine Zeugin gab, schien ihn überhaupt nicht zu interessieren.

Die Wahrheit, aha. Das war deutlich gewesen, mehr als deutlich. Kein Wunder, dass der Abschied zwischen ihr und dem Dorfpfarrer ein frostiger gewesen war.

Und der letzte.

Agnes Egerter, zu Hause im Spitalviertel ›Nessel‹ gerufen, hatte genug vom Leben. Zutiefst gedemütigt, hätte sie ihm am liebsten ein Ende gemacht, wäre da nicht die Frage nach dem Wie gewesen. Das war es, worüber sie sich am meisten den Kopf zerbrach. Auch dann noch, als sie beim Vesperläuten die zweigeschossige Tauberbrücke überquerte, auf halbem Weg stehen blieb und geraume Zeit in die talwärts strömenden Fluten starrte. An die in karmesinrotes Abendlicht getauchten Flussauen und die wie Bergkristall funkelnden Schneemassen, unter denen die Dächer der Stadt ächzten, verschwendete sie jedoch keinen Blick, geschweige denn an den Rauchfaden, welcher aus der Herberge am Ufer in den wolkenlosen Abendhimmel stieg. Dort drüben wohnten ja schließlich Menschen, genau wie droben auf dem Bergsporn, wo sich die Tore,

Türme und Bastionen ihrer Heimatstadt auf steil emporragendem Fels in die Höhe reckten. Und mit denen, ihre eigene Familie mit eingeschlossen, wollte sie von heute an nichts mehr zu tun haben. Es kümmerte sie nicht, ob sie den Eltern Schmerzen bereiten, Schande machen oder Leid zufügen würde. Oder ob man sie, wie dies mit Selbstmördern zu geschehen pflegte, auf dem Schindanger verscharren würde. Alles, wonach ihr der Sinn stand, war, möglichst rasch aus dem Leben zu scheiden. Auf dass ihr Martyrium, welches im Badehaus begonnen hatte, endlich ein Ende habe.

Ein Ende – aber wie? Paradoxerweise war es der Gedanke an ihre Eltern gewesen, welcher sie dem ersehnten Ziel ein Stück näher gebracht und dafür gesorgt hatte, dass sie den Weg einschlug, welcher hinauf zum Kobolzeller Tor führte. Um diese Zeit, kurz vor Toreschluss, war kaum noch jemand unterwegs, außer einer Gruppe von Jakobspilgern, die laut schwatzend und schwadronierend der Herberge im Tal zustrebten. Das unscheinbare Mädchen mit den zerzausten blonden Haaren und dem leeren Blick war ihnen nicht einmal ein Kopfnicken wert, und selbst wenn, hätte Agnes die mit Hut, Jakobsmuschel und Pilgerstab bewehrten Wandersleute nicht bemerkt.

Aufgefallen, und das nicht ohne Grund, war sie indessen Krücken-Jörg, Veteran aus dem Krieg gegen den Burggrafen, in dem er sein rechtes Bein eingebüßt hatte. Jörg, gegenüber Späßen und einem kleinen Plausch niemals abgeneigt, war gerade dabei, die Torflügel zu schließen, als sich Agnes einfach durch den schmalen Spalt zwängte und ohne ein Wort des Grußes an ihm vorüberhastete. So wie ihm, dem allseits beliebten Torwächter, erging es auch den Nachbarn, auf die Agnes auf ihrem Weg in die Spitalgasse stieß. Sie schaute weder nach rechts noch links, und wer ihren Blick auffing, stutzte und schaute ihr mit banger Miene hinterher.

Von alldem bekam Agnes Egerter, genannt ›Nessel‹, nichts mehr mit. Alles Leben war bereits von ihr gewichen, lange bevor sie sich kurz vor Mitternacht in die Werkstatt ihres Vaters schlich und nach dem ersten einer Reihe tönerner Gefäße griff. Auf die übrigen Behältnisse, in denen der Vater Zwiebelschalen, Krapp, gelbe Disteln, Färberwaid und schwarze Walnusshüllen aufbewahrte, verschwendete sie keinen Blick. Wichtig war allein dieses eine Gefäß, welches sie ohne zu zögern an die Lippen setzte und seinen Inhalt in einem Zug leerte.

Agnes starb qualvoll, doch als sie ihr Leben aushauchte, stahl sich ein Lächeln auf ihre Lippen. Ein Lächeln, wie man es von dem kratzbürstigen Wildfang nicht gewohnt gewesen war.

6

Badehaus im Pfäffleinsgäßchen, kurz nach Sonnenuntergang | [17.30 h]

»Heda, schönes Kind, wie wär's mit einem gemeinsamen Bad?«, sabberte der Dickwanst mit vollem Mund, einen Hühnerschlegel in der Hand, mit dem er auf sein üppiges Brusthaar deutete und ihn anschließend auf das Servierbrett seines Waschzubers warf. Als Nachtisch warteten Feigen im Teigmantel auf ihn, dazu Apfelringe, Mandelgelee und süße Krapfen. »Oder bist du dir etwa zu schade dafür?«

»Fragt sich, was Eure Frau dazu sagen würde!«, konterte Melusine, stellte ihren Eimer ab und kramte eine Handvoll Duftkräuter hervor, welche sie in den benachbarten Bottich rieseln ließ. Nicht lange, und der Duft von Salbei, Thymian und Rosmarin erfüllte den Raum und machte den Unmut, der sie in diesem Moment packte, fürs Erste vergessen. »Und überhaupt: Findet Ihr, dass es sich für einen verheirateten Ratsherren ziemt, mit der Tochter eines Baders anzubandeln?«

»Hältst dich wohl für was Besseres, stimmt's?«, blaffte der bärtige Zweizentnermann, schenkte sich nach und stürzte den überschwappenden Zinnbecher auf einen Zug hinunter. Im Anschluss daran gab er ein Rülpsen von sich. »Höchste Zeit, dass du von deinem hohen Ross runterkommst!«

»So, findet Ihr.« Ohne den Ratsherren, um dessen Gunst sich die übrigen Bademägde rissen, auch nur eines Blickes zu würdigen, wischte sich die 22-jährige Baderstochter die Hände ab und verrollte die Augen. Müde der Offerten, Annäherungsversuche und Zweideutigkeiten, mit denen sie tagein, tagaus überschüttet wurde, hätte sie am liebsten alles liegen und stehen lassen und sich in ihrer Kammer unterm Dachboden verkrochen. Dort droben, zusammen mit ihrem Raben und den geliebten Büchern, war sie wenigstens für sich. Dort hatte sie ihre Ruhe und lief nicht Gefahr, von den Gästen wie eine Hübschlerin taxiert oder am Ende gar begrapscht zu werden. »Warum so schweigsam? Bist doch sonst nicht auf den Mund gefallen.«

Drauf und dran, dem Ratsherrn über den Mund zu fahren, verkniff sich Melusine ihre Erwiderung, ging in die Hocke und wischte das verschüttete Wasser auf. Eine Frau wie sie war den Männern nur ein Dorn im Auge. Daran hatte sie sich mittlerweile gewöhnt. Sie ließ sich eben nicht alles gefallen, gab oft kontra und sagte nicht zu allem Ja und Amen. So etwas vertrugen die Mannsbilder nicht. Kein Wunder, dass man sich über sie die Mäuler zerriss. Und darüber, dass sie jedem, der Gefallen an ihr fand, einen Korb gegeben hatte.

Melusines Mundwinkel kräuselten sich zu einem Lächeln. So etwas ging in den Kopf der Männer, vor allem in den Quadratschädel dieses Prachtexemplars von einem Ratsherrn, partout nicht hinein. Für diesen Schürzenjäger, vor dem kein Weiberrock sicher war, waren Frauen wie sie ein rotes Tuch. Das hinderte ihn jedoch nicht daran, seine Annäherungsversuche fortzusetzen. Selbst auf die Gefahr, dass er sich eine neuerliche Abfuhr holen würde. »Keine Sorge, ich werde es mir auch etwas kosten …«

»Für den Fall, Meister Hinzpeter, dass Ihr mich mit

den Dirnen am Rödertor verwechselt«, schnitt Melusine dem korpulenten Aufschneider das Wort ab, woraufhin Letzterem das Blut aus den feisten Zügen wich und der Mund sperrangelweit offen stehen blieb, »lasst Euch gesagt sein, dass Eure Masche bei mir nicht zieht. Da müsst Ihr Euch schon eine andere Gespielin suchen. Für die Art von Lustbarkeiten, nach denen Euch offenbar der Sinn steht, habe ich nicht das Geringste übrig. Was im Übrigen auch auf Eure Person zutrifft. So, und jetzt entschuldigt mich, ich habe zu tun!«

»Na warte, du rote Atzel!«, schäumte der Ratsherr und drohte Melusine mit dem Zeigefinger, wovon diese sich jedoch nicht im Geringsten beeindruckt zeigte. »Dir werd ich's zeigen! Und damit du Bescheid weißt: An mir führt drüben im Rathaus kein Weg vorbei. Was das heißt, kannst du dir an fünf Fingern abzählen.«

»Korrigiert mich, Meister Hinzpeter: Kann es sein, das Ihr unter die Erpresser gegangen seid?«

»Nenne es, wie du willst, welsche Dirne, und pack dich von hinnen. Bei Weibsleuten wie dir ist ja wohl Hopfen und Malz verloren!«

Beinahe schon an der Tür, wandte sich Melusine auf dem Treppenabsatz, welcher den gewölbeartigen Raum mit dem Rest des Badehauses verband, mit vor Zorn bebender Stimme um. »Wagt es nicht, Hinzpeter«, zischte sie und funkelte den wie ein begossener Pudel dreinblickenden Fettkloß an, »wagt es nicht, den Namen meiner Mutter in den Schmutz zu ziehen. Sonst –«

»Sonst was? Ist das etwa deine Art, dich um unsere Gäste zu kümmern?«

Auge in Auge mit ihrer unverhofft aufgetauchten Stiefmutter, hätte Melusine am liebsten Klartext geredet. Im Beisein von Hinzpeter, der das sich anbahnende Gezänk amüsiert verfolgte, schreckte sie jedoch davor zurück. Nicht etwa aus Rücksicht, sondern deshalb, weil sie einen Zwist mit ihrem Vater nach Möglichkeit vermeiden wollte. Allzu oft hatte es in jüngster Zeit Reibereien gegeben, und immer wieder aus dem gleichen Grund. Seit die Frau, deren Vater er hätte sein können, dem verwitweten Bader den Kopf verdreht hatte, war es zwischen ihm und seiner Tochter immer häufiger zu Streitereien gekommen. Das ging sogar so weit, dass sich Melusine mit dem Gedanken trug, ihrem Elternhaus und der Stadt auf Nimmerwiedersehen den Rücken zu kehren. Mit welchem Ziel, war ihr einstweilen nicht klar, aber wenn es so weit wäre, würde ihr schon etwas einfallen.

Zuvor jedoch galt es, einem Disput mit der Frau, die ihren Vater zu einem willenlosen Popanz gemacht hatte, nach Möglichkeit aus dem Weg zu gehen. Eine Absicht, die von Melusines Stiefmutter jedoch vereitelt wurde. »Antworte mir!«, stieß die Badersgattin, welche stets sämtliche Blicke auf sich zog, zähneknirschend hervor. »Habe ich dir nicht immer wieder eingetrichtert, du sollst deine spitze Zunge …«

»Und selbst wenn, wer sagt, dass ich mich daran halten muss?«

»Ich.« Die Katzenaugen der Badstubersgattin blitzten auf, und das Blut schoss ihr ins Gesicht. »Und dein Vater, falls du das vergessen haben solltest.«

»Bitte tut mir den Gefallen und lasst Vater aus dem Spiel.« So leicht, wie dieses Miststück glaubte, würde sich Melusine nicht geschlagen geben. »Und hört endlich auf, mich herumzuschikanieren. Dieses Haus ist ebenso sehr meins wie das Eurige, das müsstet Ihr eigentlich wissen.«

»Tatsächlich?« Im Licht der Fackeln, welche den Treppenaufgang flankierten, sah die Haut von Violante Aschenbrenner wie ein ausgebleichtes Laken aus. Das Goldkettchen auf ihrer Stirn war verrutscht, und mit ihm das herzförmige Medaillon, welches einen blutrot funkelnden Rubin umschloss. »Bist du dir da auch ganz sicher?«

»Gegenfrage: Schämt Ihr Euch eigentlich nicht, wie ein aufgeplusterter Pfau herumzulaufen? Oder legt Ihr es darauf an, dass Euch die Mannsbilder hinterherpfeifen?«

»Neidisch?«, giftete die nach allgemeiner Überzeugung attraktivste Frau der Stadt zurück, zog ihre akkurat zurechtgestutzten Brauen in die Höhe und bedachte Melusine mit einem Blick, aus dem die Geringschätzung sprach, mit der sie über das Aussehen ihrer Rivalin urteilte. »Wenn du willst, kann ich dir ja ein paar Ratschläge geben. Zum Beispiel, was man tun muss, um als Frau wahrgenommen zu werden. Mal ehrlich: Mit deinem Wollkleid und diesem Pferdeschwanz kannst du nicht mal einen Hagestolz hinterm Ofen vorlocken. Es sei denn, du trägst dich mit dem Gedanken, als alte Jungfer zu enden!«

»Was mein Äußeres betrifft, macht Euch keine Gedanken. Und seid versichert, dass ich mich in meiner Haut wohlfühle. Lieber in einem abgetragenen Wollkleid daherkommen, als den Eindruck einer aus den Diensten des Fürstbischofs von Würzburg entlassenen Kurtisane erwecken, findet Ihr nicht auch?«

»Das wirst du mir büßen, Giftnatter!«, fauchte der 25-jährige Männerschwarm, die Katzenaugen zu kaum sichtbaren Schlitzen verengt. »Wenn du glaubst, ich lasse das auf mir sitzen, hast du dich geschnitten. Kannst von Glück sagen, dass wir nicht unter uns sind, sonst würde ich dir die Augen …«

»Verzeiht, Herrin, da ist jemand an der Tür und bittet darum, Eure Frau Tochter sprechen zu dürfen.«

Kurz davor, ihrer Feindseligkeit freien Lauf zu lassen, kämpfte die Badstuberin ihren Jähzorn nieder, strich mit der Daumenkuppe über die Fingernägel und schlug gegenüber der Magd, die ihr den Wind aus den Segeln genommen hatte, einen ausgesprochen liebenswürdigen Tonfall an. Melusine ließ sich jedoch nicht in die Irre führen. Die entscheidende Kraftprobe stand ihr noch bevor, aufgeschoben war bekanntlich nicht aufgehoben. »Meine Frau Tochter, um diese Zeit?«

»Ja, Herrin, der Fremde sagt, es sei dringend.«

»So, sagt er das«, gurrte die Badstuberin, den amüsierten Blick abwechselnd auf Melusine und die pausbäckige Magd gerichtet. »Ja, wenn das so ist, sollte man ihn nicht warten lassen, oder?«

»Wenn das so weitergeht, kann ich hier übernachten!« Mit der Geduld am Ende, spie Berengar von Gamburg eine wahre Flut von Flüchen aus und reagierte sich an einem Eisklumpen ab, den er mit einem Tritt außer Reichweite beförderte. Der Tag war noch nicht zu Ende, und dennoch stand bereits fest, dass er ihn so schnell nicht vergessen würde. Nicht genug, dass er sich vor Sankt Jakobus die Beine in den Bauch gestanden hatte, war er obendrein Zeuge eines Mordanschlages geworden. Das Ungewöhnliche daran war der Tatort gewesen, das Erstaunliche die Reaktion der attraktiven jungen Frau. Je länger er darüber nachdachte, desto mehr drängte sich ihm die Gewissheit auf, dass die vermeintliche Gelassenheit nur Fassade und der Anschlag von langer Hand geplant gewesen war. Von wem und aus welchem Grund, war ihm weiterhin ein Rätsel.

Wie die Dinge lagen, würde dies auch so bleiben. Irmingardis kam an erster Stelle und danach kam lange Zeit nichts. Berengar seufzte aus tiefster Seele. Er hatte Himmel und Hölle in Bewegung gesetzt, getan, was in seiner Macht stand. Umsonst. An der Tatsache, dass Irmingardis mehr tot als lebendig im Infirmarium des Dominikanerinnenklosters lag, hatte dies nichts geändert. Mehr noch, die Mitglieder des Konvents, allen voran seine neue Intimfeindin, Mutter Jutta, waren mit ihrem Latein definitiv am Ende. Berengar ging es nicht anders, aber da es ihm im Gegensatz zu den frommen Schwestern an Gottvertrauen mangelte, hatte er das Heft in die Hand genommen und sich schnurstracks zum Haus des Stadtarztes begeben. Dort war er jedoch vor verschlossenen Türen gestanden. Ein Missgeschick, das sich vor dem Haus des jüdischen Medikus wiederholen sollte. Glück im Unglück, dass sich ein Bewohner der Judengasse seiner erbarmt und ihn an die hiesige Adresse verwiesen hatte, wenngleich sich Berengar fragte, ob es klug war, auf die Künste einer Baderstochter zu vertrauen.

Nicht jeder, der sich Bader nannte, war ein Meister seiner Zunft, und nicht jeder, der ein Bad besuchte, war auf seine Reinlichkeit bedacht. Anstand und Sitte waren eine Sache, der schnöde Mammon eine andere. Ein kleiner Obolus, und gar manche Bademagd hatte gegen ein Stelldichein mit betuchten Gästen nichts einzuwenden. Solange die Kasse klingelte, drückten die Badstuber gerne ein Auge zu, nicht selten mit Billigung des betreffenden Magistrats. Bäder waren eben nicht nur zum Baden da, und das galt auch für ihre Betreiber. War der Medikus nicht zur Stelle, zu teuer oder zu unerfahren, gingen die Leute eben zu den Badern. Dort ließ man sich Schröpfköpfe ansetzen, die Haare schneiden, rasieren und die Zähne ziehen. Dort wurden die Kranken zur Ader gelassen und von allen nur erdenklichen Gebrechen kuriert, die Heilung komplizierter Brüche, Entfernung von Blasensteinen und Amputation von Gliedmaßen mit eingeschlossen. Verstand er sein Handwerk, konnte ein Bader eine Menge Geld verdienen, weit mehr als ein studierter Arzt.

Was Berengar betraf, bei dem Ärzte nicht unbedingt in hohem Kurs standen, so hielt sich sein Vertrauen gegenüber den Badern und anderen Vertretern der Spezies erst recht in Grenzen. Ob Stadtphysikus, fahrender Heiler, Wunderdoktor oder Kräuterweib, für ihn waren sie alle gleich. Um Quacksalber, so sein unerschütterliches Credo, machte man am besten einen großen Bogen, es sei denn, der Gang zu ihnen ließ sich nicht vermeiden.

Das Knarren der Pforte, vor der er ruhelos hin und her gewandert war, riss den Vogt des Grafen von Wertheim aus den Gedanken. Die Hand am Schwertknauf, horchte Berengar auf. Dann drehte er sich vorsichtig um. Durch die offene Pforte des Badhauses drang Licht, aus dem Hintergrund Gelächter und der Klang einer Laute. Allem

Anschein nach ging es da drin hoch her, und Berengar wäre nicht Berengar gewesen, wenn er gegen den einen oder anderen Becher Wein etwas einzuwenden gehabt hätte. Unter den gegebenen Umständen kam ihm der Gedanke jedoch beinahe wie ein Sakrileg vor, weshalb er sich einen Narren schalt und wieder voll und ganz auf sein Vorhaben konzentrierte.

Berengar glaubte zwar nicht an Gespenster, wich der Gestalt, welche unter dem Türsturz auftauchte, jedoch unwillkürlich aus. Sie maß an die fünfeinhalb Fuß, trug eine Tasche aus Hirschleder über der linken Schulter und hielt eine Laterne in der Hand, mit der sie zunächst in die entgegengesetzte Richtung leuchtete. Um wen es sich handelte, war aufgrund der Dunkelheit nicht zu erkennen, und so beschlich ihn der Verdacht, Opfer einer Sinnestäuschung oder seiner strapazierten Nerven geworden zu sein.

Dass dem nicht so war, wurde ihm jedoch einen Wimpernschlag später klar. Vor ihm stand eine junge Frau, acht bis zehn Jahre jünger als er und von einem Überwurf aus Schafwolle umhüllt. Ihr Schatten reichte bis an seine Stiefelspitze heran, doch bevor Berengar sie genauer in Augenschein nehmen konnte, fiel die Pforte ins Schloss und der Lichtstreifen, der auf die Gasse hinausgedrungen war, wurde von der Dunkelheit verschluckt.

»Seid ihr die Tochter des Baders?«

»Die bin ich. Was ist Euer Begehr?«

»Ich benötige Hilfe. Und zwar schnell.«

»Die benötigen wir alle, ein jeder auf seine Art.«

Berengar war bestimmt nicht auf den Mund gefallen, und wenn es etwas gab, an dem es ihm mangelte, dann war es Zeit. Beim Anblick der Frau, deren Züge sich im Widerschein ihrer Laterne abzeichneten, fiel es ihm dennoch schwer, die richtigen Worte zu finden. Da war etwas an ihr, vor dem er zurückschreckte, wenngleich ihm sein Instinkt sagte, dass er an die Richtige geraten war.

»Genug der Vorrede – was kann ich für Euch tun?«

Berengar staunte über sich selbst. Ausgerechnet er, dem man mangelndes Selbstbewusstsein bestimmt nicht zum Vorwurf machen konnte, stand wie ein verschüchterter Chorknabe in der Gegend herum. Ein Novum, das ihm wahrlich zu denken gab. »Berengar von Gamburg, Vogt des Grafen von Wertheim. Ich benötige dringend …«

»Das sagtet Ihr bereits. Wie wäre es, wenn Ihr mir kurz schildert, worum es geht?«

»Wie Ihr wünscht.« Dass er sich der Höflichkeitsform bediente, fiel Berengar im Eifer des Gefechts nicht auf. Was ihm jedoch auffiel, war, dass die Tochter des Baders, die seine Schilderungen mit aufmerksamer Miene verfolgte, alles andere als hässlich war. Vielleicht nicht so schön wie die Unbekannte von vorhin, aber nicht ohne einen gewissen Reiz. Die Frau, deren Namen er nur zu gerne erfahren hätte, hatte rotblondes, von einem Mittelscheitel durchzogenes und hinter dem Kopf zusammengebundenes Haar, dunkle Augen, schmale Nasenflügel und eine ungewöhnlich hohe Stirn. Ihr Blick zeugte von Entschlossenheit, die weichen Konturen ihres Gesichts hingegen von einem Menschen, für den Mitgefühl und Einfühlungsvermögen keine Fremdwörter waren. Ein Eindruck, der Berengar bewog, sämtliche Vorbehalte in den Wind zu schlagen und eine detailgetreue Schilderung der Ereignisse des Nachmittags zu liefern. »So, jetzt seid Ihr im Bilde!«, schloss er seine Erzählung, an die sich die unausweichliche Frage anschloss: »Und was nun – werdet Ihr mir helfen?«

Anstelle einer Antwort ließ ihn die Baderstochter einfach stehen, zog die Kapuze über den Kopf und schlug den Weg ein, der zum Kloster der Dominikanerinnen führte, gefolgt von einem Hünen, der Mühe hatte, mit ihr Schritt zu halten.

7

Dominikanerinnenkloster, Ende der ersten Nachstunde
| [18.00 h]

»EINE BADERSTOCHTER, in unseren Mauern? Und dann auch noch in Eurem Auftrag? Nur über meine Leiche, Vogt!«

Ein verlockendes Angebot, dachte sich Berengar von Gamburg, während er wutschnaubend vor der Pforte des Dominikanerinnenklosters ausharrte und den kaum bezähmbaren Drang verspürte, der wie ein Marktweib zeternden Priorin den Hals umzudrehen. Irmingardis zuliebe kämpfte er ihn jedoch zähneknirschend nieder. Bei passender Gelegenheit würde er es der Erinnye* im Gewand einer Gottesdienerin auf Heller und Pfennig heimzahlen. So wahr er Berengar von Gamburg hieß.

»Gott behüte!«, rief er in bühnenreifer Manier aus, neugierig beäugt von einem Dutzend Klosterfrauen, die sich wie Schafe um ihre Oberhirtin geschart und den Weg ins Innere des Konvents blockiert hatten. »Wir wollen doch nicht gleich an das Schlimmste denken!«

»Spart Euch Euren Sarkasmus, Vogt!«, fuhr ihn die Priorin an und erachtete es offenbar als unter ihrer Würde, die Baderstochter auch nur eines Blickes zu würdigen. Als Leiterin eines Konvents, in dem Nonnen bürgerlicher Herkunft rar und diejenigen von Adel in der Mehrheit waren, kam ihr Berengars Ansinnen wie ein Fallstrick des Bösen vor. »Mit so etwas kommt Ihr bei mir nicht durch.«

---

* Griechische Rachegöttin

»Auch dann nicht, wenn es um das Wohlergehen Eurer Nichte geht?«

»Inbrünstige Gebete, Vogt, helfen allemal mehr als dubiose Methoden, obskure Tränke und Arzneien, bei deren Zubereitung der Leibhaftige mitgemischt hat!«, deklamierte die Priorin in einem Ton, der nicht dazu angetan war, die Abneigung ihres Gesprächspartners gegenüber Angehörigen des geistlichen Standes zu mildern. »Weshalb ich Euch dringend ermahnen muss, den Dingen ihren Lauf zu lassen und auf den Beistand der himmlischen Mächte zu vertrauen. Auf die, wie wir alle wissen, allzeit Verlass ist.«

»Amen.«

»Wie gesagt, Vogt: Wenn Ihr glaubt, hier auftrumpfen oder Euch gar mit Waffengewalt Einlass verschaffen zu können, werdet Ihr Euer blaues Wunder erleben.«

»Wenn ich ehrlich bin, ehrwürdige Mutter, würde mir ein himmlisches vollauf genügen.«

»Hütet Eure Zunge, Vogt!«, knurrte die Priorin, löste sich aus dem Kreis ihrer Untergebenen und bewegte sich mit drohend emporgerecktem Zeigefinger auf Berengar zu. Dieser wiederum konnte sich ein Grinsen nur mit Mühe verkneifen, wenngleich die Situation nicht dazu angetan war, seinem Hang zu doppelbödigen Bemerkungen zu frönen. »An mir haben sich nämlich schon ganz andere die Zähne ausgebissenen als Ihr. Ergo: Wir beziehungsweise unsere Schwester Infirmaria* können auf uns selbst aufpassen und werden weder rasten noch ruhen, bis es meiner Nichte wieder besser geht!«

»Eurer Nichte und meiner Verlobten, vergesst das nicht.«

* Für die Krankenstation zuständiges Ordensmitglied

Die fleischgewordene Heimsuchung namens Jutta schnaubte wie ein angriffslustiger Eber und fand offenbar Gefallen daran, weiter Öl ins Feuer zu gießen. »In dieser Reihenfolge, Vogt, Ihr habt es erfasst!«, posaunte sie voller Stolz auf ihre Schlagfertigkeit hinaus und blickte sich wie ein Triumphator um. »Und darum zum letzten Mal: Eine Quacksalberin kommt mir nicht ins Haus. Und selbstverständlich auch kein Mann. Wäre ja noch schöner, wenn wir uns Euren Willen aufzwingen ließen.«

»Früher oder später, ehrwürdige Mutter, wird Euch nichts anderes übrig bleiben«, grollte Berengar, drauf und dran, sämtliche Skrupel über Bord zu werfen und der Oberin eine Lektion in Sachen Durchsetzungsvermögen zu erteilen.

»Was fällt Euch eigentlich …«

»Das heißt, ich zähle jetzt bis drei, Tante Jutta. Falls Ihr bis dahin den Weg nicht freigegeben habt, werden Euch sämtliche Gebete und Euer hysterisches Gekeife nichts mehr nützen.«

»Ehrwürdige Mutter, ehrwürdige Mutter – auf ein Wort!« Schwester Scholastika, die zerstreute Leiterin der Krankenstation, kam gerade rechtzeitig, um Berengar von seinem Vorhaben abzuhalten. »Ihr … Ihr werdet es mir nicht glauben!«

»Was werde ich dir nicht glauben, meine Tochter?«

Nicht mehr die Jüngste und auch nicht unbedingt die Klügste, hatte die betagte Infirmaria alle Mühe, ihre Empörung unter Kontrolle zu bekommen. Das galt auch für ihre nervösen Zuckungen, derentwegen sie hinter vorgehaltener Hand ›Extasis‹ genannt wurde. »Bitte um Vergebung, ehrwürdige Mutter – das möchte ich Euch lieber unter vier Augen sagen.«

Ein Blick seitens der Priorin, und schon zogen sich die übrigen Nonnen zurück. Die Infirmaria folgte ihnen mit ihrem Blick, trippelte nervös hin und her und wartete, bis die Pforte ins Schloss gefallen war. Dann erst fasste sie sich ein Herz, und auch nur, weil Jutta sie mit unwirscher Gebärde zu sich herangewinkt und ihr versichert hatte, sie werde sich das, was Scholastika mitzuteilen habe, nicht zu Herzen nehmen.

Danach erst setzte sie die Priorin ins Bild, so bleich, dass Berengar automatisch hellhörig wurde und einen fragenden Blick mit seiner Begleiterin wechselte. »Ist etwas mit Irmingardis?«, stieß er hervor, nachdem die Infirmaria ihren Rapport beendet und sich eilends aus dem Staub gemacht hatte. »Was ist mit ihr geschehen?«

»Laudate Dominum*, Vogt!«, erwiderte die Priorin und machte ein Gesicht, aus dem Berengar nicht schlau wurde. »Wie mir soeben mitgeteilt wurde, ist meiner Schwester Kind vor Kurzem aus ihrer Ohnmacht erwacht.«

Allein schon der Ton, den die Priorin anschlug, hätte Berengar stutzig machen müssen. Die Freude in ihm war jedoch so groß, dass er keinerlei Verdacht schöpfte. »Aber ... aber das ist ja großartig!«, rief er enthusiastisch aus, kurz davor, der Priorin um den Hals zu fallen. »Und wie geht es ihr?«

»Den Umständen entsprechend gut.«

»Gott sei Dank.«

»An Eurer Stelle, Berengar von Gamburg, würde ich

* dt.: Lobet den Herrn!

mich hüten, den Namen des Herrn in den Mund zu nehmen.«

»Aber wieso denn? Was gibt es denn jetzt schon wieder zu ...«

»Wie gesagt, Vogt, es geht ihr gut.« Die Priorin lächelte maliziös. »Ich denke, es ist das Beste, ihr jegliche Aufregung zu ersparen.«

»Aber ...«

»Kein ›Aber‹, Vogt! So, und jetzt habt die Güte, Euch mitsamt Eurer Wunderheilerin aus unseren Gefilden zu entfernen!«

Wie lange Berengar dumpf vor sich hinbrütend vor der Pforte ausgeharrt hatte, vermochte er hinterher nicht mehr zu sagen. Er wusste nur, dass es ziemlich lange gewesen sein musste.

Wohin die Baderstochter entschwunden war, wusste er allerdings nicht.

Sie war einfach gegangen, lautlos, ohne ein Wort des Abschieds zu sagen.

8

Franziskanerkloster, eine Dreiviertelstunde nach Sonnenuntergang | [18.08 h]

»TJA, SO SIND SIE NUN MAL, die hohen Herren!«, seufzte Bruder Alban, Lektor* und lebende Legende unter den Brüdern seines Konvents, worauf er sich jedoch überhaupt nichts einbildete. »Besser, man macht einen Bogen um sie.«

»Allerdings!«, pflichtete Bruder Hilpert seinem großen Vorbild und Weggefährten während seiner Pilgerfahrt nach Rom vor acht Jahren bei. »Was die Betuchten dieser Welt angeht, kann mich ohnehin nichts erschüttern. Zwei Jahre Detektivarbeit, und man ist von sämtlichen Illusionen kuriert.«

»Na, na, na!«, stichelte der betagte Minoritenbruder und schüttelte tadelnd das Haupt, dessen hervorstechendste Merkmale die ungepflegte Tonsur, ein Muttermal an der rechten Schläfe und die zerzausten schneeweißen Haare waren. »Heißt das, du bist unter die Aufrührer gegangen? Ausgerechnet du, Zierde des Zisterzienserordens und weithin berühmter Inquisitor aus Maulbronn?«

»Ich kann es auf den Tod nicht ausstehen, wenn Leute drangsaliert werden. So gut müsstet Ihr mich eigentlich kennen.«

»Warum denn so hitzig?«, mokierte sich der trotz seiner 68 Jahre vor Kraft, Lebensfreude und Vitalität nur so sprühende Greis im braunen Habit der Franziskaner, die

---

* Lesemeister

Ellbogen auf der Kante seiner Werkbank, an der er beinahe ebenso viel Zeit verbrachte wie in der Bibliothek. Kaum hatte er mit dem Herumtüfteln begonnen, gab es nichts, was den kleinen Mann mit dem großen Herzen aufhalten konnte. Dann saß er stundenlang in seiner Zelle, experimentierend, abwägend und an allerlei Konstrukten herumhantierend, mit denen er seinen Brüdern von Nutzen sein konnte. Sogar nach dem Stein der Weisen hatte er einmal gesucht, dies allerdings ohne Erfolg. »So kenne ich dich ja gar nicht.«

»Dieser Tuchscherer –«, murmelte Bruder Hilpert und begann, in der Zelle seines väterlichen Freundes auf und ab zu gehen, »was wisst Ihr über ihn?«

»Typisch Hilpert!«, amüsierte sich Bruder Alban und zog die Öllampe, in der ein zum Docht umfunktionierter und von ein paar Unzen Rapsöl am Brennen gehaltener Tuchfetzen schwamm, näher zu sich heran. Und fügte augenzwinkernd hinzu: »Geht ihm etwas gegen den Strich, erwacht der Inquisitor in ihm. Wer weiß, vielleicht gibt es demnächst einen neuen Fall aufzuklären.«

»Deus melius!*«, tat Bruder Hilpert im Brustton der Überzeugung kund und richtete den Blick an die Decke der höchstens sieben mal fünf Schritt großen Cella, in der außer einer Holzpritsche, einem Armarium** und Bruder Albans Werkbank kaum Platz für persönliche Habseligkeiten war. »Vier Evangelisten, vier Fälle. Glaubt mir, Vater – damit ist mein Bedarf gedeckt. Von nun an bis in Ewigkeit.«

»Amen!«, versetzte Bruder Alban, ein verschmitztes

* dt.: Gott bewahre! (eigentlich ›dei meliora!‹)
** Wandnische, in der Bücher und andere Schriftstücke aufbewahrt werden

Lächeln im hohlwangigen und mit Altersflecken gesprenkelten Gesicht. »Da glauben indes nicht wissen heißt, einstweilen nur so viel: Vor Männern vom Schlage eines Laurenz Tuchscherer sollte man sich in der Tat hüten.«

»Und wieso gerade vor ihm?«

»Hochmütig wie Luzifer, habgierig wie ein Schacherer, wollüstig wie ein Satyr* und rachsüchtig wie ein Despot aus dem Morgenland. So ließe er sich am Trefflichsten charakterisieren.«

»Vier Todsünden auf einmal – nicht schlecht.«

»Und beileibe nicht die einzigen.«

»Gefräßig wie ein Wolf, missgünstig wie ein Zänker und träge wie ein Müßiggänger im alten Rom?«

»So ungefähr. Seinen Ehrgeiz, der vor nichts haltmacht, nicht zu vergessen. Man sagt, er trage sich mit dem Gedanken, bei den nächsten Wahlen zu kandidieren.«

»Ein Geck in den Zwanzigern? Als Stadtrat? Das ist doch wohl nicht Euer Ernst.«

»An deiner Stelle würde ich ihn nicht unterschätzen, mein Sohn. Damit würdest du einen Riesenfehler begehen.«

»Ein Mann mit besten Verbindungen, verstehe.«

»Wenngleich von niederer Geburt.« Bruder Alban hielt bei seiner Arbeit inne, hob das greise Haupt und starrte nachdenklich vor sich hin. »Einer, dem nichts geschenkt worden ist und der gelernt hat, sich zu behaupten.«

»Hört sich so an, als hättet Ihr Respekt vor ihm.«

»Respekt – ich? Da sei Gott vor!«, wehrte der Tüftler mit den schwäbischen Wurzeln mit Nachdruck ab und

* Mischwesen aus der griechischen Mythologie, denen u.a. Eigenschaften wie Wollust und der Hang zu Ausschweifungen nachgesagt werden

wandte sich wieder seiner Arbeit zu. »Sagen wir's einmal so: Jemandem wie ihm traue ich alles zu. Und auch, dass er es bis in den Stadtrat schafft.«

»Wie kommt es eigentlich, dass er …«

»Den Aufstieg vom Sohn eines Leinewebers zum Ratskandidaten geschafft hat, meinst du? Ganz einfach. Er hat eine gute Partie gemacht. Eine der besten, die man in dieser Stadt machen kann. Nun gut, die Tochter vom alten Wernitzer war nicht mehr ganz jung und – der heilige Franziskus möge mir meine Worte verzeihen! –, auch nicht mit einem Übermaß an Liebreiz gesegnet. Geheiratet hat Tuchscherer sie trotzdem.«

»Und quasi nebenbei eine fürstliche Mitgift kassiert.«

»Angenommen, du hast recht und Tuchscherers Sinnen und Trachten hat von Anfang an nur dem schnöden Mammon gegolten.«

»Was dann?«

»Dann … Franziskus, Patronus unseres Ordens, verzeih! … Nun ja, in diesem Falle ließe sich nicht bestreiten, dass Tuchscherer den richtigen Riecher gehabt hat.«

»Von daher also die schwarze Gewandung, verstehe. Jetzt wird mir einiges klar.« Die Hände auf dem Rücken verschränkt, hielt Bruder Hilpert gedankenverloren inne. »Mitte 20 und bereits Witwer, so, so. Und wie lange schon?«

»Seit gerade einmal zweieinhalb Tagen, falls du es genau wissen willst.«

»Und woran ist sie gestorben?«

»An den Folgen der Geburt ihrer Tochter.« Heilfroh, das Thema wechseln zu können, stieß Bruder Alban einen Seufzer der Erleichterung aus und schwang sich zu Bruder Hilpert herum. »Hier – deine Augengläser. Na, was sagst du jetzt?«

»Seltsames Konstrukt«, murmelte Bruder Hilpert und begutachtete die Brille, welche Bruder Alban ihm mit unverhohlenem Stolz präsentierte. »Und Ihr glaubt wirklich, das hilft?«

»Ist das alles, was du dazu zu sagen hast?« Sichtlich gekränkt, runzelte Bruder Alban die Stirn und bedachte den Gast, von dessen Stippvisite er sichtlich überrascht worden war, mit einem vorwurfsvollen Blick. Sein Unmut indes hielt nicht lange an. »Sei's drum – wie heißt es doch so schön: ›Omnia sunt ingrata.‹«*

»Verzeiht, Vater. So war das nicht gemeint.«

Bruder Alban strahlte über das ganze Gesicht, und seine mausgrauen Augen blinzelten vergnügt. »Ich weiß, mein Sohn. Und da dem so ist, werde ich dir erläutern, wie mein Wunderwerk zustande gekommen ist. Tritt näher. Also: Hergestellt worden sind die beiden Linsen aus Beryll, einem Kristall, von daher auch die Bezeichnung Brille. Ihre Form erhalten Sie durch immer flacheren Schliff. Dieser wiederum sorgt dafür, dass das Kristall in die dafür vorgesehenen Fassungen passt. So weit alles klar?«

Bruder Hilpert nickte wie ein gehorsamer Novize.

»Als Nächstes wird ein Stiel an den Fassungen befestigt. Der Vorteil gegenüber den Lesesteinen, wie sie dir aus dem Skriptorium vertraut sind, besteht darin, dass die Linse nicht mehr möglichst nah an den betreffenden Gegenstand, sondern, wie du gleich sehen wirst, unmittelbar vor die Augen gehalten werden muss. Hier, nimm. Nur keine Scheu. So. Zufrieden, mein Sohn?«

* dt.: Undank ist der Welten Lohn (Catull).

»Ihr beschämt mich, Vater«, räumte Bruder Hilpert kleinlaut ein, nachdem er die Brille ausprobiert und sie unter seiner Kukulle verwahrt hatte. »So viel Zuwendung habe ich wirklich nicht verdient. Ein genialer Einfall, das muss Euch der Neid lassen.«

»Nicht der meinige, Hilpert, sondern derjenige eines Arabers mit Namen Hasan al-Hazen.«

»Überaus einfallsreich, diese Orientalen.«

»Das kannst du aber laut sagen. Auf die Idee, eine Null ins Dezimalsystem einzufügen, muss man ja erst mal kommen. Geburten per Kaiserschnitt, Degenklingen aus Damaskus, Gewürze aus Kairo, Seide aus Cordoba, kaum ein Gebiet, auf dem sie nicht die Nase vorn hatten. Beziehungsweise haben. Und das bereits seit geraumer Zeit. Aber was soll's – auf die Art bist du wenigstens zu einer Brille gekommen. Schon gewusst, dass Alhazen, wie er im Abendland genannt wird, in seinem Werk ›Schatz der Optik‹ zu dem …«

»Es hat geklopft, Vater Alban.«

»… Schluss gekommen ist, dass … geklopft, sagst du? Wie schade, ausgerechnet jetzt, mitten in meinem gelehrten Diskurs.« Obwohl er ihn im Grunde nicht benötigte, stützte sich Bruder Alban auf seinen Stock, stand auf und begab sich zur Tür. »Na, dann wollen wir mal sehen, wer … ach, Ihr seid es, Bruder Clemens – was habt Ihr auf dem Herzen?«

»Bitte um Vergebung, Bruder Alban, aber ich muss Euch dringend sprechen!«, brach es aus dem Kustos*, einem Rauschebart in den späten Dreißigern, nach kurzem Zögern ohne Punkt und Komma hervor, während er

* Sakristan und für die Beleuchtung in der Klosterkirche zuständiger Mönch

händeringend vor Bruder Albans Cella stand. »Wie Euch bekannt ist, befindet sich Konrad Groß, unser Guardian*, mitsamt seinem Stellvertreter auf Reisen, und da dachte ich, es sei besser, wenn ich mich an Euch wende.«

»Sprecht, Bruder. Was ist so wichtig, dass es nicht bis morgen früh warten kann?«

Auf einen erneuten Redeschwall gefasst, bezog Bruder Alban auf der Schwelle Position und wartete, bis sich der konsternierte Minoritenbruder gefasst hatte. Wider Erwarten tat sich Letzterer jedoch mit einer Antwort schwer und nestelte verlegen an seinem Cingulum** herum. »Wichtiger geht es fast nicht!«, stieß er mit bestürzter Miene hervor und bedeutete seinem Gesprächspartner, ihm zu folgen. Böses ahnend, schloss sich Bruder Hilpert den beiden Franziskanern an. »Glaubt mir, so etwas habt Ihr hier noch nicht erlebt!«

Schon beim Betreten der Kirche, in die er dem Lektor gefolgt war, hatte Bruder Hilpert ein ungutes Gefühl. Es sollte sich bewahrheiten. Das Gotteshaus lag in tiefem Dunkel, mit Ausnahme des Katafalks, hinter dem sich die schildförmigen Arkaden des Lettners abzeichneten. Um ihn herum waren sieben Duftkerzen gruppiert, eine am Kopfende und die übrigen, ausnahmslos aus feinstem Bienenwachs, an den beiden Längsseiten. Ein betörender Duft erfüllte den Raum, teils nach Lavendel, teils aber auch nach Veilchen, Oleander und Rosmarin. Für Bruder Hilperts

* Vorsteher eines Franziskanerklosters, vom Provinzialkapitel bestimmt
** Gürtelstrick

Geschmack, dem Schlichtheit über alles ging, des Guten entschieden zu viel. Im Haus Gottes, so seine Maxime, taten die Gläubigen gut daran, sich auf ihre Andacht zu konzentrieren. Prunkvolle Gewänder, Räucherwerk und Duftkerzen lenkten dagegen nur vom Zweck ihres Hierseins ab. Gott verlangte nach Aufmerksamkeit, nicht nach Gläubigen mit umnebeltem Sinn.

Je mehr er sich dem Katafalk und dem darauf postierten Eichenholzsarg näherte, desto deutlicher trat ein unersprießlicher, gänzlich anderer Geruch zwischen den paradiesisch anmutenden Duftwolken hervor.

Bruder Hilpert blieb ruckartig stehen. Noch war Zeit, der Kirche und allem, was auf ihn zukommen würde, den Rücken zu kehren. Er war Gast hier, nicht weniger, aber auch nicht mehr. Und es war die Aufgabe von Bruder Alban, Licht ins Dunkel des Vorfalls zu bringen, der, wie sich bereits andeutete, den gesamten Konvent in Furcht und Schrecken versetzen würde.

Doch alles Sträuben, alles Zögern und Zaudern hatte keinen Zweck. Der Odem des Todes, welcher ihm aus dem offenen Sarg entgegenschlug, zog ihn magisch an. Kaum wahrnehmbar, bahnte er sich inmitten der Duftschwaden seinen Weg, mischte sich unter sie, infizierte ihr Aroma. Bruder Hilpert erschauderte. Wer wie er häufig mit Toten zu tun hatte, konnte die Mixtur aus Rosenöl, Duftsalben und den ersten Anzeichen von Verwesung, die bald ihre volle Wirkung entfalten würde, auf Anhieb identifizieren. Einstweilen glich sie einem lauen Lüftchen, und es schien, als sei die Tote, deren Begräbnis am morgigen Tag stattfinden sollte, gerade erst in den Sarg gebettet worden.

Eine Erkenntnis, auf die er liebend gerne verzichtet hätte, stand ihm allerdings noch bevor. Nur noch wenige Fuß vom Katafalk entfernt, verlangsamte Bruder Hilpert seinen Schritt, und als er einen Blick ins Innere des Sarges warf, war seine Vorahnung zur Gewissheit geworden.

Das Innere des Sarges war leer, die Tote, welche er beherbergt hatte, spurlos verschwunden.

Einer konsternierter als der andere, warfen die drei Ordensmänner einander ratlose Blicke zu. Am stärksten in Mitleidenschaft gezogen war der Kustos, am ganzen Leibe zitternd und stumm vor Hilflosigkeit, Zorn und aufkeimendem Entsetzen. Bruder Alban hingegen wirkte gefasst, was Bruder Hilpert der Tatsache zuschrieb, dass den weit gereisten und mit den Fährnissen des Erdendaseins vertrauten Greis ohnehin nichts erschüttern konnte. Nicht umsonst galt der unverwüstliche Minorit als wahrer Stoiker vor dem Herrn, als ein Mann, der sich durch nichts aus der Ruhe bringen ließ.

Von Ruhe oder gar Abgeklärtheit konnte bei Bruder Hilpert allerdings nicht die Rede sein. Dies war in der Tat ein Frevel, der seinesgleichen suchte, und er fragte sich, wohin der Leichnam, dessen Ausdünstungen immer noch über dem Katafalk schwebten, mitten in der Nacht verschwunden war. Leichendiebstahl war ein schwerwiegendes Delikt und wurde mit dem Tod durch den Strang bestraft. Daraus folgte, dass der oder die Täter einen triftigen Grund gehabt haben mussten. Bruder Hilpert fröstelte. Beim Gedanken an ein mögliches Motiv versagte seine Fantasie, und da er von Spekulationen nichts hielt, ließ er das Räsonieren sein und wandte seine Aufmerksamkeit den beiden Minoritenbrüdern zu. »Ein Verbrechen, wie es nicht alle Tage geschieht, findet Ihr nicht auch?«

»Und wer sagt dir, dass wir es mit einem Verbrechen zu tun haben?«

»Mit was denn sonst?«, gab Bruder Hilpert an die Adresse seines Gesprächspartners zurück, nicht ohne einen Hauch von Schärfe, wie er verschämt konstatierte. Gegenüber einem Mitbruder ziemte sich ein derartiger Tonfall nicht. Gerade er hätte dies eigentlich wissen müssen.

»Genau das ist die Frage, Herr Inquisitor.« Auf seinen Stock gestützt, verzog Bruder Alban keine Miene und beugte sich über die rechte Sargwand, um ihre mit Samt beschlagene Innenseite zu inspizieren. Ganz anders der Kustos, auf den die Abgeklärtheit seines Mitbruders alles andere als beruhigend wirkte. »Oder wäre es dir lieber, wenn ich dich mit ›mein Sohn‹ anrede?«

»Wenn Ihr mich so fragt, Vater, fällt mir die Antwort leicht!«, gab Bruder Hilpert lächelnd zurück. »Zumal ich hier nur Gast bin und es mir nicht zusteht, mich in anderer Leute Angelegenheiten einzumischen.«

»Merkwürdig!«, rief Bruder Alban aus und hielt es offenbar nicht für nötig, seine Worte zu kommentieren. Kurz darauf umrundete er den Katafalk und deutete mit dem Stock auf den Sargdeckel, der unweit von ihm auf den Steinfliesen lag. »Was meinst du – wieso hat der Täter den Deckel nicht einfach wieder auf den …«

»Und wer sagt Euch, dass der Frevler auf sich allein gestellt war? Bei allem gebührenden Respekt, Vater: Um solch eine Tat auszuführen, bedarf es eines Komplizen.

Ohne ihn wäre der Eindringling wohl kaum in der Lage gewesen, sein Vorhaben in die Tat umzusetzen.«

»Und wie kommst du darauf?«

»Gegenfrage: Wie viele Eingänge führen in diese Kirche?«

»Fünf. Zwei von der Herrngasse, die übrigen vom Kloster aus. Wieso fragst du?«

Ohne den Blick vom Katafalk abzuwenden, blieb Bruder Hilpert die Antwort schuldig, winkte den Kustos zu sich heran und flüsterte ihm etwas ins Ohr. Der wiederum nickte stumm und entschwand in Richtung der hinteren Tür. »Ad zwei*: Haltet Ihr es für möglich, Vater, dass ein Mitglied des hiesigen Konvents mit dem oder den Frevlern unter einer Decke steckt?«

»Ausgeschlossen. Für meine Mitbrüder würde ich die Hand ins Feuer legen.«

»Tatsächlich?« Tief in Gedanken, warf Bruder Hilpert einen Blick auf den Lettner, an dessen Oberkante sich eine hölzerne Brüstung befand. Sie reichte über die gesamte Breite des Kirchenschiffes, war gut fünf Fuß hoch und in ein Dutzend Felder eingeteilt, die mit Motiven aus der Passionsgeschichte bemalt waren. In der Mitte, direkt über dem Durchgang zum Mönchschor, waren zwei Schiebetüren angebracht, die den Blick auf den dahinter liegenden Altar freigaben. Der Lettner fungierte somit als eine Art Bühne, von der aus der Klostervorsteher zu den Gläubigen predigen konnte. Bruder Hilpert musste wider Willen schmunzeln. Selbst für die Franziskaner, knapp eineinhalb Jahrhunderte in der Stadt präsent, waren beileibe nicht alle Menschen gleich, was der Beliebtheit, der sie

---

* dt.: zum Zweiten

sich erfreuten, jedoch keinen Abbruch tat. Die Gläubigen strömten in Scharen, und das, obwohl es keine Kirchenbänke gab.

Die Geißelung seines Schöpfers und das darüber emporragende Lettnerkruzifix vor Augen, seufzte der Bibliothekarius leise auf, verstand er das Motiv doch als einen Fingerzeig, dass auch er, Hilpert, am Beginn eines neuerlichen Leidensweges stand. Da er dies als sein Schicksal betrachtete und es einer Lästerung gleichkam, das eigene Dasein mit dem seines Herrn zu vergleichen, besann er sich und nahm den Gesprächsfaden wieder auf. »Euer Vertrauen in allen Ehren, aber meint Ihr nicht auch, dass das ein wenig voreilig ist?«

»Keineswegs, mein Sohn.«

»Von innen verriegelt, Bruder! Alle beide. Und abgeschlossen.« Einen Schlüsselbund in der Hand, trat der Sakristan aus dem Dunkel, verwahrte ihn in der Gürteltasche aus Ziegenleder und gesellte sich wieder zu Bruder Hilpert, der die Nachricht mit regungsloser Miene quittierte. »Von der Herrngasse aus käme nicht mal eine Maus hier rein.«

»Conclusio*: Mich dünkt, Ihr irrt, Vater Alban. Vertrauen ist gut, Wachsamkeit besser.«

»Hilpert, wie er leibt und lebt!«, rief Bruder Alban frohgemut aus, durch die Rüge aus dem Munde des wesentlich jüngeren Bibliothekarius nicht im Mindesten gekränkt. »Ein Inquisitor, zu dem man dem Zisterzienserorden nur gratulieren kann. Und du willst mir weismachen, du hättest vom Fällelösen genug.«

»Wozu sich an mich wenden, wenn es einen Stadtrich-

---

* dt.: Schlussfolgerung

ter gibt? Oder trachtet Ihr danach, Euch Ärger einzuhandeln?«

»Genau das ist der Punkt, mein Sohn«, erwiderte Bruder Alban, kleinlaut wie ein pflichtvergessener Novize. »Du musst wissen, dass wir uns über einen Mangel an Ärger derzeit nicht beklagen können. Man neidet uns den Zulauf, den unsere Gottesdienste genießen, unsere Liegenschaften, Einkünfte an Naturalien, Einnahmen aus dem Bettel, Bargeldreserven, Schenkungen, einfach alles.« Bruder Albans Miene verdüsterte sich. »Weißt du was, Hilpert? Manchmal denke ich, die Leute haben recht.«

»Womit denn?«

»Da gibst du vor, in die Fußstapfen des Herrn zu treten, gelobst Keuschheit, Gehorsam und immerwährende Armut. Und was geschieht? Dein Orden wird immer wohlhabender und schwimmt beinahe im Geld. In einem Ausmaß, dass er sich jedes Jahr ein halbes Dutzend Häuser unter den Nagel reißen könnte. Kein Wunder, dass uns manch einer gerne ein Bein stellen würde. Schließlich zahlen wir keine Steuern.«

»Mit anderen Worten: Ihr befürchtet, Euer Orden könne durch besagten Vorfall Schaden nehmen.«

»Recte.«*

»Weshalb Ihr es vorzöget, wenn bis auf Weiteres nichts nach außen dringen würde.«

»Exakt.«

»Und für wie lange?«

»So lange es irgend geht, mein Sohn.« Nachdenklich geworden, fuhr Bruder Alban mit Daumen und Zeigefinger an der Kinnspitze entlang und ließ den Blick zwischen

* lat.: ›richtig!‹

dem Sakristan und Bruder Hilpert hin und her wandern. »Ich weiß nicht, aber mir scheint, als habe der Leibhaftige seine Hände im Spiel.«

Der Kustos bekreuzigte sich, kreidebleich vor Schreck. Bruder Hilpert dagegen verzog keine Miene. »Wie darf ich das verstehen?«

»Ganz einfach. Es handelt sich nicht um den einzigen Vorfall dieser Art.« Die Miene des Lektors wurde noch ernster als zuvor. »Jetzt kann ich es dir ja sagen, Hilpert.«

Der Angesprochene schwieg und wartete, bis sich Bruder Alban ein Herz gefasst hatte.

»Heute Morgen, etwa zwei Stunden nach Sonnenaufgang, hat unser Totengräber auf dem Schindanger der Gehängten eine Entdeckung gemacht.«

»Ein leeres Grab, hab ich recht?«

Der Kustos, an den Bruder Hilperts Frage gerichtet war, bejahte und mied Bruder Hilperts Blick.

»Merkwürdig, nicht?«

»Durchaus, Vater. Aber eins nach dem anderen.«

»Du hast recht, Hilpert. Ach, übrigens, bevor ich es vergesse: »Ich finde, es ist höchste Zeit, die Familie der ... der Entschlafenen über die höchst unglückseligen Vorkommnisse in Kenntnis zu setzen.«

»Ihre Familie? Haltet Ihr das wirklich für eine gute Idee? Apropos – um wen genau handelt es sich bei der Toten überhaupt?«

»Um Tuchscherers Frau.«

Bruder Hilpert glaubte, er habe sich verhört. »Wie bitte? Um Tuchscherers Frau? Und warum habt Ihr mir das nicht früher gesagt, Vater?«

»Weil du nicht danach gefragt hast – darum!« Für seine Verhältnisse ungewöhnlich barsch, stampfte Bruder Alban auf und fragte: »Also, was ist? Wirst du mir nun helfen oder nicht?«

»Dazu müsste ich erst einmal wissen, mit wem ich es zu tun bekomme, oder?«

»Mit einer Sippe, welche über so viel Macht und Einfluss wie kaum eine andere verfügt. Und, nebenbei bemerkt, mit äußerst freigiebigen Gönnern unseres Klosters. Die Wernitzerin wird Gift und Galle spucken, wenn sie von … von unserem Missgeschick erfährt. Mit der ist wahrhaftig nicht gut Kirschen essen.«

»Tuchscherers Schwiegermutter.«

Bruder Alban nickte. »Und eins der zänkischsten Frauenzimmer der Stadt. Mehr Haare auf den Zähnen als unser Kustos an seinem Bart. Dürfte trotzdem froh gewesen sein, ihr Töchterchen unter die Haube zu bekommen.«

»Liebreiz ist bekanntlich nicht alles.«

»Aber jugendliches Alter.« Bruder Alban hüstelte vor sich hin. »An die 30 und noch kein Ehegespons in Sicht – trübe Aussichten, kann ich da nur sagen. Kein Wunder, dass der alte Wernitzer vor Begeisterung aus dem Häuschen gewesen ist. Schade nur, dass er die Hochzeit seines Augapfels nicht mehr erlebt hat.«

»Das heißt, Tuchscherer ist wesentlich jünger als seine Frau.«

»Volle sechs Jahre, in der Tat.«

»Hm.« Bruder Hilpert ließ seine Fingerkuppen über die Schläfen gleiten und starrte an Bruder Alban vorbei ins Leere. »Eine höchst merkwürdige Konstellation.«

»Nach allem, was man so hört, jedoch eine höchst effektive. Zumindest, was die Zuneigung der Braut gegenüber ihrem Gatten angeht.«

»Und umgekehrt?«

»Genau das ist der springende Punkt.« Bruder Alban senkte den Blick und zwirbelte an den eisgrauen und wie Hörner nach oben gebogenen Brauen herum. »Dem Vernehmen nach handelt es sich bei Tuchscherer um einen Mann, der weiblichen Reizen gegenüber durchaus empfänglich ist.«

»Wie gesagt: ein Wollüstling.«

»Gelinde ausgedrückt.« Bruder Alban ließ den Stock am Sargdeckel entlanggleiten und trat neben den Katafalk. Im Schein der Kerzen, die sein Gesicht noch bleicher erscheinen ließen, sah er um Jahre gealtert aus, wie jemand, der von einer heimtückischen Krankheit befallen wurde. »Mehr möchte ich dazu nicht sagen.«

»Wozu auch.« Ein Lächeln im Gesicht, aus dem die beiden Minoriten nicht schlau wurden, begann Bruder Hilpert neben dem Katafalk auf und ab zu gehen. »Was ist eigentlich mit Tuchscherers kleiner Tochter?«

»Tot.«

»Hört sich überaus deprimierend an.«

»Ist es auch.« Bruder Alban stieß einen tiefen Seufzer aus. »Wie dem auch sei – Gerüchten zufolge soll es bei der Niederkunft von Tuchscherers Frau nicht mit rechten Dingen zugegangen sein.«

»Im Klartext, unser gemeinsamer Freund wird bezichtigt, beim Tod seiner Gattin die Hand im Spiel gehabt zu haben.«

»Falsch geraten. Nicht Tuchscherer, sondern Egbertas Amme.« Bruder Albans Stimme sank zu einem kaum hörbaren Flüstern herab. »Die Anklage lautet auf Giftmischerei. Mutter und Kind waren noch keine Viertelstunde tot, da haben sie die alte Irmtrud schon in Ketten gelegt.«

»Hm.« Am Fußende des Katafalks angekommen, hielt Bruder Hilpert mit gerunzelter Stirn inne, bettete den Ellbogen in die Fläche seiner rechten Hand und fuhr mit der Daumenkuppe an der Unterlippe entlang. Bruder Alban ließ ihn gewähren, wie stets die Geduld in Person. »Sieht so aus, als käme jede Menge Ärger auf uns zu. Beziehungsweise auf mich. Schöne Aussichten, bedenkt man, mit wem ich mich demnächst auseinanderzusetzen haben werde.«

»Was heißt hier ›ich‹ – hast du dein Alter Ego etwa schon vergessen?«

»Du hier?« Ehrlich verblüfft, traf Bruder Hilperts Blick auf denjenigen seines Freundes Berengar, der wie aus dem Nichts neben ihm aufgetaucht war. »Ich dachte, du bist …«

»Es kommt eben immer anders, als man denkt«, kam dieser seiner Frage zuvor, nickte den beiden Franziskanern zu und baute sich in voller Größe vor Bruder Hilpert auf. »Auf ein Neues, Bücherwurm – und keine Ausflüchte, wenn's beliebt!«

DRITTES KAPITEL

INVIDIA*

9

Rathaus, Amtsstube des Bürgermeisters, eine Stunde nach Sonnenuntergang | [18.23 h]

BÜRGERMEISTER VINZENZ LEBERECHT** war ein Franke aus echtem Schrot und Korn. Und da dem so war, schätzte er nichts mehr als ein zünftiges Mahl, edle Tropfen und häusliche Behaglichkeit. Wie die meisten seiner Vorgänger gehörte er einer alteingesessenen Familie an, jenen Geschlechtern, welche ihr Vermögen aus der Landwirtschaft schöpften und von alters her die Geschicke der freien Reichsstadt lenkten. Alles in allem nannte Leberecht vier Dutzend Höfe sein eigen und war somit einer der reichsten Männer der Stadt. Fernhandel und die damit verbundenen Risiken war seine Sache nicht, Bodenständigkeit ein ehernes Prinzip. Dies galt im Übrigen auch für seine Standesgenossen, die sich damit begnügten, Wein und Getreide anzubauen und vom Ertrag ihrer Höfe und den Abgaben ihrer Pachtbauern zu leben. »Bleibe im Lande und nähre dich redlich!«, pflegte er mit Blick auf die im Volksmund als ›Pfeffersäcke‹ titulierten Fern-

* Neid, Eifersucht, Missgunst
** fiktiv, da der Name des Bürgermeisters von Rothenburg im März 1418 in den Akten nicht zweifelsfrei zu identifizieren ist

handelskaufleute zu sagen, womit er andeuten wollte, es genüge ihm, für einen Zentner Schafwolle sieben Gulden, pro Fuder* Wein den Vorjahrespreis und für ein Malter** Korn mindestens zwei Pfund Heller einzustreichen. Traf dies ein, war die Welt für ihn in Ordnung, und es kümmerte ihn wenig, wenn man in den Kontoren zu Nürnberg, Würzburg oder Augsburg über seinesgleichen nur die Nase rümpfte oder wenn aufwieglerische Handwerker auf die Zulassung von Zünften pochten.

Dass die Welt für den behäbigen, mittelgroßen und etliche Pfunde zu schweren Genussmenschen am heutigen Tage nicht in Ordnung war, sah man ihm auf Anhieb an, wenngleich er sich Mühe gab, dies zu verbergen. »Wie Ihr, verehrte Anwesende, sicherlich wisst«, richtete er das Wort an das gute Dutzend Honoratioren, wozu unter anderem die beiden Spitalpfleger, vier Amtmänner und zwei Klosterpfleger gehörten, »ist es um unser Stadtsäckel derzeit nicht gut bestellt.«

»Das ist ja wohl nichts Neues!«, knurrte der Notarius, schiefmäulig, vierschrötig und von einer Trägheit besessen, die im Kreis der Ratsherren ihresgleichen suchte. »Mehr habt Ihr uns nicht zu sagen?«

»Ich denke, es ist wieder einmal an der Zeit, die Juden zur Ader zu lassen«, kam einer der beiden Steurer*** der Antwort des Bürgermeisters zuvor und grinste schelmisch in die Runde. »Nur eine klitzekleine Sonderabgabe, und wir sind sämtliche Sorgen los.«

»So einfach, wie Ihr Euch das vorstellt, Meister Spör-

---

* Fuder: je nach Region 8–18,8 Hektoliter
** Malter: 1,25–2,2 Hektoliter
*** Steuermeister, zuständig für die städtischen Finanzen

lein, ist die Sache leider nicht«, gab Leberecht zu bedenken und rutschte unruhig auf seinem Amtssessel hin und her, in dessen Rückenlehne das Stadtwappen, die rote Burg auf silbernem Grund, eingelassen war. »Oder habt Ihr vergessen, dass wir die Juden bereits mehrere Male geschröpft haben?« Der Angesprochene verneinte. »Na also. Und darum rate ich davon ab, diesbezüglich noch mehr Öl ins Feuer zu gießen. Der Krug geht so lange zum Brunnen, bis er bricht. Das brauche ich Euch wohl nicht zu sagen. Acht Familien, die mehr als 100 Gulden pro Jahr und damit ein Zehntel unseres Steueraufkommens berappen – wenn das nicht reicht, will ich Vinzenz Beutelschneider heißen!«

»Habt Ihr vielleicht eine bessere Idee?«

»Offen gestanden, nein.« Wie so häufig, wenn er in Bedrängnis geriet, zupfte der Bürgermeister sich auch jetzt an der fleischigen Nase, deren Rötung vom regelmäßigen Weinkonsum ihres Besitzers kündete, und runzelte die von Sorgenfalten durchzogene Stirn. Dann schob er sein Doppelkinn nach vorn und sah die Anwesenden der Reihe nach an. »Wiewohl ich zugeben muss, dass dies nicht der Grund ist, weshalb ich Euch habe rufen lassen, Ihr Herren.«

»Welcher dann?«

»Auf die Gefahr, Euch zu langweilen, Baumeister: Es geht um die nächsten Wahlen.«

»Um die Wahlen?«, warf der Johannispfleger* mit verständnisloser Miene ein. »Bis Walpurgis** ist doch noch genug Zeit, oder?«

»So gesehen, ja!«, stimmte Leberecht zu, den unter

* Für die Belange des Johanniterordens zuständiges Ratsmitglied
** 1. Mai (Tag der heiligen Walpurgis)

schweren Lidern hervortretenden Ochsenblick auf seinen Schreibtisch geheftet, wo sich ein halbes Dutzend in Schweinsleder eingebundene Folianten, Pergamentrollen jedweder Größe und Qualität, Federhalter, Messer zum Schärfen von Gänsekielen und ein erdfarbener Behälter mit Siegelwachs befanden. »Was jedoch nicht ausschließt, dass wir uns von vornherein über bestimmte Dinge im Klaren sein sollten. Damit wir keine unliebsamen Überraschungen erleben.«

»Hört sich irgendwie nach Verschwörung an!«, lästerte Heinrich Nyeß, der Notarius, ehemaliger Studiosus der Jurisprudenz und nach allgemeiner Überzeugung ein veritabler Spötter vor dem Herrn. »Nur keine Scheu, Leberecht – was führt Ihr im Schilde?«

»So leid es mir tut, Notarius – was Eure Frage betrifft, seid Ihr bei mir an der falschen Adresse.«

»Tatsächlich? Und welche wäre Eurer Meinung nach die richtige?«

»Eine Frage, Notarius: Seid Ihr wirklich so schwer von Begriff? Oder tut Ihr nur so?« Bei dem Honoratioren, der anstelle des Bürgermeisters das Wort ergriff, handelte es sich um einen in Schwarz gekleideten Mann Anfang 30, der es bisher vermieden hatte, an der Debatte teilzunehmen. Er maß nahezu sechs Fuß, hatte lockiges, bis auf die Schultern herabreichendes Haar und blaugraue Augen. Aus seinem Gesicht, das durch eine auffällige Blässe gekennzeichnet war, stachen die Adlernase, ein Paar weit auseinanderstehende Wangenknochen und die dunklen Augen ganz besonders hervor. Das Auffälligste an ihm war jedoch seine Stimme, bei deren Klang jedwedes Geräusch erstarb und sich die Blicke der Anwesenden automatisch auf den

Sprechenden hefteten. Tief, wohltönend und weich, haftete ihr sowohl etwas Einschmeichelndes als auch zutiefst Ehrfurchtgebietendes an. Ein Eindruck, der durch seine asketische Erscheinung, das Respekt heischende Auftreten und den durchdringenden Blick, mit dem er die anwesenden Patrizier musterte, noch verstärkt wurde. »Falls ja, kann ich Euch gerne auf die Sprünge helfen.«

Keiner der Anwesenden meldete sich zu Wort, schon gar nicht der Notarius, dem die geharnischte Replik sichtlich zugesetzt hatte. Der Asket in Schwarz quittierte es mit unverhohlener Genugtuung, verließ seinen Platz am Fenster, das den Blick auf den menschenleeren Marktplatz eröffnete, und gesellte sich zu dem Kreis der in Ehren ergrauten Patrizier, welche ihn mit einer Mischung aus Respekt und Beklommenheit musterten. »Nein? Dann schlage ich vor, man möge dem Herrn Bürgermeister Gelegenheit geben, sein Anliegen vorzutragen. Wenn möglich, ohne ihn dabei zu unterbrechen.«

»Habt Dank, Meister Bermetter!«, erwiderte der Angesprochene und hantierte an seiner Amtskette herum, nach Kräften bemüht, Autorität auszustrahlen. »Worauf ich hinauswill, ist Folgendes: Mir ist zu Ohren gekommen, dass es unter den Kandidaten, welche sich bei den anstehenden Wahlen um einen Sitz im Rat bewerben, solche gibt, die … äh … die …«

»Weder geeignet noch würdig sind, dem erlauchten Gremium anzugehören.«

»Genau, Meister Bermetter. Um wen es sich handelt, muss ich hoffentlich nicht aussprechen.«

»Doch nicht etwa um Euren Schwager, Bermetter?«

»Ich sehe, Ihr denkt mit, Amtmann.« Die Handflächen

aneinandergelegt, führte Heinrich Bermetter, Tuchhändler, Ratsmitglied und verhinderter Student der Medizin, die feingliedrigen Finger zum Mund und tauchte in den Blick des Fragestellers ein. Der seinige hatte etwas Hypnotisches an sich, weshalb der Amtmann, der die Aufsicht über Nordenberg hatte, ihm nicht standhalten konnte und die Augen niederschlug. »Ihr habt das Wort, Bürgermeister, oder liege ich da falsch?«

Peinlich berührt, vertiefte sich die Rötung auf Leberechts Gesicht. »Machen wir es kurz, erlauchte Anwesende!«, flüchtete er sich in einen salbungsvollen Ton, ein untaugliches Mittel, um seinen Autoritätsverlust wettzumachen. »Ich denke, wir sind uns einig, dass Zeitgenossen vom Schlage eines Laurenz Tuchscherer im Inneren Rat unserer Heimatstadt nichts zu suchen haben. Dies hier ist ein Gremium verdienter Bürger, von Einwohnern, die sich um diese Stadt verdient gemacht haben und danach trachten, ihren Ruhm und die Reputation, welche sie landauf, landab genießt, zu mehren.«

»Ihren Nutzen nicht zu vergessen.«

»Selbstredend, Notarius, wo kämen wir da hin. Machen wir es also kurz: Mein Ansinnen, erlauchte Anwesende, geht dahin, Tuchscherer von der Liste möglicher Kandidaten zu streichen und zu verhindern, dass wir uns eine Laus in den Pelz setzen, die uns nichts als Ungemach bereiten wird. Ich denke, wir sind uns einig, oder?«

»So viel zum Thema Freie Reichsstadt!«, amüsierte sich der Steuermeister, zwar nicht mit einem Übermaß an gesundem Menschenverstand, dafür aber mit einem gesunden Appetit gesegnet, wandte sich ab und trat an den Schragentisch zu seiner Rechten, um sich an den bereitliegenden Leckerbissen gütlich zu tun. Leberecht hatte seinem Namen einmal mehr Ehre gemacht und alles aufgefahren, was Küche und Keller hergaben. Hans Spörlein lief das Wasser im Mund zusammen, und die Entscheidung, wo er zuerst hingreifen sollte, setzte ihm mehr zu als der gegenwärtige Disput. Forellen im Teigmantel, frische Erbsen, Feigen in Gewürzweingelee, Apfelringe, Dattelkompott oder vielleicht doch lieber Rosenküchlein? Der Steurer entschied sich für Letztere, öffnete den Mund und schloss verzückt die Augen.

Bevor er zubeißen konnte, wurde ihm der Appetit jedoch gründlich verdorben. »Erst die Arbeit, Spörlein, und dann das Vergnügen!«, fuhr Bermetter den verhinderten Genießer an, entwand ihm das himmlisch duftende Süßgebäck und legte es auf den Tisch zurück. »Euer Hang zu Gaumenfreuden in Ehren, aber ich denke, wir sind nicht zum Schlemmen hier.«

»Auf ein Wort, Bermetter!«, sprang der Johannispfleger in die Bresche, schob den Aufseher über die städtischen Finanzen beiseite und baute sich vor dem Tuchhändler auf, um die erlittene Schmach wettzumachen. »Wie kommt es, dass Ihr gegen den eigenen Schwager intrigiert? Habt Ihr denn überhaupt kein Ehrgefühl im Leib?«

Bermetter erstarrte, nur das Zucken seines Mundwinkels verriet, wie sehr ihn sein Gegenüber in Harnisch gebracht hatte. Als Mann von Welt war er jedoch klug genug, sich zu beherrschen. »Nicht mehr und nicht weniger als jeder andere hier!«, parierte er die dreiste Provokation und ließ den Johannispfleger einfach links liegen. »Oder denkt Ihr, ich ließe mich vor den Karren eines Emporkömmlings spannen?«

»Wohl gesprochen!«, warf Leberecht ein, schnellte aus seinem Lehnstuhl und trat zwischen die beiden Streithähne. »Dann wären wir uns ja einig.«

Ganz so einfach wie erhofft ließ sich Friedrich Pluntzhart, Oberaufseher über den Johanniterorden, jedoch nicht besänftigen. »Nicht ganz«, hielt der Johannispfleger mit süffisantem Grinsen dagegen und goss sich in aller Seelenruhe einen Spätburgunder ein. »Das heißt, zumindest nicht, was die Behandlung der alten Irmtrud angeht.«

»Da macht Euch keine Gedanken, Pluntzhart«, raunzte ihn Leberecht an. »Bestraft wird sie noch früh genug. Und zwar dann, wenn der Stadtrichter genesen ist.«

»Und bis wann, denkt Ihr, wird er den Verlust seines Blasensteins verkraftet haben?«

»In ein paar Tagen, denke ich.«

Die Antwort bestand aus einem missgünstigen Grinsen. »Möchte wissen, was es da noch groß zu bereden gibt«, tat der Johannispfleger kund. »Wie jedermann bekannt, hat das alte Kräuterweib ein Geständnis abgelegt. Von sich aus. Wozu sie also vor ein Tribunal zerren, einen Haufen Geld hinauswerfen und unnütz Zeit verplempern, wenn die alte Hexe geständig ist! Tut mir leid, Leberecht, da komme ich nicht mit. Und manch anderer der unter uns Weilenden auch nicht.«

»Wisst Ihr vielleicht etwas Besseres?«, giftete der Bürgermeister, kurz davor, aus der Haut zu fahren.

»Nägel mit Köpfen, was sonst? Bedeutet: Tod durch den Strang, je eher, desto besser. Am besten gleich morgen früh. Wisst Ihr, Bürgermeister, hin und wieder sollte man auch einmal auf seine Bürger hören. Bei denen sorgt Eure Saumseligkeit nämlich für gewaltigen Verdruss.

Nicht genug, dass die blödsinnige alte Vettel mein Patenkind auf dem Gewissen hat, soll ihr zu allem Überfluss auch noch der Prozess gemacht werden. Das verstehe, wer will. Wenn das so weitergeht, Meister Leberecht, werdet Ihr jeglichen Kredit verspielen.«

»Bei Euch oder der Ratsmehrheit?«

»Überzeugt Euch selbst, Leberecht. Eine Gelegenheit wie diese kommt so schnell nicht wieder.«

Der Angesprochene erbleichte. »Nun denn – Eure Meinung, Ihr Herrn«, winselte er wie ein geprügelter Hund. »Wer der gleichen Meinung wie Pluntzhart ist, hebe die Hand.«

In der holzgetäfelten, mit einem Kachelofen, Truhen und den Wappenschilden der sieben Kurfürsten ausgestatteten Amtsstube kehrte augenblicklich Ruhe ein. Keiner der Anwesenden wollte den Anfang machen, und es dauerte seine Zeit, bis sieben von ihnen die Hand hoben. Weitere sieben, unter ihnen der Bürgermeister, verweigerten die Zustimmung.

Demnach hing alles von Bermetter ab. Der Tuchhändler indes tat so, als sei er des Debattierens überdrüssig, wandte sich erneut dem Fenster zu und starrte durch die Butzenscheiben in die Dunkelheit hinaus. »Und Ihr, Meister Bermetter – wie steht es mit Euch?«

»Mit mir, Bürgermeister?«, entgegnete der Händler, offenbar mehr an seinem Umhang, der ihm um ein Haar von der Schulter gerutscht wäre, als am Gesprächsthema interessiert. »Gute Frage.«

»Alles, was Recht ist, Bermetter – wir reden uns hier die Köpfe heiß und Ihr tut so, als ginge Euch der Mord an Eurer Schwester nicht das Geringste …«

»Ich fürchte, hier liegt ein Missverständnis vor. Beim Tod meiner Stiefschwester handelt es sich um eine schreckliche Tragödie, sowohl in meinen als auch in den Augen meiner Mutter. Sie ist untröstlich, ob Sie darüber hinwegkommen wird, die mehr als bange Frage.« Der Tuchhändler atmete geräuschvoll aus. »Was die Frage der Täterschaft angeht, scheint mir, ist das letzte Wort noch nicht gesprochen.«

»Und wer, wenn nicht die alte Irmtrud, könnte es Eurer Meinung nach gewesen sein? Etwa der Heilige Geist?«

»Gute Frage, Spörlein!«, wiederholte Bermetter, dem Anschein nach nicht ganz bei der Sache. »Wie dem auch sei, ich fürchte, wir laufen Gefahr, einen Irrtum zu begehen.«

»Das ist doch wohl nicht Euer Ernst, Bermetter. Erklärt Euch, wenn's beliebt.«

»Nichts lieber als das, Notarius.« Der Tuchhändler wirbelte herum, verschränkte die Arme und richtete sich zu voller Größe auf. »Wer, frage ich mich –«, deklamierte er in überheblichem Ton, »wer außer der alten Irmtrud käme als Mörder meiner unglückseligen Stiefschwester in Frage?«

»Mörder?«, japste Leberecht, wohl wissend, auf wen der Tuchhändler mit seiner Frage abzielte. »Könnt Ihr das beweisen?«

»Beweisen, welch hehres Wort!« Ein Lächeln auf den farblosen Lippen, wandte sich Bermetter seinem Intimfeind zu. »Was meint Ihr, Pluntzhart, welche Strafe wäre für die Kreatur, welche wir beide im Sinn haben, die angemessenste?« Und fügte postwendend an: »Was mich betrifft, schlage ich vor, den Betreffenden zum Tod durch Verhungern …«

Weiter kam der Tuchhändler, der den Anwesenden einmal mehr Furcht einflößte, zunächst nicht. Schuld daran war nicht etwa mangelnde Entschlossenheit, sondern die Tatsache, dass die Tür mit einem heftigen Tritt aufgestoßen wurde.

»Was fällt Euch ein, Nichtswürdiger!«, entrüstete sich der Bürgermeister und stellte sich dem Eindringling in den Weg. »Wer gibt Euch das Recht, hier unangemeldet hereinzuplatzen?«

»Der da!«, stieß Laurenz Tuchscherer wutschnaubend hervor, würdigte Leberecht keines Blickes und stürmte mit geballter Faust auf seinen Schwager zu. »Dieser Drecksack, der vorgibt, ein feiner Herr zu sein!«

»Ad eins, Schwager – wir befinden uns hier nicht in einem der Freudenhäuser, welche Ihr des Öfteren zu frequentieren pflegt. Und ad zwei: Wir stecken mitten in einer Besprechung. Habt also die Güte, Eure Rachegelüste zu zügeln.«

Tuchscherer ließ sich jedoch nicht einschüchtern. Drauf und dran, handgreiflich zu werden, rang er seinen Jähzorn nieder, zog einen Pergamentfetzen aus der Tasche und hielt ihn Bermetter vors Gesicht. »Warst du das?«, kläffte er, den Blick flammend vor Hass. »Spuck's aus, Memme, oder bist du etwa zu feige dazu?«

»Erhitzt Euch nicht, Schwager. Wo stammt das her?«

»Aus meiner Satteltasche.«

Bermetter verzog keine Miene. »Superbia!«, rief er hohnlächelnd aus, nachdem er die Buchstaben, welche auf das Pergamentröllchen gekritzelt worden waren, entziffert hatte. »Zu Deutsch Hochmut. Alle Achtung! Derjenige, der dies zu Papier gebracht hat, muss ein profunder Menschenkenner sein.«

»Ich warne dich, Quacksalber!«, zischte Tuchscherer, die Hand nur wenige Zoll vom Hals seines Widersachers entfernt, an dem ein kostbares Silberamulett hing. »Wenn du glaubst, mich fertigmachen zu können, bist du auf dem Holzweg.«

»Falls Ihr auf den Epigraph* an Eurer Haustür anspielt, müsst Ihr Euch einen anderen Sündenbock suchen. Tja, Tuchscherer, wie Ihr es mit der Treue haltet, hat sich inzwischen herumgesprochen. Wobei ich gestehen muss, dass mir die Bezeichnung ›Cupiditas‹ in Zusammenhang mit Eurem Lebenswandel wie eine harmlose Untertreibung vorkommt. Von der Frage, wer für den Tod von Egberta verantwortlich ist, nicht zu reden.«

»Ihre Amme, wer sonst?«

»Was Ihr nicht sagt!«, höhnte der Tuchhändler, pickte seinem Schwager das Pergamentröllchen aus der Hand und stopfte es in Tuchscherers Brusttasche. »Und woher wollt Ihr das so genau wissen?«

»Noch ein Wort, Scharlatan, und du kriegst eine Abreibung verpasst, dass du dir deine Heilkräuter von unten anglotzen kannst.«

Sichtlich zufrieden, lachte der Tuchhändler auf und warf dem Bürgermeister einen vielsagenden Seitenblick zu. »An Eurer Stelle, Gattenmörder, würde ich den Mund nicht so voll nehmen. Sonst geht es Euch an den Kragen, und zwar schneller, als Ihr denkt.« Scheinbar die Ruhe in Person, entfernte Bermetter eine Staubfaser von seinem Wams und ließ sie mit angewiderter Miene fallen. »Erlaubt mir daher, Euch einen Rat zu erteilen. Unter nahen Verwandten sozusagen. Ihr tut gut daran, Schwager, Euch nach einem Dok-

---

* Inschrift

tor der Jurisprudenz umzusehen.« Ohne die Anwesenden eines Blickes zu würdigen, überließ der Tuchhändler seinen Kontrahenten sich selbst, gab ein amüsiertes Schnauben von sich und schlenderte zur Tür. Die Hand auf der Klinke, drehte er sich noch einmal um. »Gott befohlen!«, raunte er Tuchscherer zu. »Wenn ich ehrlich bin, möchte ich nicht in Eurer Haut stecken.«

10

Stadthaus der Familie Wernitzer, Ende der zweiten Nachtstunde | [19.00 h]

»EINE FRAGE NOCH!«, rief Hilpert von Maulbronn Bruder Clemens hinterher, als der Kustos des Franziskanerklosters das Portal bereits aufgesperrt und ihn mit der Kinnspitze auf das schräg gegenüberliegende Patrizierhaus hingewiesen hatte. Die Giebelornamente, das reich verzierte Fachwerk und die Buntglasscheiben sprachen eine deutliche Sprache, und man musste kein Hellseher sein, um sich ein Bild vom Status seiner Bewohner zu machen. Die Familie, in die Tuchscherer hineingeheiratet hatte, zählte zu den einflussreichsten der Stadt. Das sah man dem Haus, das keinen Vergleich scheuen musste, schon von Weitem an. »Dann seid ihr erlöst.«

»Euer Wille geschehe, Bruder.«

»Oder derjenige des Herrn, je nachdem.« Ein hintergründiges Lächeln erhellte Bruder Hilperts Gesicht, und es schien, als denke er über etwas nach. »Was hat Euch eigentlich veranlasst, nach Vollendung des Tagwerks die Kirche aufzusuchen?«

»Meine Pflichten als Sakristan, was sonst?«

»Und das zwei Stunden nach der Komplet*? Hand aufs Herz, Bruder – hattet Ihr nicht den lieben langen Tag Zeit, ihnen nachzukommen?«

Der Sakristan, knapp sechs Fuß groß und ein Bär von einem Mann, neben dem sich Bruder Alban wie ein Zwerg

* Laut Gebetsplan der Zisterzienser um 15.55 Uhr.

ausnahm, schlug die graubraunen Augen nieder und zwirbelte an seiner opulenten Bartpracht herum. »Doch.«

»Warum dann diese späte Visite?«

»Ganz einfach: Ich hatte zu tun. Den ganzen Tag über. Und dann auch noch der Trauergottesdienst morgen früh, bei dem die halbe Stadt anwesend sein wird. Wisst Ihr was, Bruder? Irgendwie ist das alles ein bisschen viel für mich. Ich weiß nicht, wo mir der Kopf steht, ehrlich!« Der Küster kehrte die Handflächen nach oben und wusste vor Verlegenheit weder ein noch aus. »Ich wollte doch nur, dass alles seine Richtigkeit hat.«

»Und – hatte es das?«

»Na, Ihr stellt mir vielleicht Fragen, Bruder. Natürlich nicht.«

»Passiert Euch das eigentlich öfter?«, fragte Bruder Hilpert und wechselte einen raschen Blick mit Berengar, der sich am Küster vorbei ins Freie gezwängt und nach einem flüchtigen Rundblick zu ihm gesellt hatte. Weit und breit war kein Mensch zu sehen, die Herrngasse wie ausgestorben.

»Was denn, Bruder?«

»Dass Ihr Euch zur Schlafenszeit in die Kirche begebt, um ipso loco* nach dem Rechten zu sehen.«

»Was ist denn schon dabei, wenn ich …«

»Kommt mir bitte nicht damit, Bruder. Ihr wisst doch genau, dass ein Mönch verpflichtet ist, die Regel seines Ordens auf das Genaueste zu befolgen. Die, wie ich wohl nicht extra betonen muss, für jedermann verbindlich ist und besagt, dass ihr Euch im Anschluss an die Komplet ins Dormitorium** zu begeben, angekleidet auf die Pritsche

---

* dt.: an selbigem Ort
** Schlafsaal der Mönche

zu legen und bis zu den Vigilien* ebendort auszuharren habt. Schlafend, falls es Gott dem Herrn gefällt.«

Der Sakristan trat von einem Bein auf das andere, raufte sich die Tonsur und wich Bruder Hilperts forschendem Blick aus. »Also gut!«, gestand er zerknirscht. »Mir ist da ein kleines Missgeschick passiert.«

»Was Ihr nicht sagt!«, warf Berengar ein, nicht mehr weit von einem Wutausbruch entfernt. »Darauf wären wir nun wirklich nicht gekommen.«

»Berengar, bitte.« Beileibe nicht so temperamentvoll, doch nicht minder misstrauisch wie sein Freund, den er mit einem vorwurfsvollen Seitenblick in die Schranken wies, rieb Bruder Hilpert seinen Zeigefinger an der Nasenspitze und ließ den Blick auf dem am Boden zerstörten Minoritenbruder ruhen. »Verzeiht, Bruder, wenn der Herr Vogt Euch gekränkt haben sollte. Er meint es nicht so. Heißt es doch: ›Wer unter euch ohne Sünde ist, der werfe den ersten Stein‹**, nicht wahr, alter Freund?«

»Anstatt immer nur auf mir rumzuhacken, solltest du lieber …«

»›Mit deiner Interrogatio*** fortfahren!‹, ich weiß.« Rein äußerlich die Ruhe selbst, ging der Bibliothekarius über den Rüffel seines Freundes hinweg und ließ den Sakristan nicht aus den Augen. »Auf ein Neues, Bruder – um welche Art Missgeschick handelt es sich?«

Der Hüne im braunen Habit schien untröstlich. »Ausgerechnet mir musste das passieren!«, wehklagte er. »Ich … ich hätte mich ohrfeigen können. Weiß der … äh … weiß

---

* 1.30–2.50 Uhr (Zisterzienser, Winter)
** Johannes 8,7
*** dt.: Befragung

Gott, wie es so weit kommen konnte, dass ich den Psalter verlegt habe.«

»Den Psalter der Heimgegangenen? ›Verlegt‹? Wie darf ich das verstehen?«

»Na ja, ›vergessen‹ wäre wahrscheinlich richtiger.« Rot bis unter die Haarspitzen, vergewisserte sich der Sakristan, dass niemand in der Nähe war, lehnte die Tür an und tapste schwerfällig auf Bruder Hilpert zu. »Also, das war so: Wieder zurück in meiner Zelle, fiel mir ein, dass ich etwas vergessen hatte.«

»Nämlich den Psalter«, ergänzte Bruder Hilpert, dessen Geduld sich ebenfalls dem Ende zuneigte. »Lasst mich raten: Er befand sich in der Sakristei.«

»Langsam werdet Ihr mir unheimlich, Bruder.«

»Zu viel der Ehre, Sakristan.« Der Bibliothekarius rang hörbar nach Luft. »Das erklärt aber nicht, weshalb Ihr zwei Stunden gebraucht habt, um Euer Missgeschick wettzumachen.«

»Doch.«

»Tatsächlich?«

»Auf die Gefahr, dass Ihr mir nicht glaubt: Mir war entfallen, wo ich den Schlüssel für die Sakristei deponiert hatte.«

»›Entfallen‹? Das ist doch wohl nicht Euer …«

»Und ob das mein Ernst ist, Bruder. Kein Wunder bei der Aufregung, die der Tod unserer Gönnerin verursacht hat.«

»Und Euer Schlüsselbund? Tragt Ihr den etwa nur zum Schein mit Euch herum?«

»Mir wurde aufgetragen, den Schlüssel zur Sakristei an einem unbekannten Ort zu deponieren. Aus Gründen der Sicherheit.«

»Von wem?«

»Durch den Guardian höchstpersönlich.« Der Sakristan hob entschuldigend die Hände. Dann fügte er in devotem Tonfall an: »Zum Glück habe ich ihn gefunden. Unter meinem Kopfkissen.«

»Sehe ich das richtig, Bruder –«, brach es plötzlich aus Berengar hervor, »Ihr wollt uns weismachen, geschlagene zwei Stunden mit der Suche nach dem verdammten …«

»Berengar, bitte.« Um Schlimmeres zu verhüten, tätschelte Bruder Hilpert die Schulter seines Freundes und trat bis auf Armlänge an den Sakristan heran. »Machen wir es kurz, Bruder Clemens. Eurer Darstellung zufolge habt Ihr Euch circa eindreiviertel Stunden nach der Komplet auf den Weg in die Kirche gemacht, mit der Absicht, den Psalter der Heimgegangenen zu ihr in den Sarg zu legen. Apropos – wo genau bewahrt Ihr eigentlich Eure Preziosen auf?«

»In einer eigens dafür vorgesehenen Truhe. Von dort wollte ich den Psalter holen, um ihn anschließend …«

»Wozu es, wie wir beide wissen, nicht mehr kam, weil Euch beim Anblick des Katafalks das nackte Grauen gepackt hat, hab ich recht?«

Der Sakristan nickte, durch Bruder Hilperts Ton sichtlich schockiert.

»Und Ihr Euch daraufhin schnurstracks zu Bruder Alban begeben habt, um ihm die Hiobsbotschaft zu überbringen.«

Der Minorit bejahte.

»Habt Dank. Das genügt.«

Einen Wimpernschlag standen sich der Franziskanermönch und sein zisterziensischer Bruder noch gegenüber, der eine sichtlich geknickt, der andere hingegen so abweisend, dass der Kustos auf dem Absatz kehrtmachte und im Inneren der Kirche verschwand.

»Wenn der nichts auf dem Kerbholz hat, bin ich König Sigismund*!«, verkündete Berengar lapidar. »Klarer Fall von Lügengespinst, oder?«

»Gegenfrage: Was ist eigentlich mit dir los?«

»Nichts, wieso?«

»Komm schon, mir kannst du nichts vormachen. Ärger mit Tante Jutta?«

»Lass mich bloß mit der in Ruhe!«, polterte der Vogt, winkte ab und stapfte wutentbrannt auf das Domizil der Familie Wernitzer zu. Die Abdrücke zahlloser Hufe, Räder und Stiefel hatten die Herrngasse in eine Matschwüste verwandelt, was seiner Laune nicht unbedingt förderlich war.

Bruder Hilpert sah es mit Sorge, und das nicht ohne Grund. Wusste er doch genau, dass sich der Vogt nicht so leicht unterkriegen ließ. In den vergangenen zwei Jahren hatte er dies mehr als einmal unter Beweis gestellt und sich als wahrer Freund und Fels in der Brandung erwiesen, immer dann, wenn er, Hilpert, mit seiner Weisheit am Ende gewesen war.

Um eine Sorge reicher, seufzte der Bibliothekarius gequält auf, lüpfte den Saum seiner Kukulle und beeilte sich, mit seinem Freund Schritt zu halten. In Anbetracht der Mixtur aus Schlamm, Abfällen und Pferdedung war dies gar nicht so leicht, und er hatte Mühe, die Balance zu halten. »Und du willst mir wirklich nicht sagen, was dir widerfahren …«

»Noch ein Wort über die fette alte Wachtel, Hilpert,

* Sigismund von Luxemburg (1368–1437), römisch-deutscher König seit 1411

und ich werde dir die Freundschaft kündigen.« Heilfroh, dass Berengar seinen Humor trotz allem nicht verloren hatte, schloss Bruder Hilpert zu dem Vogt auf, verpasste ihm einen sanften Rippenstoß und witzelte: »Nur den Kopf nicht hängen lassen, alter Freund, du weißt doch, wie Evas Töchter sind.«

»Mit Betonung auf ›Töchter‹, wenn ich bitten darf.«

»Mit anderen Worten: Jutta von Nordenberg war nicht die Einzige, welche dir Ungemach zugefügt hat.«

»Stimmt.«

»Darf man erfahren, was dir in Abwesenheit deines Aufpassers und geistlichen Beistandes zugestoßen ist?«

»Man darf.« Die Andeutung eines Lächelns im Gesicht, blieb Berengar stehen und fasste die Ereignisse der vergangenen Stunden zusammen. Breiten Raum nahm natürlich die Begegnung mit der mysteriösen Fremden ein, wohingegen er den Schwächeanfall seiner Verlobten verschwieg. »Allerhand los heute, hab ich recht?«

»Hast du!«, pflichtete Bruder Hilpert dem Gefährten bei und war im Begriff, ihn mit weiteren Fragen zu bestürmen, als er durch ein Geräusch in unmittelbarer Nähe davon abgehalten wurde. Nur noch wenige Schritte von ihrem Ziel entfernt, wanderte der Blick der beiden Freunde zum schmiedeeisernen Portal von Wernitzers Haus und blieb an einem schätzungsweise 15 Jahre alten Mädchen haften, hinter dem soeben die Tür zugefallen war. Es trug Zöpfe, Holzpantinen, Beinlinge aus Wolle, eine fleckige alte Schürze und darunter ein schäbiges braunes Kleid, das gleich mehrfach geflickt worden war. Die Bürste in der rechten und einen Eimer mit Wasser in der linken Hand, hatte das zierliche Geschöpf weder Augen noch Ohren für seine Umgebung, drehte sich geistesabwesend um und stellte den randvollen Kübel vor dem Torbogen ab. Dabei erweckte es den Eindruck, überhaupt nicht bei der Sache zu sein, es schien, als befinde es sich in Trance.

Bruder Hilpert stutzte, Berengar nicht minder. Das Mädchen indes drehte sich nicht einmal um, schien so vertieft, dass es die beiden Fremden, welche sie bei der Reinigung des rechten Türflügels beobachteten, nicht bemerkte. Erst ein Räuspern, welches Bruder Hilpert beim Nähertreten von sich gab, sorgte dafür, dass es seine Arbeit unterbrach und einen Blick über die linke Schulter warf.

»Gott zum Gruße, meine Tochter.« Bruder Hilpert nickte freundlich mit dem Kopf. Bei näherer Betrachtung sah das Mädchen wesentlich älter aus, zumindest was sein Gesicht betraf, aus dem er einen Blick auffing, welcher ihn unversehens frösteln ließ. »Denkst du, es wäre möglich, ein paar Worte mit deinem Herrn zu wechseln?«

Das Mädchen, bei dem es sich offensichtlich um eine Dienstmagd handelte, sah Bruder Hilpert unverwandt an. Es wirkte verstört, beinahe so, als habe man ihm ein Messer an die Kehle gesetzt. Bruder Hilpert hielt verblüfft inne. Selten zuvor hatte er derart schöne Augen gesehen, selten zuvor aber auch einen derart schreckerfüllten Blick. So furchtsam, dass er instinktiv zurückwich, was das Mädchen umso mehr irritierte. Die Augen weit aufgerissen, starrte es ihn wie eine Erscheinung aus dem Jenseits an, mit jeder Faser seines Wesens auf den ihm unbekannten Störenfried konzentriert.

Hypnotisiert von dem flackernden Blick, rührte sich

Bruder Hilpert nicht von der Stelle, und je länger dies der Fall war, desto schwerer fiel es ihm, sich vom Anblick des Mädchens loszureißen.

Doch plötzlich, von einem Moment auf den anderen, gewann die Maid die Fassung zurück und wandte sich wieder ihrer Arbeit zu. Die Antwort auf seine Frage blieb sie Bruder Hilpert schuldig, doch das focht den Bibliothekarius nicht mehr an. Ein Blick auf die verblassenden weißen Buchstaben an der Tür, und das merkwürdige Verhalten der blutjungen Dienstmagd war vergessen. Bruder Hilpert schüttelte verwundert den Kopf. Gottlob waren die Lettern so groß, dass ihre Entzifferung ihm keine Schwierigkeiten bereitete, weshalb er das Konstrukt, welches sein väterlicher Freund für ihn ersonnen hatte, nicht benötigte. Bruder Hilpert war dies mehr als recht, vor allem, weil er sich vor Berengar nicht blamieren und alles vermeiden wollte, was den Eindruck des zu Ruhm und Ansehen gelangten Bibliothekarius hätte schmälern können.

Als wolle er ihm seine Eitelkeit austreiben, kam Berengar dem Bibliothekarius indes zuvor. »Cupiditas!«, raunte der Vogt, so leise, dass Hilpert ihn nur mit Mühe verstand. »Möchte wissen, was das zu bedeuten hat.«

»Ich ehrlich gesagt auch«, pflichtete Bruder Hilpert seinem Freund bei, den Blick abwechselnd auf das Mädchen und die nicht zu übersehenden weißen Lettern gerichtet. »Mir scheint, als habe Tuchscherer nicht nur Freunde in dieser Stadt.«

»Vorsichtig ausgedrückt. Wie dem auch sei, höchste Zeit, unserem Freund einen kleinen Besuch abzu…«

»Darf man fragen, was Euer Begehr ist, Ihr Herren? Oder plagt Euch die Langeweile?«

»Keineswegs, wo denkt Ihr hin!«, entgegnete Bruder Hilpert, nachdem sein Blick nach oben gewandert und an einer Frau in den späten Fünfzigern haften geblieben war, die mit eisiger Miene auf die Straße hinunterspähte. »Und was Eure erste Frage angeht: Wir sind im Auftrag von Bruder Alban hier.«

»Das kann jeder sagen!«

»Freilich«, entgegnete Bruder Hilpert, nach außen hin die Freundlichkeit in Person, insgeheim jedoch mehr als ungehalten ob des unfreundlichen Empfangs. »Aber nicht jeder ist gräflicher Vogt und Inquisitor vom Orden der Zisterzienser. Weshalb ich Euch bitten muss, bei Meister Tuchscherer um eine Audienz für uns nachzusuchen. Sofort.«

»Der ist nicht da.«

»Wie bedauerlich«, heuchelte Bruder Hilpert, einmal mehr gezwungen, gute Miene zum bösen Spiel zu machen. »Und mit wem habe ich die Ehre, wenn die unziemliche Frage gestattet ist?«

»Mit seiner Schwiegermutter!«, schnauzte das zänkische Weib, was dazu führte, dass bei Berengar erneut die schwarze Galle hochkochte.

Bevor sich das Naturell seines Freundes entladen konnte, war Bruder Hilpert jedoch zur Stelle, umklammerte dessen Handgelenk und schlug einen derart zuckersüßen Tonfall an, dass sein Freund erst recht in Harnisch geriet. »Ja, wenn das so ist, Frau Wernitzer, sind wir selbstverständlich bereit, mit Euch vorlieb zu nehmen. Seid unbesorgt, es wird nicht lange dauern.«

»Aber nur, wenn du altes Schandweib keine Scherereien machst«, grummelte der Vogt, entwand sich dem Griff seines Freundes und deutete auf die Tür. »Nach Euch, Bruder, nur keine falsche Scham!«

~

»Mein Schwiegersohn, sagt Ihr? Da müsst Ihr schon die Frauenwirtin fragen!« Beinahe alles an Chlotilde Wernitzer war spitz, sowohl im wortwörtlichen wie auch übertragenen Sinn. Von der Art, wie sie ihren Mitmenschen begegnete, hatte Bruder Hilpert bereits eine Kostprobe erhalten, was aber nicht hieß, dass ihr Reservoir an spitzzüngigen Bemerkungen damit erschöpft gewesen wäre. »Wenn Euch jemand weiterhelfen kann, Bruder, dann sie. Für den Fall, dass sich eine Visitation des Freudenhauses mit Eurem Gelübde in Einklang bringen lässt.«

»Darüber macht Euch keine Sorgen.« Um sich zu mäßigen, aber auch, um seiner Gesprächspartnerin den Wind aus den Segeln zu nehmen, ließ Bruder Hilpert den Blick durch die geräumige Wohnstube im ersten Stock des Wernitzer'schen Anwesens schweifen. Wie nicht anders zu erwarten, fehlte es an nichts, angefangen bei flämischen Wandbehängen bis hin zu einem offenen Kamin, vor dem das Fell eines Bären ausgebreitet war. Darüber hinaus hinterließ das Gemach, welches einem Reichsfürsten zur Ehre gereicht hätte, einen behaglichen, um nicht zu sagen blitzblanken und penibel aufgeräumten Eindruck bei ihm. Das Spinnrad stand in der Ecke, das Geschirr fein säuberlich aufgereiht im Regal, der vergoldete Kerzenständer genau in der Tischmitte. Und der Stickrahmen lag auf der Bank in der Fensternische. Sogar der Fußboden, so schien es, war gerade erst gescheuert und mit wohlriechenden Binsen bestreut worden.

Bruder Hilpert runzelte die Stirn. Alles befand sich an Ort und Stelle, an dem dafür vorgesehenen Platz. Gerade so, als habe Egberta Tuchscherer Großputz gemacht und ihre Stube beim Eintreten ihrer Mutter verlassen.

»Meine Tochter war eben eine sittsame Frau. Und überaus ordentlich. Im Gegensatz zu ihrem Gatten, wenn ich das so sagen darf.«

»Ich verstehe.« In Gedanken bei der Hiobsbotschaft, welche er in Kürze zu übermitteln haben würde, deutete Bruder Hilpert ein Nicken an und sog den Kerzenduft, der ihm in die Nase stieg, mit geschlossenen Augen ein. Danach, immer noch uneins, wie er sich seiner Bürde entledigen sollte, setzte er ein gewinnendes Lächeln auf und wandte sich wieder der Endfünfzigerin zu, welche ihm von Bruder Alban in drastischen Farben geschildert worden war. Eine Schilderung, die, wie sich herausgestellt hatte, durchaus der Realität entsprach.

»Ihr bringt schlechte Kunde, hab ich recht?«

Bruder Hilpert nickte erneut, gab sich einen Ruck und rückte so schonungsvoll wie möglich mit der Wahrheit heraus. Nur um festzustellen, dass er sich die Mühe hätte sparen können. Chlotilde Wernitzer verzog keine Miene, war nicht bereit, sich in die Karten schauen zu lassen. Und stellte keinerlei Fragen, weder zu Beginn noch im weiteren Verlauf von Bruder Hilperts Monolog. Einigermaßen verblüfft, wurde der Bibliothekarius von wachsender Unruhe erfüllt, ausgerechnet er, der er sich in den Abgründen der menschlichen Seele bestens auszukennen glaubte.

Am Ende seiner Ausführungen angelangt, schnappte Bruder Hilpert nach Luft. Chlotilde Wernitzer, die Frau mit der spitzen Zunge, dem spitzen Kinn, den spitzen Ohren und dem länglichen und verhärmten Gesicht, über dem sich eine nahezu faltenfreie Flügelhaube ausbreitete, würde seinen Schatz an unliebsamen Erfahrungen beträchtlich erweitern. Damit musste er sich anscheinend abfinden. Trotz alledem keimte Mitleid in ihm auf, und so verschränkte er die Arme, verbarg sie im Ärmel seiner Kukulle und wartete ab, bis Tuchscherers Schwiegermutter das Wort ergreifen würde.

Lange zu warten brauchte der Bibliothekarius nicht. »Verschwunden, sagt Ihr?«, forschte die hagere und in ein pechschwarzes Seidengewand mit Stehkragen gehüllte Mutter der Toten, bei der Bruder Hilpert vergeblich nach Anzeichen von Trauer suchte. »Einfach so?«

»Genau das gilt es zu klären.«

»Darf man erfahren, wie?«

»Indem Ihr mir ein paar Auskünfte erteilt.«

»Ich wüsste nicht, worüber.«

»Aber ich.« Bruder Hilperts Miene verhärtete sich. So leicht, wie es sich diese in die Jahre gekommene Rachegöttin gedacht hatte, würde er sich nicht abwimmeln lassen. Da kannte ihn die Herrin des Hauses aber schlecht. »Per exemplum* über die Umstände, welche zum tragischen Tod Eurer Tochter geführt haben«, ergänzte Bruder Hilpert, der sich das Attribut ›geliebte‹ nur mit Mühe verkneifen konnte. Ironie war momentan fehl am Platz, wenngleich es ihn drängte, sich ihrer zu bedienen.

»›Umstände‹? Wie darf ich das …«

»Trifft es zu, dass Eure Tochter eines unnatürlichen Todes gestorben ist?«

---

* dt.: zum Beispiel

»Wie ich sehe, seid Ihr gut informiert.«

»Gut genug, um Wahrheit und Lüge auseinanderhalten zu können?«

»Ich frage mich, was es am Tod meiner Tochter noch zu deuteln gibt.« Die Lippen fest aufeinandergepresst, unternahm Chlotilde Wernitzer den Versuch, Bruder Hilperts Blick standzuhalten. Als er scheiterte, wandte sie sich ab und trat ans Fenster. »Da Ihr offenbar im Bilde seid, wisst Ihr ja, wen man des Mordes an meiner Tochter bezichtigt.«

»Heißt das, Ihr hegt Zweifel daran?«, warf Berengar ein, für seine Verhältnisse ausgesprochen moderat. »Wenn ja, solltet Ihr sie nicht länger für Euch be…«

»Zweifel?«, entrüstete sich die Endfünfzigerin, mit deren Beherrschtheit es nicht weit her zu sein schien, und wirbelte wie von Furien gepeinigt herum. »Was heißt hier ›Zweifel‹? Soviel ich weiß, hat Egbertas Amme bereits ein Geständnis abgelegt. Von sich aus, wohlgemerkt. Wozu sich also den Kopf zerbrechen, wenn feststeht, wohin dies unweigerlich führen wird.«

»Nämlich?«

»Dazu, edler Herr, dass die Giftmischerin eines qualvollen Todes sterben wird. Als gräflicher Vogt müsstet Ihr das eigentlich wissen.«

»Auge um Auge, Zahn um Zahn – ich verstehe«, warf Bruder Hilpert ein, in der Absicht, dem zu erwartenden Frontalangriff seines Freundes vorzubeugen. »Mir scheint, Euer Urteil ist bereits gesprochen.«

»Wie gesagt: Ich wüsste nicht, was es diesbezüglich zu beratschlagen gäbe.«

Bruder Hilpert rang sich ein dünnes Lächeln ab. »Erlaubt, dass ich Euch trotzdem ein paar Fragen stelle, edle Frau.«

Drauf und dran, ihrem Unmut freien Lauf zu lassen, holte Chlotilde Wernitzer tief Luft, besann sich jedoch eines Besseren und drehte ihm erneut den Rücken zu. »Fragt, was Ihr zu fragen habt!«, gab sie kurz angebunden zurück. »Und macht es kurz, Bruder.«

»Nichts lieber als das.« Bruder Hilpert verschränkte die Hände und ließ die Daumenkuppen um die eigene Achse kreisen. »Wann genau, ehrenwerte Dame, wurde Eure Tochter eigentlich zu Ihrem Schöpfer berufen?«

»Dienstag früh.«

»Und wo?«

»In ihrem Schlafgemach, wo sonst?«

»Wer außer Euch war noch zugegen?«

»Ihre Mörderin.«

»Quod erat demonstrandum.* Und wer noch?«

»Ihr Hundsfott von Gemahl.«

»Tatsächlich? Während der Geburt?«

»Natürlich nicht. Er saß draußen, in der Diele.«

»Die ganze Zeit über?«

»Woher soll ich das wissen, Bruder?«

Der Bibliothekarius setzte ein honigsüßes Lächeln auf. »Mit anderen Worten: Ihr behauptet, das Gemach Eurer Tochter während der fraglichen Zeit nicht verlassen zu haben.«

»Ich behaupte es nicht nur, Mönch, ich bin mir sicher.«

»Gut zu wissen«, tat Bruder Hilpert im Brustton der Überzeugung kund. »Und in der Tat ungewöhnlich, wenn ich das so sagen darf.«

Chlotilde Wernitzer fuhr herum und funkelte Bruder Hilpert wütend an. »Was, bitte schön, ist so schlimm

---

* dt.: Was zu beweisen wäre!

daran, wenn man der eigenen Tochter zur Seite steht? Könnt Ihr mir das erklären, Bruder?«

Bruder Hilperts Lächeln erlosch. »Gehe ich recht in der Annahme, dass Eure Tochter noch am Leben wäre, wenn Ihr mit Argusaugen über sie gewacht hättet?«

»Nicht richtig aufgepasst? Ich? Also … also das ist ja wohl die …«

»Was mein Gefährte damit sagen will, ist, dass Ihr nicht so fürsorglich zu sein scheint, wie Ihr tut«, warf Berengar mit unüberhörbarer Häme ein und konnte sich ein Augenzwinkern in Richtung seines Freundes nicht verkneifen. »Zumindest, was das Wohl Eurer Tochter betrifft.«

»Wollt Ihr damit andeuten, ich sei schuld an Egbertas Tod?«

»Das habt Ihr gesagt, nicht ich!«, beeilte sich Bruder Hilpert hinzuzufügen, wandte den Blick von seiner Gesprächspartnerin ab und richtete ihn auf ein handtellergroßes Porträt, welches unmittelbar neben dem Fenster hing. Es handelte sich um das Bildnis einer Frau, von ungelenker Hand gemalt und mit den Werken italienischer Künstler vom Schlage eines Giotto* nicht einmal ansatzweise zu vergleichen. »Eure Tochter?«

»Die Verstorbene, Bruder.«

»Schon einmal etwas vom ewigen Leben gehört?«, konterte der Bibliothekarius in sarkastischem Ton und nahm das Porträt von der Wand, um es einer genaueren Betrachtung zu unterziehen. Notgedrungen fiel diese recht oberflächlich aus, zum einen, weil es mit den Fähigkeiten des Künstlers nicht weit her zu sein schien, zum anderen,

---

* Giotto di Bondone (1266–1337), Wegbereiter der italienischen Renaissance

weil das Porträt kaum individuelle Züge aufwies. Eines, so glaubte er, war wenigstens zu erkennen: Egberta war alles andere als hübsch, nicht gerade schlank und obendrein pausbäckig gewesen. Insofern traf die Beschreibung, die Bruder Alban von ihr gegeben hatte, ins Schwarze. »Oder seid Ihr Euch dessen nicht gewiss?«

»So gewiss wie der Auferstehung, Bruder«, versetzte die Endfünfzigerin und schickte ihrer Bemerkung ein schiefes Lächeln hinterher.

»Amen!«, vollendete Berengar todernst und handelte sich prompt einen tadelnden Blick seines Freundes ein. »Apropos ›Gewissheit‹ – Ihr könnt also beschwören, dass Ihr, Chlotilde Wernitzer, und die Tatverdächtige die einzigen Personen wart, mit denen Eure Tochter vor ihrem unglückseligen Ende in Berührung gekommen ist?«

»In der Tat.«

»Dann wäre die Sache ja geklärt!«, resümierte Bruder Hilpert, nach außen hin die Ernsthaftigkeit in Person. »Oder was meinst du, Berengar?«

»Ich meine, wir sollten uns zurückziehen und der Dame des Hauses Gelegenheit zum Nachdenken geben.«

»Gute Idee!«, versetzte Bruder Hilpert, deutete eine Verbeugung an und begab sich zur Tür. Dort angelangt, drehte er sich nochmals um. »Auf bald, edle Frau – ich bin sicher, wir sehen uns bald wieder.«

Wieder im Freien, wetterte Berengar, was das Zeug hielt. »Lügen, Lügen, nichts als Lügen!«, polterte er, ließ die Tür hinter sich ins Schloss fallen und nahm sich vor, beim nächsten Verhör nicht so zimperlich zu sein. »Da kommt dieser Kustos daher und lügt das Blaue vom Himmel herunter. Und die alte Jungfer da droben stellt ihn noch in den Schatten. Was mich betrifft, wäre mein Bedarf gedeckt!«

»Nicht gar so laut, alter Freund.« Den Zeigefinger auf den Lippen, machte Bruder Hilpert kehrt und ließ den Blick über die Patrizierhäuser schweifen, welche die vor ihm liegende Straßenseite säumten. »Gut möglich, dass die Wände Ohren haben.«

»Und wenn schon!«, grummelte Berengar und trat näher an seinen Gefährten heran. »Glaub mir, mit Worten allein können wir bei diesem Schandweib nichts ausrichten. Weißt du, was ich denke? Im Grunde kann einem Tuchscherer leidtun. Bei diesem Schwiegermonstrum und seinem Pummelchen von Tochter hatte er bestimmt nichts zu lachen.«

»Mag sein. Das rechtfertigt aber nicht, dass er seiner Frau untreu geworden ist.«

»Und was, wenn es sich nur um Gerüchte handelt? Um böswilliges Geschwätz, und nicht mehr? Du weißt doch, wie die Leute sind.«

»Merkwürdig, aber Bruder Alban hat mir vorhin genau das Gleiche gesagt.«

»Tja, wie heißt es doch so schön –«, erwiderte Berengar, während sein Blick auf die gegenüberliegende Straßenseite wanderte, von wo aus der Lektor zu ihm herüberwinkte und sich trotz knöcheltiefem Morast nicht scheute, die Herrngasse zu überqueren. »Wenn man vom Teu… äh … wenn man um Beistand bittet, wird er einem zuteil! Und zwar schneller, als man denkt.«

»Kommt drauf an, was du unter Beistand … Bruder

Alban, welche Überraschung!« Beim Anblick des väterlichen Freundes, der geradewegs auf ihn zuhielt, hellte sich Bruder Hilperts Miene auf, wurde jedoch umgehend wieder ernst. »Darf man fragen, was Euch zu mir führt? Noch dazu um diese Zeit?«

»Meine Neugier«, erwiderte der Tüftler prompt, ein entwaffnendes Lächeln im Gesicht. »Was hast du denn gedacht!«

»Dumm nur, dass ich sie zum gegenwärtigen Zeitpunkt nicht befriedigen kann!«, versetzte Bruder Hilpert brüsk, rang sich aber dennoch zu einer kurzen Schilderung der Visite im Hause Wernitzer durch und schloss mit den Worten: »Wie Ihr seht, Vater, sind wir keinen Schritt weitergekommen.«

»Nur nicht verzagen, mein Sohn!«, antwortete der Subprior. »Und was werdet ihr zwei jetzt tun?«

»Weitermachen, was sonst!«, versetzte Berengar und sah seinen Freund eindringlich an. »Aufgeben kommt ja wohl nicht infrage.«

Bruder Hilpert pflichtete ihm bei. »Keine Bange«, versicherte er. »Es gibt noch eine Menge zu tun. Insbesondere für dich, alter Freund.«

»Für mich?«

»Ein Auftrag der besonderen Art. Wie geschaffen für jemanden, der die Freuden des Lebens zu schätzen weiß.« Bruder Hilpert schmunzelte. »Mit Betonung auf ›Freuden‹, wenn du verstehst, was ich meine.«

»Auf gut Deutsch gesagt: Ich soll mich zur Frauenwirtin begeben und Erkundigungen über Tuchscherer einziehen.« Berengar hob den Zeigefinger und wedelte damit vor Bruder Hilperts Gesicht herum. »Sag mal, schämst du dich eigentlich nicht, einen Gesetzeshüter derart in Versuchung zu bringen?«

»Bitte um Vergebung, Herr Vogt«, erwiderte Bruder Hilpert mit bierernster Miene, heilfroh, dass Berengar sein Ansinnen guthieß und ihm die Frotzeleien nicht ankreidete. »Aber es gibt nun einmal keine Alternative.«

»Und du, Bücherwurm? Was ist mit dir?«

»Meine Wenigkeit wird Mittel und Wege finden müssen, um ins Stadtgefängnis zu gelangen. Inkognito, wie ich wohl nicht eigens betonen muss.«

»Ins Stadtgefängnis?«, protestierte Bruder Alban, abwechselnd bleich und rot im Gesicht. »Das ist doch wohl nicht dein Ernst, oder?«

»Doch, Vater!«, bekräftigte Bruder Hilpert, vom einen auf den anderen Moment todernst. »Wobei Euch, Bruder Alban, die Aufgabe zufallen wird, mir den dringend erforderlichen Beistand zu gewähren.«

»Beistand? Und warum gerade ich?«

»Das erkläre ich Euch später.« Durch ein Knarren zu seiner Rechten aufgeschreckt, ließ Bruder Hilpert seinen Blick zum Erdgeschoss des Nachbarhauses wandern, wo er den Ursprung des Geräusches vermutete. Die Fensterläden waren jedoch fest verschlossen, und, soweit erkennbar, sämtliche Lichter gelöscht. »Doch zuvor, Vater«, fuhr er mit gedämpfter Stimme fort und trat so nahe wie möglich an Bruder Alban heran, »bleibt mir nichts anderes übrig, als Euch ein paar Fragen zu stellen.«

Der Lektor gab ein widerstrebendes Nicken von sich und schwieg.

»Den Vorfall betreffend, über den Euch der Totengräber so prompt informiert zu haben scheint.«

»Wenn's denn sein muss – bitte.«

»Es muss!«, beharrte Bruder Hilpert und wechselte einen raschen Blick mit Berengar, der den Wortwechsel mit wachsendem Interesse verfolgte. »Aber keine Angst, ich mache es kurz. Also: Für wen war eigentlich das Grab bestimmt, welches in der vergangenen Nacht geschändet worden ist?«

»Für eine Selbstmörderin, nicht wert, dass man sich mit ihr …«

»Alter?«

»14 Jahre. Tochter eines Färbers, soweit ich weiß.«

»Ihr Name?«

»Egerter, Agnes Egerter. Ehrlich gesagt, weiß ich nicht, wozu das alles …«

»Um herauszufinden, ob es eine Verbindung zwischen den beiden Fällen gibt, Vater.«

»… gut sein soll, mein Sohn! Eine Verbindung, sagst du? Welche denn?«

»Wie gesagt: Genau das gilt es herauszufinden, Bruder!«, erwiderte der Bibliothekarius seinem väterlichen Freund in der Absicht, ihm weitere Fragen zu stellen. Doch dazu sollte es nicht mehr kommen.

Nur wenige Schritte vom Domizil der Familie Wernitzer entfernt, wurde Bruder Hilpert Zeuge eines Schauspiels, welches weder er, der durch nichts zu erschütternde Inquisitor, noch sein Alter Ego und Gefährte Berengar je erlebt hatten. Und, so stand zu erwarten, in nächster Zeit auch nicht erleben würden.

Sprachlos vor Verwunderung, die binnen Kurzem in Entsetzen umschlug, wanderte Bruder Hilperts Blick zur Pforte des Wernitzer'schen Anwesens, auf der immer noch das Wort ›Cupiditas‹ zu erkennen war. Fast gleichzeitig öffnete sich ihr linker Flügel, worauf die Dienstmagd, mit der er bereits Bekanntschaft gemacht hatte, aus dem Inneren des Hauses ins Freie trat. Die Blicke, mit denen sie ihn musterte, waren die gleichen, ihre Bewegungen noch mechanischer als zuvor. Ungewohnt war hingegen das Lächeln, welches ihre Lippen umspielte, und es dauerte nicht lange, bis Bruder Hilpert eine Erklärung dafür fand.

Auf den ersten Blick sah das Bündel, über das sich die zarte Maid beugte, wie ein Neugeborenes aus, und Bruder Hilpert musste schon genau hinsehen, um zu erkennen, dass es sich um eine Puppe handelte. Schuld daran war der Kopf, beinahe lebensecht und, wie er mit Beklommenheit registrierte, vollständig aus Wachs. Rumpf und Beine waren dagegen mit einem Leinentuch umwickelt, auf eine Weise, wie es bei Säuglingen geschah.

Der Bibliothekarius traute seinen Augen nicht. Die Szene war so unwirklich, dass er sich in einem Traum wähnte, weshalb er es für das Beste hielt, sich nicht von der Stelle zu rühren. Ein Blick zu Berengar überzeugte ihn, dass sein Freund genauso dachte wie er, und so stand er einfach nur da und ließ den Dingen ihren Lauf.

Dies war auch gut so, wenngleich er das, was sich vor seinen Augen abspielte, nie und nimmer erwartet hätte. Kaum war das Mädchen seiner ansichtig geworden, begann es leise vor sich hinzusummen, die Wachspuppe fest an den schmächtigen Körper gepresst. Es handelte sich um eine alte Weise, ein Wiegenlied, wie er es aus seiner Kindheit kannte. Einen verträumten Ausdruck im Gesicht, bewegte sich die Dienstmagd daraufhin auf ihn zu, wie in Trance, doch mit geradezu traumwandlerischer Sicherheit.

Und dann, zum Entsetzen der drei Beobachter, geschah es. Ohne dass sie es hätten voraussehen können, zog die Maid plötzlich einen Dolch unter dem Umhang hervor, riss der Puppe das Leinentuch vom Leib und stach wie von Sinnen auf ihren Unterleib ein. Stach und stocherte und bohrte, bis ihr Leib von Löchern durchsiebt und so verunstaltet war, dass es Bruder Hilpert schon vom Hinsehen grauste.

Doch damit nicht genug. Keuchend vor Erregung, holte das Mädchen zum letzten, alles entscheidenden Hieb aus, lächelte – und stieß der Puppe das Messer zwischen die Beine.

Und bot sie Bruder Hilpert dar, ein triumphierendes Lächeln im Gesicht.

Kalkweiß vor Entsetzen, wusste dieser nicht, wie ihm geschah, und bedurfte eines Rippenstoßes von Berengar, um ihn wieder zur Besinnung zu bringen. Und der Worte von Bruder Alban, die da lauteten: »Du brauchst gar nicht erst zu versuchen, sie zur Rede zu stellen – Katharina kann nicht sprechen, mein Sohn.«

11

Stadtgefängnis, zur gleichen Zeit | [19.00 h]

IN IHRER KINDHEIT, vor über fünf Dezennien, hatte sie stets Angst vor dem Dunkeln gehabt. Ihrer Mutter hatte sie damit manch schlaflose Nacht und obendrein jede Menge Aufregung beschert. Ihr Vater, ein Korbflechter, hatte darüber nur gelacht und behauptet, mit der Zeit werde das vergehen. Und er hatte recht behalten. Die Furcht war verschwunden, vom einen auf den anderen Tag.

Aber nicht für immer.

Vor zwei Tagen, beim Betreten ihrer Zelle, waren die Ängste aus längst vergangenen Tagen wieder aufgetaucht. Verheerender denn je, aus heiterem Himmel. Die Stadtknechte hatten darüber nur gelacht, wie weiland der über alles geliebte Vater. Sie selbst war wie gelähmt gewesen, am Boden zerstört, mit ihrer Kraft am Ende.

Das Gelächter indes hatte nicht aufgehört, war immer lauter geworden, so schallend laut, dass sie sich die Ohren zuhalten musste. Genützt hatte dies freilich nichts. Was sie auch tat, um sich seiner zu erwehren, fruchtete nicht. Das Gelächter schwoll an, bohrte sich durch ihre knochigen Hände, in ihren Gehörgang, in ihr Gehirn.

Und brachte sie schier um den Verstand.

Nicht etwa, dass Irmtrud, Wunderheilerin, Amme und Kräuterweib in einer Person, von da an sich selbst überlassen gewesen wäre. Dafür sorgten allein schon die Stadtknechte, die nichts unversucht ließen, um ihr die letzten Tage auf Erden zu vergällen. Mal zeigte man ihr die Instrumente, wohl wissend, dass sie bereits so alt und gebrechlich war, dass die Tortur, mit der man ihr drohte, unweigerlich zum Tod geführt hätte. Mal riss man sie aus dem Schlaf, um das Geständnis, welches sie abgelegt hatte, haarklein zu protokollieren. Oder man kredenzte ihr verschimmeltes Brot und Hirsebrei, in dem es von Maden nur so wimmelte. Ihr Leben war keinen Pfifferling mehr wert. Das ließen ihre Bewacher sie auch spüren. Bis zu dem Punkt, an dem ihnen bewusst wurde, dass man ihr keine Angst mehr einjagen konnte.

Seitdem hatte sie ihre Ruhe, umgeben von immerwährender Dunkelheit, in die auch nicht der kleinste Lichtstreifen drang. Irmtrud ließ es geschehen, ohne Murren, ohne Wehklagen, ohne die Verwünschungen, mit denen die übrigen Gefangenen ihre Bewacher überschütteten. Es kümmerte sie nicht, wenn sich eine Ratte an sie heranpirschte, ihr Gewand aus Sackleinen beschnupperte und sich anschließend an verschimmeltem Brot labte. Oder wenn es so kalt wurde, dass der Schimmel an den Wänden gefror und das Stroh so hart war, dass ihr der Rücken wehtat. Die alte Irmtrud befand sich in einer anderen Welt, weit weg von denen, die ihr Martyrium zu verantworten hatten. Das Einzige, woran sie sich klammerte, war die Hoffnung auf einen baldigen Tod. Einen Tod, bei dem ihr keine Schmerzen oder Qualen oder neues Leid zugefügt werden würde. Mehr erwartete sie nicht und sie flehte zu Gott, er möge ihr den Wunsch erfüllen.

Was war das? Wie benommen vor sich hinstierend, horchte die alte Irmtrud auf. Da draußen tat sich was, und während sie noch darüber nachsann, ob ihr die Sinne einen Streich gespielt hatten, drang das Geräusch von Schritten an ihr Ohr. Kurz darauf öffnete sich die Tür, und nach einem abermaligen Knarren, das ihren Dämmerzustand jäh beendete, wurde das Innere ihrer Zelle von einem Lichtkegel erhellt.

Irmtrud schrak zusammen, nicht etwa aus Furcht, sondern weil ihr die Gestalt, welche regungslos auf der Schwelle verharrte, aus einem unerfindlichen Grund bekannt vorkam. Zuerst dachte sie, es sei ihr Vater, ein Gedanke, den sie umgehend wieder verwarf. Aber gewiss doch, der Vater war tot, seit mehr als 30 Jahren schon. Das hätte sie eigentlich wissen müssen. Blieb also nur einer ihrer Peiniger, doch je länger sie die Gestalt musterte, desto stärker wurden ihre Zweifel. Die Raubeine, denen sie ausgeliefert war, rissen einfach die Tür auf, brüllten drauflos oder drückten ihr die tägliche Essenration in die Hand. Die blieben nicht stehen und starrten Löcher in die Luft.

Und vor allem trugen sie keine Maske vor dem Gesicht.

Irmtrud Fuchslechner, der Giftmischerei bezichtigte Amme ihres Augapfels Egberta, lächelte verzückt und stieß einen Seufzer der Erleichterung aus. Der Tod, endlich! Gott der Herr hatte ihre Gebete erhört.

Aufgeregt wie ein kleines Kind, drehte sich die Alte zur Wand, umklammerte einen vorspringenden Quader und rappelte sich auf. Die Gicht, seit geraumer Zeit ihre Begleiterin, war verschwunden, verschwunden auch die Mattigkeit, welche auf ihrem Gemüt lastete. Ein Lächeln im ausgemergelten Gesicht, setzte sich Irmtrud in Bewegung und schlurfte auf die Tür ihrer Zelle zu. An die Fußfesseln, die man ihr angelegt hatte, verschwendete sie keinen Gedanken, mochten sie ihr noch so tief ins Fleisch schneiden und das Blut in den Adern zum Stocken bringen. Irmtrud spürte sie nicht, ebenso wenig wie das Ungeziefer, welches sich in ihrem zerzausten Haar eingenistet hatte. Hauptsache, Gevatter Tod war da. Und würde ihrer Marter ein Ende bereiten.

Einen Atemzug später, als die Gestalt zum Greifen nah war, hielt Irmtrud Fuchslechner inne und breitete die Arme aus. »Nimm mich zu dir!«, flüsterte sie, bereit, in die Arme der schwarz gewandeten Gestalt zu sinken.

So sehr sie sich dies wünschte, ihre Hoffnung erfüllte sich nicht. Nicht genug damit, wich die Gestalt einen Schritt zurück, gerade so, als fürchte sie sich vor ihr. »Gräme dich nicht, Mutter!«, sprach sie mit fester Stimme. »Gräme dich nicht und sei unverzagt. Nur noch ein paar Stunden, und du bist frei. Das verspreche ich dir, bei allem, was mir heilig ist.«

Frei? Irmtrud war wie vom Donner gerührt. In ein paar Stunden? Was hatte das zu bedeuten?

Und dann diese Stimme, weich wie Samt, hell wie das Morgenläuten und wohltönend wie eine Harfe. Die Stimme eines Engels. Eines Engels, der in Diensten der Rache stand.

Oder etwa die eines Trugbildes, das nur in ihrer Fantasie existierte?

Irmtrud wusste weder ein noch aus, und als sei dies nicht schon schlimm genug, meldete sich erneut die Angst zu Wort. Die Angst, ihre Peiniger erlaubten sich einen Scherz mit ihr. Einen Mummenschatz, um ihr das letzte Quäntchen Kraft, über das sie verfügte, zu rauben.

»Gräme dich nicht …«, begann die Gestalt aufs Neue, wie um die Furcht, welche sie quälte, für immer zu zerstreuen. Ihre Worte fanden jedoch kein Gehör. Auf einen Schlag war die Alte wie verändert, und es schien, als zähle ihr Gegenüber nicht mehr. Die Hände an den Hüften, verharrte sie auf der Stelle und wog das gramzerfurchte Haupt.

»… und sei unverzagt! Hörst du, Mutter? Bald bist du frei – frei!«

Irmtrud ließ sich nicht beirren, so tief in Gedanken, dass sie weder Augen noch Ohren für ihre Umgebung besaß. Da war etwas an dieser Stimme, das ihr bekannt, ja geradezu vertraut vorkam. Etwas, das vom Dickicht ihrer Erinnerungen überwuchert, jedoch nicht zur Gänze ausgetilgt worden war. Eine Reminiszenz, die durch ihr Gegenüber zum Klingen gebracht wurde. Gerade so, als sei sie 20 Jahre jünger geworden.

»Hörst du, Mutter? Ich bin es, …!«

Und siehe, urplötzlich, und sei es auch nur für einen flüchtigen Moment, war die Erinnerung wieder da und Irmtrud nicht mehr das alte Kräuterweib, vor dem die Kinder in der Stadt Reißaus nahmen. Plötzlich war sie mehr als zwei Jahrzehnte jünger, Mitte 30 und längst nicht so alt und gebrechlich wie am heutigen Tag. Und siehe, sie schloss ein kleines Kind in die Arme, dessen Mutter soeben zu Gott berufen worden war. Ein Kind, für das sie von nun an sorgen würde. Den Quell immerwährender Freude, mehr wert als alles Gold und sämtliche Reichtümer dieser Welt.

Ein Kind, das sie dereinst mit ›Mutter‹ anreden würde.

Jauchzend vor Glück, fiel die alte Irmtrud der schwarz gewandeten Gestalt in die Arme, drückte und herzte, küsste und liebkoste sie. Und wollte vom Tod, den sie mehr denn je herbeigesehnt hatte, nichts mehr wissen. »Du kommst zur rechten Zeit!«, sprach die vermeintliche Giftmischerin, als sie sich aus der Umarmung ihres Ziehkindes gelöst hatte. »Und was wirst du jetzt tun?«

»All diejenigen, welche dir das angetan haben, zur Rechenschaft ziehen!«, sprach der Engel der Rache, strich der Alten über die Wange und wandte sich zum Gehen. »Das schwöre ich dir, Mutter! Bei allem, was mir heilig ist!«

12

Vor der Kirchhofsmauer von Sankt Jakob, zwei Stunden nach Sonnenuntergang | [19.23 h]

Genug der Plackerei!, sagte sich Deodatus, wischte den Schmutz von den Pranken und atmete erleichtert auf. Als Müllkärrner war er einiges gewohnt, und was den Umgang mit Tierkadavern betraf, konnte ihn nichts erschüttern. Mit der Exhumierung eines Toten, noch dazu der eines Säuglings, verhielt es sich jedoch anders. Vor allem, wenn er nicht einmal die Nottaufe empfangen hatte, sondern nur in Linnen gehüllt und so rasch wie möglich verscharrt worden war. So etwas war die reine Hölle, und er hätte alles getan, damit der Kelch an ihm vorübergegangen wäre. Das war er jedoch nicht, und er fragte sich, ob der Frevel, den er begangen hatte, je wieder gutzumachen sein würde.

Gefrevelt hatte er in den vergangenen Stunden genug. So viel, dass ihm der Galgen sicher war. Aber nur, wenn er Glück hatte. Käme das, was er auf dem Kerbholz hatte, heraus, würde man ihn aufs Rad flechten, das Wenige, was an seinem Körper noch heil war, zu Brei schlagen, ihn anschließend vierteilen und seinen Kadaver den Schweinen zum Fraß vorwerfen. Auf Grabschändung stand der Tod, und er wusste nur zu gut, dass seine Peiniger sämtliche Register ziehen würden, um ihn so qualvoll wie möglich zu gestalten. Das Gleiche galt für den Diebstahl von Leichen, umso mehr, wenn es sich um eine Dame aus vornehmem Hause handelte. Über seine dritte Untat, das Einschmuggeln einer Toten, die auf dem Schindanger verscharrt worden war, wollte er gar nicht erst nachdenken. Auch so war alles schon schlimm genug.

Sichtlich gezeichnet, wischte sich Deodatus den Schweiß von der Stirn. Aller schlechten Dinge waren es somit drei, zumindest, was das zu erwartende Strafmaß betraf. In Bezug auf die Ziele, welche sein Schutzengel mit dem Leichendiebstahl verfolgte, lagen die Dinge freilich anders. Diente sein Frevel doch einem einzigen, alles andere als verbrecherischen Zweck. Nämlich dazu, den Tod von drei Menschen zu rächen. Und den Schurken, der sie auf dem Gewissen hatte, der gerechten Strafe zuzuführen.

So wahr ihm sein Schutzengel helfe.

Genug der Gewissensbisse!, ermahnte sich Deodatus aufs Neue, schulterte die Umhängetasche, in der sich sein Handwerkszeug befand, und beugte sich nieder, um die Frucht seiner Bemühungen in den Armen zu bergen. Gänzlich unerwartet hielt er jedoch mitten in der Bewegung inne, nur noch wenige Zoll von dem winzigen Bündel entfernt. ›Greif zu, Deodatus!‹, flüsterte ihm eine Stimme zu, ganz unverkennbar diejenige seines Schutzengels, das einzige Wesen, zu dem er jemals Vertrauen gefasst hatte. ›Greif zu, oder willst du, dass die Gerechtigkeit mit Füßen getreten wird?‹ »Nein!«, schrie Deodatus, während ihm der Wind durch die verfilzten Haare fuhr, seinen Mantel blähte und ihm Zweige, Blattwerk und Schneereste ins Gesicht wehte. »Und abermals nein!«

Doch plötzlich, inmitten der Finsternis, welche den Kirchhof von Sankt Jakobus umhüllte, vernahm der Müllkärrner eine zweite Stimme, nicht weniger vertraut als die erste. ›Hic signum deo datus est!‹, zischte sie, und ihm war, als stünde Luzifer neben ihm und träufle das Gift des Zwiespalts in sein Ohr. »Fahr zur Hölle, Ketzer, wo du schmoren sollst, bis dass der Tag des Gerichts anbricht!«

Die Pranken, für die keine Last zu schwer schien, nur wenige Zoll von Egberta Tuchscherers Tochter entfernt, rang Deodatus nach Luft. Grauen überkam ihn, nacktes, die Sinne durcheinanderwirbelndes Grauen. Täuschte er sich, oder blähte sich das Tuch, mit dem der Leichnam verhüllt war, plötzlich auf? Begann die Kleine zu atmen, war sie am Ende gar nicht tot? Das Herz des Müllkärrners pochte wie wild, und sein Atem hörte sich wie das Zischen eines Blasebalgs an. Nie zuvor hatte er solche Angst gehabt, nicht einmal, als er gebrandmarkt worden war. Angst vor dem Henker, vor den Torturen, die seiner harrten, vor dem Fegefeuer und vor den Qualen, mit denen er für das, was er gerade tat, bezahlen würde.

Kurz davor, in Panik zu geraten, bäumte sich Deodatus mit Macht dagegen auf. Ein qualvolles Stöhnen entrang sich seiner Brust, und er sank ermattet auf die Knie. Alles, nur nicht wieder diese Stimme!, hämmerte es durch sein gepeinigtes Gehirn, während er die Hände verschränkte und einen flehentlichen Blick zum Himmel warf. Natürlich war dies pure Blasphemie, aber er wusste sich nicht anders zu helfen. Im Grunde wusste er nur eins. Irgendetwas in ihm sträubte sich, dieses Bündel vom Boden aufzuheben, von hier wegzutragen und es auf seinen Karren zu betten. Da konnte er sich abmühen, wie er wollte.

»Na, Deodatus – schon fertig?«

Also doch. Wie befürchtet. Die Stimme war wieder

da. Nicht ganz so furchteinflößend wie vorhin, aber so harsch, dass er instinktiv den Kopf einzog. »B… b… beinahe!«, stammelte der Müllkärrner und horchte verstört auf. Kein Zweifel, dies war keine von den Stimmen, die nur in seiner Fantasie existierten. Dies war kein Traumgesicht, keine Vision oder was auch immer. Dies war ein Mensch aus Fleisch und Blut.

Ein Mensch, der ihm vertraut war wie kaum ein anderer.

»Warum zögerst du? Ist etwas nicht Ordnung?«

Wie vom Donner gerührt, wirbelte Deodatus herum. »Doch, doch!«, beeilte er sich zu versichern und nickte gleich mehrfach mit dem Kopf. »Alles im Lot, könnte nicht besser gehen!«

»Hast du getan, worum ich dich gebeten hatte?«

Deodatus erschauderte, drauf und dran, seine Skrupel in Worte zu kleiden. Ein Blick auf die Person, welche sich unter dem Kapuzenmantel verbarg, und ihn verließ jedoch der Mut. »Freilich!«, versicherte Deodatus, einen faustdicken Kloß im Hals. »Wie befohlen!«

»Die kleine Agnes?«

»Aus ihrem Versteck geborgen.«

»Egberta?«

»Den Franziskanern abgeluchst.«

»Deren Tochter?«

»Dem Erdboden entrissen!«, knirschte Deodatus und vergewisserte sich, ob sich der Leichnam an Ort und Stelle befand. Und schob hinterher: »Nicht ganz so einfach, wie ich geglaubt …«

»Vertraust du mir nun, oder nicht?«, unterbrach ihn die Gestalt, in einem Tonfall, wie er es von ihr nicht gewohnt gewesen war. »Wenn ja, dann erhebe dich und tue, was getan werden muss.«

Zitternd vor Furcht und Kälte, drehte sich der Müllkärrner um, riss das Bündel an sich und rappelte sich schwer atmend auf. »Euer Wille geschehe!«, versicherte er, begleitet vom Heulen des Windes, gegen den er vergeblich anzuschreien versuchte. »Jetzt und immerdar.«

Doch da war der Engel der Rache längst wieder verschwunden.

13

Badehaus im Pfäffleinsgässchen, Ende der dritten Nachtstunde | [20.00 h]

DER WUNDEN WAREN GAR VIELE, zahlreich wie Sand am Meer. So zahlreich, dass er nicht wusste, wie viele ihm im Verlauf seiner Ehe zugefügt worden waren. Gewiss, an Warnungen hatte kein Mangel geherrscht, sei es durch Freunde und Verwandte, sei es durch seine Tochter Melusine. Blind vor Liebe, hatte er sie jedoch allesamt in den Wind geschlagen und sich nicht davon abhalten lassen, Violante, eine blutjunge Bademagd, zur Frau zu nehmen. Es war der größte Fehler seines Lebens gewesen, und ihm war, als sei dies nicht erst sieben, sondern bereits 70 Jahre her.

Bartholomäus Aschenbrenner, ein nach allgemeiner Überzeugung rechtschaffener und, wichtiger noch, gottesfürchtiger Mann, tauchte die Feder in das Tintenfass, welches auf der Ablage seines Stehpultes stand, und setzte die Niederschrift seines Briefes fort. Am liebsten tat er dies bei Kerzenlicht, spätabends, wenn der Betrieb in seinem Badehaus nachgelassen hatte. Dabei empfand er stets so etwas wie Stolz, war es doch keineswegs selbstverständlich, dass der Spross eines Köhlers diese Kunst beherrschte.

Kein Zweifel, er hatte es zu etwas gebracht. Zwar war er kein vermögender Mann, aber beileibe nicht so arm wie die meisten Bürger der Stadt. 12 Pfund Heller Steuern waren gewiss kein Pappenstiel, umso mehr, da die Hälfte der Steuerpflichtigen lediglich zwischen einem und zehn

Hellern berappen musste. Zugegeben, mit den Alteingesessenen droben in der Herrngasse konnte er nicht mithalten, waren diese doch allemal für das Doppelte gut. Aber immerhin, tröstete sich der Badstuber, hatte ihm sein Gewerbe einen bescheidenen Wohlstand beschert. Ein Faktum, von dem die ortsansässigen Bader nur träumen konnten.

Aber wie hieß es doch gleich? ›Geld allein macht nicht glücklich.‹ Davon konnte er, Bartholomäus Aschenbrenner, wahrhaftig ein Lied singen. Trotz seiner Einkünfte war es in jüngster Zeit immer mehr bergab gegangen, und er wusste genau, wieso. Am Ende seines Briefes angelangt, hielt der Badstuber inne und sah mit geistesabwesender Miene zum Fenster hinaus. An dem, was ihm widerfahren war, trug er ein beträchtliches Maß an Schuld. Er selbst und niemand anders. Das war ihm in letzter Zeit immer klarer geworden. Viel zu lange hatte er die Hände in den Schoß gelegt und zugesehen, wie Violante ihn hintergangen, nach Strich und Faden betrogen und ihm ein Horn nach dem anderen aufgesetzt hatte. Und viel zu lange hatte er das sündhafte Treiben seiner Gattin nicht wahrhaben wollen. Tatenlos, kraftlos, mutlos, ohne ein Wort des Tadels oder einen Finger zu rühren. Einer Frau, die, so sein niederschmetterndes Fazit, nicht viel besser als eine Hure war. Namentlich Melusine hatte ihn beschworen, etwas zu unternehmen, Violante und Tuchscherer, ihren Galan, zur Rede zu stellen und seine Frau kurzerhand vor die Tür zu setzen.

Getan hatte sich freilich nichts, noch nichts. Bis vor Kurzem, als das Maß endgültig voll gewesen war. Dreister denn je, hatte sich Violante nicht einmal mehr die Mühe gemacht, ihr Verhältnis mit Tuchscherer zu verschleiern. Und war samt Liebhaber in ihrer Kammer verschwunden, als warte sie nur darauf, dass er einen Schlussstrich zog.

Und genau das war vorgestern Abend geschehen. Das Maß war voll gewesen, zum Bersten voll. Er hatte genug von ihr.

Endgültig.

Damit allein war es freilich nicht getan. Zutiefst gekränkt, hatte er beschlossen, Rache zu nehmen. Rache für die Demütigungen, welche ihm zugefügt worden waren, Rache aber auch für die Tatsache, dass sein Leben von Stund an verpfuscht sein würde. Gab es für das, was Violante ihm zugefügt hatte, doch nur eine einzige Strafe: den Tod.

Und siehe da, nachdem sein Entschluss feststand, hatte er sich auf einmal besser gefühlt, so gut wie seit Langem nicht mehr. Von hier bis zu dem Plan, welchen er sich zurechtgelegt hatte, war es denn auch nicht mehr weit. Zuerst würde er seinen letzten Willen zu Papier bringen, schließlich musste alles seine Ordnung haben. Und dann würde er zur Tat schreiten, ungeachtet der Folgen, welche sie nach sich ziehen würde.

Lange zu warten brauchte der Badstuber nicht. Heute, zwei Tage nach seinem Racheschwur, war es so weit, die Gelegenheit, seinen Entschluss in die Tat umzusetzen, günstiger denn je. Gerade eben hatte er seinen letzten Patienten verarztet und sich seiner Pflicht mit der ihm eigenen Akribie entledigt. Der bedauerliche Tropf, ein Bäckergeselle und Nachbar von ihm, hatte wiederholt über Zahnschmerzen geklagt, woraufhin ihm nichts anderes übrig geblieben war, als das Übel an der Wurzel zu packen und ihm den Zahn, der ihm so viel Ungemach bereitet hatte, zu ziehen. Wie üblich war dies nicht ohne Zetern und Geschrei abgegangen, aber daran hatte er sich mittlerweile gewöhnt. Und hatte, um Schlimmeres zu verhüten, seinem Patienten einen Becher Mohnsaft kredenzt. Gegen Zahlung eines kleinen Obolus, schließlich musste alles seine Ordnung haben.

Und Violante? Die nahm gerade ein Bad, wie an jedem Tag. Allein. Bartholomäus lächelte, und ein verächtlicher Zug umspielte seinen Mund. Weiß Gott, es hatte lange gedauert, bis der Entschluss in ihm herangereift war, aber jetzt, kurz vor der Tat, verspürte er klammheimliche Freude. Er, Bartholomäus Aschenbrenner, würde dieser Metze einen Strich durch die Rechnung machen. Aus der Liaison mit Tuchscherer, auf den sie sich nach dem Tod seiner Frau anscheinend Hoffnungen machte, würde nichts werden. Nicht in diesem Leben. Dafür würde er sorgen.

Ein entspanntes Lächeln im Gesicht, setzte der Bader seine Unterschrift unter den Brief, steckte die Feder in den Halter und wartete, bis die Tinte getrocknet war. Dann rollte er das Dokument zusammen und versiegelte es, ganz so, wie es sich gehörte. Ordnung ging ihm nun einmal über alles, selbst jetzt, kurz vor dem entscheidenden Moment.

Blieb nur noch, seinen letzten Willen in seiner Privatschatulle zu hinterlegen. Und einen allerletzten Blick in das Behandlungszimmer zu werfen, in dem er so oft bis spät in die Nacht gearbeitet hatte.

Dann konnte es losgehen.

Endlich.

Immer noch das gleiche, von tiefer Genugtuung kündende Lächeln im Gesicht, trat Bartholomäus auf den Korridor und ließ die Tür hinter sich ins Schloss fallen. Dann wandte er sich nach links und schlug den Weg zur Badstube ein.

Es gab niemand, der seinen Weg kreuzte, aber das war nicht weiter verwunderlich. Melusine war auf dem Weg ins Spital und würde das, was sich hier abgespielt hatte, erst im Nachhinein erfahren. Erst dann, wenn er Tabula rasa gemacht und sich von einem Leben, das ihm nichts mehr bedeutete, verabschiedet haben würde. Natürlich tat es ihm leid um sie, und er empfand einen heftigen Stich im Herzen. An seinem Entschluss würde dies freilich nichts ändern. Melusine war eine starke Frau, und er war felsenfest überzeugt, dass sie die Situation meistern würde. Bei ihr war das Pfäffleinsbad in guten Händen, ob mit oder ohne Gemahl, spielte keine Rolle.

Vor der Tür der Badstube angekommen, nahm Bartholomäus die Laterne vom Haken, die unmittelbar neben dem Türpfosten hing, blickte sich um und hielt inne. Gerade jetzt, kurz vor dem Ziel, wollte er nichts dem Zufall überlassen. Und so schlich er hinüber zur Eingangstür, sah nach, ob sie auch wirklich abgeschlossen war und atmete vor Erleichterung auf. Alles lief wie am Schnürchen, und es schien, als würde dies so bleiben.

In der Badstube, einem knapp 20 Schritt im Quadrat großen Kreuzgewölbe, das auf einer massiven Säule in seiner Mitte ruhte, musste er erst einmal stehen bleiben. Schuld daran waren die Dampfschwaden, welche den Raum durchzogen und ihm fürs Erste die Orientierung nahmen. Bartholomäus fluchte leise in sich hinein. Ausgerechnet jetzt musste diese Metze eine Schwitzkur nehmen, ein Grund mehr, ihr möglichst rasch den Garaus zu machen.

Zum Äußersten entschlossen, tastete sich Aschenbrenner über die glühend heißen Steine, welche zuvor mit Wasser übergossen worden waren, ins Innere des Gewölbes voran. Extra den Ofen befeuern, jede Menge Holz vergeuden und den Zuber bis zum Rand mit Wasser und sündhaft teuren Essenzen füllen. Das sah dieser Möchtegern-Kurtisane ähnlich.

Doch damit war jetzt unwiderruflich Schluss. Nass bis auf die Haut, suchte Bartholomäus das Gewölbe ab, in dem sich ein Waschzuber an den anderen reihte. Nur um festzustellen, dass sie alle miteinander leer waren.

Bis auf einen, den hintersten. Dort fand er sie, nackt, mit dem Rücken zu ihm und den Kopf leicht nach vorn gebeugt. Der Atem des Badstubers beschleunigte sich. Keuchend vor Erregung verspürte er plötzlich den Drang, seiner Frau ein letztes Mal beizuwohnen. Zum allerletzten Mal, redete er sich verzweifelt ein, bemüht, der aufkeimenden Wollust Herr zu werden.

Kurz davor, in Raserei zu verfallen, kämpfte Bartholomäus sein Verlangen nieder, ließ die Laterne zu Boden gleiten und schlang die Hände um den schlanken, mit Schweißperlen benetzten und wie Marmor in der Abendsonne glänzenden Hals. Schon immer hatte er eine merkwürdige Anziehungskraft auf ihn ausgeübt, und die Faszination war bis zum heutigen Tag geblieben. Hochrot vor Erregung, schloss Bartholomäus die Augen und versuchte, nicht mehr an früher zu denken. Dies war weder der Ort noch die rechte Zeit dafür. Dies war der Tag der

Vergeltung, des Zorns und der Rache. Einer Bestrafung, die längst überfällig war.

Sofern er es schaffen würde, über den eigenen Schatten zu springen.

Erst jetzt dämmerte dem Bader, dass man ihm zuvorgekommen war. Violante rührte sich nicht von der Stelle, nicht einmal, als er den Griff seiner Hände verstärkte. An denen konnte es nicht liegen, wusste er doch selbst am besten, dass sie ordentlich zupacken konnten. Und auch nicht an seiner Entschlossenheit. So fest er auch zudrückte, es führte zu nichts. Die Metze, welche einmal seine Frau gewesen war, bewegte sich nicht, rührte sich nicht, wehrte sich nicht.

Die Metze war bereits tot.

Bartholomäus schluckte und hatte Mühe, das Würgen in seiner Kehle zu unterdrücken. Dann ließ er von der Toten ab, ein Ausdruck lähmenden Entsetzens im Gesicht.

Kein Zweifel, die Metze lebte nicht mehr.

Ein Grund zur Freude, oder nicht? Weit entfernt davon, die Frage zu verneinen, konnte sich der Bader dennoch nicht von ihrem Anblick lösen. Da war etwas, das ihn davon abhielt, die Flucht zu ergreifen, das ihn zu ihr hinzog, das ihn zwang, der Toten ins Gesicht zu schauen.

Es war ihr Lächeln, höhnisch wie eh und je. Ein Lächeln, das nicht einmal der Tod, Beherrscher der Welten, hatte auslöschen können.

14

Postskriptum (II)

»Du, Mutter?«, keuchte sie, als ihr Blick auf die Gestalt unter dem Türsturz fiel. »Was ... was willst du denn hier?« Dann sank sie zurück auf ihr Kissen, den Blick auf den Baldachin aus rotem Damast geheftet, der das Bettgestell überspannte.

Ihre Mutter, das hatte ihr gerade noch gefehlt. Ausgerechnet jetzt, da sie von den Fehlern der Vergangenheit eingeholt wurde.

Dabei hatte alles so gut begonnen. Letztes Jahr, als ihre Welt noch in Ordnung zu sein schien. Da hatte sich nämlich herausgestellt, dass sie ein Kind unterm Herzen trug, bald nach ihrer Hochzeit, die an Trinitatis* mit großem Gepränge gefeiert worden war. Vater war außer sich gewesen vor Freude, und sie natürlich auch. Niemand, nicht einmal Mutter, hatte damit gerechnet. Dass sie in ihrem Alter noch unter die Haube gekommen war, hatte für großes Aufsehen und für noch mehr Hohn und Spott gesorgt, nicht ohne Grund, wie sie sich insgeheim eingestehen musste.

Für die Klatschweiber und Verleumder, die sich buchstäblich die Mäuler über sie zerrissen hatten, war der Altersunterschied zwischen ihr und Laurenz natürlich ein gefundenes Fressen gewesen. Damit hatte sie selbstverständlich gerechnet, auch damit, dass er bezichtigt wurde, nur auf ihre Mitgift aus zu sein. Dass er im Ruf stand,

* Montag, 6.6.1417

hinter jedem Rock herzujagen, hatte ebenfalls für reichlich Gesprächsstoff gesorgt. Davon hatte sie sich jedoch nicht abbringen lassen, was im Übrigen auch für die Vorwürfe galt, mit denen ihre Mutter sie geradezu überschüttete. Eher wäre sie durchs Fegefeuer gegangen, als dass sie klein beigegeben und auf die Heirat verzichtet hätte. Das hatte sie ihr immer wieder gesagt, so lange, bis Mutter ihren Widerstand aufgegeben und von da an nur noch das Nötigste mit ihr gesprochen hatte.

Bis heute hatte sich daran nichts geändert, nicht einmal, als feststand, dass sie guter Hoffnung war. Das war am Tage der Geburt Mariens* gewesen, ein Tag, den sie so schnell nicht vergessen würde. Wenn schon nicht die Mutter, so hatte sich wenigstens ihr Vater darüber gefreut, und das war für sie das Wichtigste. Welch ein Unglück, dass er zwei Tage vor Martini**, ihrem Geburtstag, gänzlich unerwartet zu Gott berufen worden war, sonst wäre Manches, was ihr seitdem widerfahren war, vermutlich nicht passiert.

Passiert war indessen sehr viel, weit mehr als sie verkraften konnte. Abgesehen von Vaters Tod, der eine große Lücke hinterlassen hatte, war das Verhältnis zu ihrer Mutter von Tag zu Tag schlechter geworden. Chlotilde Wernitzer war nun einmal eine Frau, die keine anderen Götter neben sich duldete, vor allem nicht, wenn sie Laurenz Tuchscherer und Egberta hießen. Zank und Hader waren an der Tagesordnung gewesen, ohne Rücksicht auf die Tatsache, dass ihre Schwangerschaft alles andere als einfach verlief. Es hatte Momente gegeben, in denen sie

---

* Mittwoch, 8.9.1417
** Donnerstag, 11.11.1417

sich gefragt hatte, ob den beiden noch etwas an ihr lag, so sehr waren die Streitereien zum täglich Brot im Hause Tuchscherer geworden. Wenigstens hatte sich Heinrich, ihr Stiefbruder, aus allem herausgehalten, ihr Ratschläge erteilt und immer wieder Mut zugesprochen. Sonst wäre es vermutlich zum Äußersten gekommen, zumal sie wusste, wie jähzornig Laurenz war.

Und so war der Winter gekommen, im wortwörtlichen wie auch übertragenen Sinn. Während sie das Bett hütete, war ihr Mann weiter seinen Geschäften nachgegangen, bald nicht nur tagsüber, sondern immer häufiger auch nachts. Um welche Art von Geschäften es sich handelte, hatte sie nicht in Erfahrung bringen können, und wenn sie ehrlich war, wollte sie es auch gar nicht so genau wissen. Laurenz konnte es auf den Tod nicht ausstehen, wenn man ihm hinterherspionierte, und sie, Egberta, hatte alle Hände voll zu tun gehabt, um sich über Wasser zu halten. Wie nicht anders zu erwarten, hatte ihre Mutter keinen Finger gerührt, obwohl ihre Tochter, deren Schicksal ihr angeblich so sehr am Herzen lag, die meiste Zeit über das Bett hüten musste.

Kaum fähig zu atmen, stahl sich ein zärtliches Lächeln auf Egbertas Gesicht. An sich war das nicht weiter tragisch, denn es gab jemanden, auf den sie sich hundertprozentig verlassen konnte.

»Beruhige dich, mein Kind, du weißt doch, dass du dich nicht aufregen sollst!« Dieser Jemand eilte ihr jetzt zu Hilfe, wie immer genau dann, wenn sie auf ihn angewiesen war. »Nur noch ein paar Atemzüge, und dann ist es geschafft.«

Egberta biss die Zähne zusammen und nickte. Irmtrud

wusste, wovon sie sprach, allein schon aufgrund ihrer Erfahrung. Man musste schon weit laufen, um eine Hebamme wie sie zu finden. Davon war nicht nur sie, sondern nahezu jede Frau in der Stadt überzeugt.

»Ich denke, es ist Zeit, dich auf den Stuhl zu setzen, mein Kind.« Egberta schüttelte unwillig den Kopf. Wie oft sie im Laufe der Nacht aufgestanden, sich auf den Gebärstuhl gesetzt und danach wieder hinüber ins Bett geschleppt hatte, konnte sie beim besten Willen nicht sagen. Irmtrud hatte darauf bestanden, und so war ihr nichts anderes übrig geblieben. »Je öfter, desto besser!«, versicherte sie, wenn nicht zum ersten, so doch hoffentlich zum letzten Mal. »Alles wird gut, wirst schon sehen.«

Zu schwach, um Widerworte zu geben, schloss Egberta die Augen und nickte mit dem Kopf. Kaum war dies geschehen, spürte sie, wie sich der Arm der alten Amme unter ihre Achsel schob, um sie so sanft wie möglich in die Höhe zu stemmen. Den Rest besorgte Katharina, ihre Dienstmagd, die ihr half, aus dem Bett zu klettern.

Damit war es freilich nicht getan. Den Blick auf ihre Mutter gerichtet, welche ihr Martyrium mit angespannter Miene verfolgte, wurde Egberta von Krämpfen geschüttelt, einer nach dem anderen, ohne Unterlass. Ihr Nachthemd fühlte sich wie ein ausgewrungener Lappen an, und ihr Atem, sofern er denn funktionierte, verströmte den Geruch von Blut. Um sich abzulenken, konzentrierte sie sich auf ihr Kind, doch so oft sie dies auch versuchte, es gelang ihr nicht.

»Wasser, Wasser!« Plötzlich fiel ihr ein, dass sie erst im siebten Monat war, was die Panik, in die sie sich hineinsteigerte, in nie gekannte Höhen schnellen ließ. Egberta rang verzweifelt nach Luft. Es stand nicht gut um sie, kein Zweifel. Schwellungen an Bauch und Beinen, Ströme von Schweiß, Ausschlag auf den Armen, Letztere doppelt so dick wie sonst. Und dazu noch ihr schwaches Herz, die stickige Luft, ihre schwindende Kraft.

Die Wöchnerin bäumte sich auf. Ein Kampf auf Leben und Tod hatte begonnen. Ein Ringen, das ihr alles abverlangen würde.

VIERTES KAPITEL

AVARITIA*

15

Frauenwirtin am Rödertor, drei Stunden nach Sonnenuntergang | [20.23 h]

»10 GULDEN**, DU VERSAGER? Wohl verrückt geworden, was?«

»Im Gegenteil!«, widersprach der untersetzte, höchstens fünf Fuß große und knapp 23 Jahre alte Galgenvogel und tat so, als werde ihm bitter Unrecht getan. »Zehn Gulden, und keinen Pfennig weniger.«

»Und für was, wenn man fragen darf?« Außer sich vor Wut, packte Laurenz Tuchscherer den stadtbekannten Tagedieb beim Kragen und schleuderte ihn an die nächstbeste Wand. »Kannst du mir das verraten?«

»Nicht gar so hitzig, junger Herr!«, bellte der schiefmäulige Streuner zurück, welcher bereits mehrfach mit dem Verlies Bekanntschaft gemacht hatte, entwand sich Tuchscherers Griff und zupfte sein zerfleddertes Wams zurecht. »Sonst steht dir gewaltiger Ärger ins Haus.«

»Wenn hier jemand Ärger kriegt, dann du.«

---

* Geiz, Habgier

** Zum Vergleich: Der Jahresverdienst des Rothenburger Stadtarztes betrug 1377/1378 circa 76 Pfund Heller, das entsprach 25 Gulden. Damit handelte es sich bei der Forderung von 10 Gulden also um eine vergleichsweise hohe Summe.

»An deiner Stelle wäre ich mir da nicht so sicher.« Ohne Scheu und mit einer gehörigen Portion Häme im Ton verzog der feiste Halunke das Gesicht und fuhr durch seine fettigen Strähnen. Es war ein Gesicht, das man so schnell nicht vergaß. In erster Linie lag dies natürlich an der Oberlippe, die ihm seinen Spitznamen beschert hatte, darüber hinaus aber auch an seinem verstümmelten rechten Ohr. Mit Beutelschneidern machte man eben kurzen Prozess, vor allem, wenn sie so dreist wie Hasenscharte waren. Das hatte er auf schmerzhafte Weise erfahren müssen. Zur Vernunft gekommen war er aber deswegen noch lange nicht. Keine Tat, die er nicht begangen hätte, keine Gaunerei, vor der er zurückgeschreckt wäre. Unter den Betrügern, Bettlern und Dieben der Stadt war er die unbestrittene Nummer eins, und es gab niemanden, der ihm den Platz hätte streitig machen können. »Meinst wohl, du könntest mir Sand in die Augen streuen. Gerade du, man stelle sich das mal vor. Fragt sich, wer hier mehr Dreck am Stecken hat – der geschniegelte Herr Tuchscherer oder ich.«

»Wer hier wie viel Dreck am Stecken hat, du Halunke, braucht dich nicht zu kümmern!«, zischte der Angesprochene, nur wenige Schritte vom Haus ›Zur Frauenwirtin‹ entfernt, aus dessen Innerem Gelächter und der Klang einer Fidel auf die Straße drang. Es ging auf Vollmond zu, und der Schnee auf dem Pflaster glitzerte im fahlen Licht. »Schreib dir das hinter die Ohren – beziehungsweise hinter das Ohr, wenn du verstehst, was ich meine!«

»Durchaus, Hochwohlgeboren, durchaus.« Scheinbar unbeeindruckt von Tuchscherers harschem Ton, neigte Hasenscharte den Kopf zur Seite und taxierte ihn mit einem Blick, der an Geringschätzigkeit nichts zu wünschen übrig ließ. Für die Kränkung, die er ihm zugefügt hatte, würde dieser Emporkömmling bezahlen. Darauf konnte er Gift nehmen. »Fragt sich, wie es jetzt weitergehen soll.«

»Darüber mach dir mal keine Gedanken.«

Hasenscharte ließ seinem Hohn freien Lauf. »Na, du machst mir vielleicht Spaß!«, prustete er, verschränkte die Arme und lehnte sich mit dem Rücken gegen die Wand. Aus dem Schatten, in den er eingetaucht war, ragten nur noch die schmutzverkrusteten Stiefel hervor, und seine Stimme hörte sich wie das Knurren eines Bluthundes an. »Erst sagst du, ich soll dir diese Dirne vom Hals schaffen, und dann tust du so, als ginge es mich nichts mehr an. Ich will dir mal was sagen, Laurenz: Wenn du denkst, ich lasse mich nach Belieben vor deinen Karren spannen, hast du dich geschnitten. Und zwar gewaltig. Entweder du machst jetzt ein paar Gulden locker, oder du kannst die Kohlen in Zukunft selbst aus dem Feuer holen.«

»Wenn du schon so gewieft bist, wie du daherredest, warum hast du es dann nicht geschafft, diese Metze über die Klinge springen zu lassen?«

»Hab ich dir doch gesagt, oder? Es ist was schiefgegangen.«

»Schiefgegangen, aha. Und ich Trottel hab geglaubt, man kann sich auf dich verlassen.«

»Kann man auch!«, fauchte Hasenscharte, der den neuerlichen Seitenhieb nicht auf sich sitzen lassen wollte. »Aber nur dann, wenn es keine Zeugen gibt.«

»Sag bloß, man hat dich erkannt!«

»Hältst du mich für so dämlich, oder was? Natürlich nicht.«

»Und warum …?«

»Weil mit dem Kerl, der mir in die Quere gekommen ist, ganz offensichtlich nicht zu spaßen war«, würgte Hasenscharte sein Gegenüber ab, einmal mehr in seiner Gaunerehre verletzt. »Sonst hätte ich der Dirne den Garaus gemacht. Meinst du vielleicht, es macht Spaß, auf einem Gerüst rumzuturnen? Und überhaupt: Was kann ich denn dafür, wenn sie auf einmal stehen bleibt! Eins ist doch wohl klar, mein Junge. Wäre nichts dazwischengekommen, hätte der Quader, der für sie reserviert war, garantiert Hackfleisch aus …«

»Hätte, wäre, könnte!«, schnaubte Tuchscherer und baute sich breitbeinig vor Hasenscharte auf. »Weißt du was, Emicho? Allmählich hab ich dein Gewinsel satt. Erst die Ware – sprich: die Leiche –, und dann das Geld. So ist es nun einmal guter Brauch. Und so haben wir beide es immer gehalten. Dein Problem, wenn du dich so dämlich angestellt hast, nicht meins.«

Emicho Lehmgruber, Hehler, Dieb, Schmuggler und Münzfälscher in einer Person, kochte innerlich vor Wut, und er hatte große Lust, Tuchscherer die Meinung zu sagen. Aus Gründen, die ihm selbst nicht klar waren, gewann seine Selbstbeherrschung jedoch die Oberhand. »Mag sein!«, katzbuckelte er, entschlossen, Tuchscherer dereinst die Rechnung zu präsentieren. »Das heißt aber nicht, dass dir mehr Glück beschieden sein wird als mir. Für den Fall, dass du den Mut aufbringst, die Dreckarbeit zu machen.«

»Erstens: Was den nötigen Mumm angeht, bin ich dir um Längen voraus. Und zweitens: Zerbrich dir nicht den Kopf über Dinge, für die du nicht taugst, klar?«

Lehmgruber gab ein spöttisches Pfeifen von sich. »Wie

Euer Gnaden wünschen!«, rief er aus und ließ seiner Bemerkung eine theatralische Verbeugung folgen. »Was auch geschieht – das Glück möge stets auf Eurer Seite sein.«

»Halt die Klappe, sonst kriegst du es mit mir zu tun!«

»Weiß gar nicht, was du …« Durch Schritte, die sich vom Rödertor aus auf ihn zubewegten, jäh unterbrochen, reckte Lehmgruber den Kopf und lauschte. Dem Geräusch nach zu urteilen, welche sie auf dem Pflaster verursachten, handelte es sich lediglich um eine Person, aber da es zu spät war, das Weite zu suchen, wich er zurück und rührte sich nicht vom Fleck. Tuchscherer hingegen war auf einmal verschwunden. Gerade so, als hätte er sich in Luft aufgelöst.

Das galt aber nicht für den Unbekannten, welcher sich rasch näherte und auf das Haus ›Zur Frauenwirtin‹ zuhielt. Hasenscharte erstarrte. Vor nicht allzu langer Zeit hatte er diesen dunkelhaarigen Hünen schon einmal gesehen, und es bedurfte keiner Anstrengung, bis sich die Erinnerung an ihn wieder einstellte.

Emicho Lehmgruber, einer, wenn nicht gar der gefürchtetste Schurke im Umkreis von 50 Meilen, hielt vor Furcht den Atem an. Dies kam in der Tat äußerst selten vor, und wenn, hatte er triftige Gründe dafür. So wie jetzt, als er den sechs Fuß großen Recken im dunklen Wams und den ebenfalls dunklen Stulpenstiefeln an sich vorüberhasten sah. Dieser Hüne, muskelbepackt und mindestens einen Kopf größer als er, hatte es anscheinend eilig. Und er trug ein Schwert, mit dem er offenbar auch umzugehen verstand.

»Na – wer hat denn jetzt mehr Mumm von uns beiden?«, spottete Tuchscherer, der ebenso schnell, wie er das Weite gesucht hatte, wieder neben Hasenscharte auftauchte. »Du oder ich?«

»Ich glaube, das ist jetzt nicht der Punkt!«, erwiderte Lehmgruber gereizt, den Blick auf das Fachwerkhaus gerichtet, in dem der Fremde verschwunden war.

»Sondern? Du bist ja so blass, alter Freund! Irgendetwas nicht in Ordnung mit dir?«

»Mit mir schon.«

»Na also, dann ist ja alles klar.«

»Mit Verlaub – das ist es nicht, edler Herr.«

»Mal ehrlich: Glaubst du wirklich, die im Rathaus können mir was anhaben?«

»Die nicht.«

»Dann bleibt ja wohl nur noch der liebe Gott, oder?«

Lehmgruber schnitt eine alberne Grimasse. »An deiner Stelle, Hochwohlgeboren, würde ich den Mund nicht so voll nehmen!«, höhnte er, plötzlich wieder der Alte, klopfte Tuchscherer auf die Schulter und spazierte in Richtung Rödertor davon. »Und würde mir Gedanken machen, wie ich einen unbequemen Zeugen loswerde.«

»He, was soll das? Du wirst doch wohl nicht den Schwanz einziehen! Wenn du das tust, Memme, siehst du keinen roten Heller von mir.«

»Na, wenn schon«, erwiderte Hasenscharte, warf einen Blick über die Schulter und tänzelte erleichtert von dannen. »Geld allein macht nicht glücklich!«

»Jetzt hört mir mal gut zu, junger Mann!«, raunte Hrosvit, Bordellwirtin am Rödertor, ihrem unbekannten Gast über den Tresen hinweg zu. »Wenn Ihr eine Ohrenbläserin braucht, seid Ihr bei mir falsch. Über meine Kunden, ob sie nun Tuchscherer oder Spiritus Sanctus oder Luzifer heißen, erfahrt Ihr von mir kein Wort. Und wenn Ihr Euch auf den Kopf stellt. Und überhaupt: Was glaubt Ihr eigentlich, wo Ihr hier seid? Dies hier ist ein anständiges Haus, damit Ihr Bescheid wisst, edler Herr!«

»Na, so anständig nun auch wieder nicht«, witzelte Berengar und sah sich in der Schankstube, in der sich ein knappes Dutzend Freier und mindestens ebenso viele Hübschlerinnen tummelten, mit hochgezogenen Brauen um. In seiner Eigenschaft als Vogt und Gefährte eines Kriminalisten hatte er sich an allen nur erdenklichen Orten herumgetrieben, auch an solchen, die in schlechtem Ruf standen. In einem Freudenhaus war er dagegen noch nie gewesen, und die Vorstellung, was Irmingardis dazu sagen würde, trug nicht unbedingt zu seiner Beruhigung bei. »Oder wollt Ihr mir weismachen, hier ginge es mit rechten Dingen zu?«

»Falls Ihr es genau wissen wollt, junger Herr –«, knirschte die knapp 50-jährige und fettleibige Frauenwirtin mit den karmesinrot geschminkten Wangen, die eine Rosshaarperücke über dem kahl geschorenen Schädel trug, »ich liefere jede Woche meinen Obolus ab. Auf dem Rathaus. Pünktlich wie ein Uhrwerk. Glaubt Ihr, ich bin so töricht, es mir mit den hohen Herren zu verscherzen? Ein Mucks, und ich kann einpacken. Das ist Euch hoffentlich klar.«

»Gott behüte!«, heuchelte Berengar, der sich ein Grinsen nur mit Mühe verkneifen konnte, und leerte seinen Becher auf einen Zug. »Man muss ja nicht gleich an das Schlimmste denken.«

»Schön, dass wir einer Meinung sind.«

»Aber selbstverständlich!«, beteuerte Berengar und

winkte das Schankmädchen herbei, um sich nachgießen zu lassen. »Mir geht es nur um ein paar Auskünfte, nicht darum, Euch Ärger mit der Obrigkeit zu bescheren.«

»Eure Hartnäckigkeit in Ehren, Herr ...«

Um sich lieb Kind zu machen, setzte Berengar sein strahlendstes Lächeln auf. Von seinem Naturell her war ihm dies zwar zuwider, doch was sein musste, musste eben sein. »Von Gamburg, Frau Wirtin.« Ehrlich währte bekanntlich am längsten, selbst dann, wenn man sich in einem Bordell aufhielt. »Vogt des Grafen von Wertheim.«

»Wie gesagt, Herr Vogt, bei mir beißt Ihr mit Eurer Fragerei auf Granit.«

»Warum denn so förmlich, schöne Frau? Apropos – Ihr könnt ruhig Berengar zu mir sagen.«

Hrosvit Ansbacher, unter Eingeweihten auch als ›Das gelbe Wunder‹ bekannt, grinste über beide Backen. Der Umstand, dass sie kaum noch Zähne besaß, schien sie nicht sonderlich zu stören. »Und dann auch noch Süßholz raspeln, so hab ich's gern.«

»Warum auch nicht. Ist ja schließlich kein Kloster hier, oder?«

Die Lippen wieder gerade wie ein Strich, verengte sich Hrosvits Blick, und sie blitzte ihr Gegenüber argwöhnisch an. »Zur Sache, junger Herr. Ihr wollt mich aushorchen, na schön. Geld riecht bekanntlich nicht. Aber warum ausgerechnet über Tuchscherer?«

Berengar fischte einen prall gefüllten Schnürbeutel aus der Tasche, drückte ihn der Frauenwirtin in die Hand und räusperte sich. »Sagen wir's einmal so: Ich habe noch eine Rechnung mit ihm zu begleichen. Unter Männern, wenn Ihr versteht, was ich meine.«

Ehrlich währte eben doch nicht am längsten, vor allem, wenn man sich in einem Bordell befand.

»Sieht so aus, als wärt Ihr damit nicht allein«, antwortete Hrosvit, deren Widerstand sich dank Berengars Handsalbe in Luft aufgelöst hatte. »Wundert mich sowieso, weshalb dieser Schwerenöter noch lebt.«

»Mit anderen Worten: Er war Stammkunde hier.«

Die Ellbogen auf seine Kante gestützt, beugte sich die Frauenwirtin über den Tresen, griff nach Berengars Leinenhemd und zog ihn zu sich heran. »›War‹ ist das richtige Wort«, tuschelte sie, nicht ohne sich vergewissert zu haben, ob auch wirklich die Luft rein war. »Und ein höchst spendabler dazu. Allerdings nur so lange, bis er diese Metze aufgegabelt hat.«

»Metze?«

»Nicht was Ihr denkt, Herr Vogt. Keine von meinen Mädchen hier.«

»Sondern?«

»Seht Ihr die Rothaarige da drüben?«, flüsterte Hrosvit, ließ wieder los und deutete auf eine ihrer barmherzigen Schwestern, die gerade mit einem fahrenden Sackpfeifer herumturtelte. Jörg der Fiedler, sein Gefährte, hatte offenbar das Nachsehen gehabt und ertränkte den Kummer in einem Humpen Bier.

Berengar warf einen Blick über die Schulter und bejahte.

»Mit der war Tuchscherer beinahe jeden Abend zusammen, wenn Ihr versteht, was ich meine. Hat mit Geld nur so um sich geworfen.«

Da er sehr wohl verstand, was die Frauenwirtin meinte, bejahte Berengar erneut und sah sie erwartungsvoll an.

»Nettes Ding, unsere Adelheid, für die Spelunke hier eigentlich viel zu schade.« Ein wehmütiges Lächeln flog über Hrosvits Gesicht. »Wie dem auch sei: Die beiden sind aneinander geklebt wie die Kletten.«

»Ich denke, Tuchscherer ist …?«

»Alles, was recht ist, Herr Vogt – seid Ihr so naiv oder tut Ihr nur so? Natürlich ist er verheiratet gewesen, mit einer der reichsten Jungfern weit und breit. Nicht mehr ganz jung, aber immerhin Jungfrau, wenn Ihr versteht, was ich meine.«

Und ob Berengar verstand. Ein andächtiges Kopfnicken konnte da gewiss nicht schaden.

Es sollte sich umgehend auszahlen. »Wusste ich's doch, dass wir beide uns verstehen!«, frohlockte die dicke Hrosvit und verpasste ihm einen freundschaftlichen Klaps. »Kurz und gut – obwohl oder gerade weil er verheiratet war, hat Tuchscherer Adelheid weiterhin den Hof gemacht.«

»Mit allem Drum und Dran?«

Die Frauenwirtin grinste. »Ihr seid mir vielleicht einer, Herr Vogt. Aber gewiss doch – mit allem Drum und Dran. Bezahlen müssen hat er aber trotzdem. Wo kämen wir da hin.« Hrosvit brach einen Spreißel aus dem Schanktisch und stocherte hingebungsvoll in ihrer Zahnlücke herum. »Hirsebrei mit Lauch – scheußlicher Fraß. Klebt an dir wie der Teufel, das Zeug. Höchste Zeit, dass die Fastenzeit vorüber ist.« Hrosvit schnippte den Spreißel in die Ecke und stieß einen gequälten Seufzer aus. »Wo waren wir gerade stehen geblieben?«

»Bei Tuchscherers amourösen Eskapaden.«

»Richtig. Wobei es eine Sache ist, wenn man sich mit

einer Dirne einlässt, und eine andere, wenn man sich an eine verheiratete Frau ranpirscht. Tja, Pech gehabt, lieber Laurenz. Bei Violante Aschenbrenner bist du an die Falsche geraten.«

»Eine verheiratete Frau? Ist das nicht ein bisschen …?«

»Riskant, Ihr habt es erfasst, junger Herr«, vollendete Hrosvit und bedeutete dem Schankmädchen, Berengar nachzuschenken. »Zumal sie ihrem Mann, dem Bader, vor ihrem Techtelmechtel mit Tuchscherer bereits jede Menge Hörner aufgesetzt zu haben scheint. Wie heißt es doch so schön: ›Der Krug geht so lange zum Brunnen, bis er bricht.‹

»Ist er aber nicht.«

Hrosvit schüttelte den Kopf. »Ehrlich gesagt – in der Haut vom alten Aschenbrenner hätte ich nicht stecken wollen. Hat sich zum Hanswurst gemacht, der arme Tropf.«

»Und Tuchscherers Frau?«

»Hat von alldem nichts mitgekriegt. Oder nichts mitkriegen wollen, je nachdem.«

»Apropos – wie hieß die Dame doch gleich?«

»Egberta. Egberta Tuchscherer.«

»Seid bedankt. Also wirklich, Frau Wirtin, irgendjemand muss doch gemerkt haben, was für ein Früchtchen ihr Gatte ist. Zum Beispiel ihr Vater.«

»Der alte Wernitzer? Dass ich nicht lache! Der war doch froh, dass sein Töchterlein unter die Haube gekommen ist.«

»Wie alt ist er denn?«

»›War‹, schöner Mann, ›war‹! Er ist kurz nach der

Hochzeit gestorben, im stolzen Alter von 72 Jahren. Wahrscheinlich vor Freude. Sei's drum, seine schlechtere Hälfte wird nicht sonderlich traurig darüber gewesen sein.« Hrosvit nippte an Berengars Becher und wog bedächtig ihr Haupt. »Hm – gar nicht mal so schlecht. Meiner Treu, wenn ich nur an dieses Schandweib denke, packt mich das kalte Grausen.«

»Mit einem Wort, ein Schwiegermonstrum aus dem Bilderbuch!«, stachelte Berengar die Frauenwirtin an, in der Hoffnung, ihre Redseligkeit möge noch lange anhalten. Schauspielerei war zwar nicht gerade seine Stärke, aber da der Zweck die Mittel heiligte, blieb er seiner Taktik treu. »Hat die Landplage auch einen Namen?«

»Chlotilde«, antwortete Hrosvit und machte ein Gesicht wie drei Tage Regenwetter. »Chlotilde Wernitzer, geborene Meyerhofer alias Chlotilde Bermetter.«

»Das heißt, sie war schon einmal verheiratet.«

Die Frauenwirtin nickte. »Und hat einen Sohn aus erster Ehe. Heinrich, Stadtrat und Tuchhändler. Wollte ursprünglich Medizin studieren, was sein Stiefvater jedoch verhindert hat. Haben sich gehasst wie die Pest, die beiden.

»Ist ja interessant.«

»Wieso?«

»Nichts, gar nichts!«, wiegelte Berengar ab und nahm einen tiefen Schluck. »Tja, sieht so aus, als hätte sich der gute Laurenz in ein Hornissennest gesetzt. Selbst schuld, kann ich da nur sagen.«

»Na und? Wenigstens hat es sich gelohnt.«

Berengar runzelte die Stirn, täuschte ein Höchstmaß an Entrüstung vor und fragte: »Was wollt Ihr damit …«

»Was ich damit sagen will, ist, dass Egberta vor zwei Tagen gestorben ist. Im Kindbett. Und ihre Kleine kurz darauf. Vom Tuchmachergesellen zum Erben über ein riesiges Vermögen – reife Leistung, findet Ihr nicht auch?«

»Verstehe ich Euch richtig …«, begann Berengar und rückte so nahe wie möglich an Hrosvit heran, »Ihr meint also, Tuchscherer habe beim Tod seiner Frau die Hand im Spiel gehabt?«

»Ich meine überhaupt nichts, Herr Vogt – damit wir uns nicht falsch verstehen.« Hrosvit nahm Berengar den Becher aus der Hand und trank ihn vollends leer. »Es wird eben viel getratscht, falls Ihr wisst, was ich damit sagen will.«

Da er nur zu genau wusste, was die Frauenwirtin sagen wollte, ließ Berengar es bei einem zustimmenden Murmeln bewenden. »Wenn ich mich recht entsinne, Frau Wirtin, habt Ihr vorhin angedeutet, Tuchscherer habe mit Geld nur so um sich geworfen«, fuhr er fort, nachdem er sich vergewissert hatte, dass sich niemand in der Nähe befand. »Ich frage mich, wie so etwas möglich ist. Ein Tuchmachergeselle, der jeden Abend die Puppen tanzen lässt – kommt Euch das nicht verdächtig vor?«

Hrosvit erbleichte. »Warum … warum sollte es?«, stammelte sie und tat so, als höre sie den beiden Musikanten zu, die im gleichen Moment zu spielen begannen. »Keine Ahnung, wie er zu Geld gekommen ist.«

»Mit Verlaub – das kaufe ich Euch nicht ab.« Die Hände auf dem Tresen, gab Berengar seine entspannte Haltung auf und suchte Hrosvits Blick. »Wie kommt es, dass Tuchscherer das Geld mit vollen Händen ausgegeben hat?«, hakte er nach, kaum imstande, seine Ungeduld zu zügeln. »Vor seiner Heirat, wohlgemerkt?«

»Fragt ihn doch selbst!«, raunzte Hrosvit zurück, während ihr Blick von den Musikanten zur Tür wanderte, an deren Balken ein allseits bekannter Kunde lehnte und die Anwesenden mit betont lässiger Haltung taxierte. »Eine Gelegenheit wie diese kommt so schnell nicht wieder.«

16

Stadtgefängnis, dreieinviertel Stunden nach Sonnenuntergang | [20.38 h]

NEIN, SO EINE KREATUR, so ein geschundenes, konfuses und hilfloses Wrack von Frau hatte Bruder Hilpert sein Lebtag lang nicht zu Gesicht bekommen. Seit er Kriminalfälle löste, war er mit jeder nur erdenklichen Form menschlicher Niedertracht vertraut und sich bewusst geworden, wozu Menschen fähig waren. Und natürlich wusste er auch, was es hieß, in einem Verlies zu schmachten, wobei er sich nicht sicher war, ob eine Welt ohne Kerker dem irdischen Jammertal zum Vorteil gereichen würde.

Absolut sicher war er sich allerdings, dass die Greisin, deren Zelle er vor Kurzem betreten hatte, niemandem etwas zuleide tun, geschweige denn jemanden töten konnte. Dazu war Egberta Tuchscherers Amme nicht fähig, mochten ihre Schwiegermutter und all jene, denen sie ihr Los zu verdanken hatte, auch das Gegenteil behaupten. Dies hier war ein Geschöpf, das dem Tode näher als dem Leben war, das in seiner eigenen Welt dahinvegetierte. Einer Welt, die mit dem, was sich ringsum abspielte, nur noch durch einen hauchdünnen Faden verbunden zu sein schien.

»Tut mir den Gefallen und macht es kurz, Bruder. Sonst ist mir der Stammplatz hier drunten sicher.« Der Kerkermeister, ein unrasierter Miesepeter mittleren Alters, der eine Klappe über dem linken Auge trug, hantierte an seinem Schlüsselbund herum und machte eine einladende

Geste. »Hereinspaziert, die blödsinnige alte Vettel beißt nicht.«

Bruder Hilpert rang sich ein gekünsteltes Lächeln ab. Wenn er vor etwas Angst hatte, dann davor, dass Bruder Albans Mummenschanz auffliegen und er mitsamt dem Lektor vor das Tribunal des Stadtrichters zitiert werden würde. Verdient gehabt hätte er dies allemal, warum, lag auf der Hand. Der Bibliothekarius stöhnte leise auf, entsetzt über sich, seinen väterlichen Freund und die Art und Weise, wie sie beide den Kerkermeister hinters Licht geführt hatten. Er, Hilpert, im Gewand eines Minoritenbruders, und, schlimmer noch, unter falscher Identität. Kaum zu glauben, aber wahr. Fast so unglaublich wie die Tatsache, dass Bruder Alban den Wärtern eine beispiellose Lügengeschichte aufgetischt hatte.

»Ich wusste gar nicht, dass sie einen Neffen hat.« Bruder Hilpert horchte auf. Nicht auszuschließen, dass der Kerkermeister Verdacht geschöpft hatte. Und ein Grund mehr, die Worte sorgfältig zu wählen. Der Ruf, den Bruder Alban genoss, hatte offenbar nicht alle Zweifel beseitigen können, ebenso wenig wie die 20 Schillinge, die er dem Schließer in die Hand gedrückt hatte. »Merkwürdig, dass wir uns noch nicht über den Weg gelaufen sind.«

»Wie auch. Ich bin ja erst ein paar Tage hier.«

»Ach so. Das ist natürlich was anderes.« Der Kerkermeister ging einen Augenblick in sich, gab sich dann aber doch mit der Antwort zufrieden. »Na dann mal viel Glück, Bruder …«

»Franziskus.«

»Aber doch nicht der Franziskus, oder?«

»Nein. Wie Ihr seht, fehlt mir der Heiligenschein.« Um

seinem Gegenüber nicht die Freude zu verderben, ging Bruder Hilpert bereitwillig auf seinen Schabernack ein. Späße dieser Art waren ihm zwar fremd und grenzten seiner Meinung nach ans Frivole, aber da er sein Vorhaben nicht aufs Spiel setzen wollte, gab er sich betont locker und entspannt. Bisweilen musste man über den eigenen Schatten springen, wenngleich ihm dies im vorliegenden Fall nicht leichtgefallen war.

»Denkt dran, Bruder. Eine Viertelstunde, nicht mehr.«

»Keine Sorge, Kerkermeister – ich werde mich daran halten.«

Erleichtert, den naseweisen Griesgram los zu sein, der mit schleppendem Schritt von dannen schlurfte, wandte sich Bruder Hilpert der alten Irmtrud zu. Ob und wie viel sie von dem Gespräch mitbekommen hatte, stand in den Sternen, genauso wie die Antwort auf die Frage, wer, wenn nicht sie, für den Tod von Egberta Tuchscherer verantwortlich war.

Um besser sehen zu können, machte Bruder Hilpert einen behutsamen Schritt nach vorne, die Laterne in der Hand, welche ihm der Kerkermeister vor seinem Weggang in die Hand gedrückt hatte. Genau das hätte er besser bleiben lassen sollen, wie die nun folgende Reaktion bewies. »Was, du schon wieder?«, stieß die Alte hervor und wich bis in den äußersten Winkel der Zelle zurück. Dort ließ sie sich auf einen Strohhaufen sinken, direkt neben eine Ratte, die laut quiekend von dannen stob. »Bringst schlechte Kunde, hab ich recht?«

Bruder Hilpert erschauderte. In seiner Eigenschaft als Visitator hatte er Dinge gesehen, von denen er geglaubt hatte, er habe sie aus seinem Gedächtnis gestrichen. Im Angesicht der verhärmten, am ganzen Leibe zitternden und wie ein verängstigtes Tier in der Ecke kauernden Amme holte ihn die Vergangenheit jedoch wieder ein. Darauf war er nicht gefasst und tat sich schwer, ihr ins Auge zu sehen. Verhöre, hochnotpeinliche Befragungen, Visitationen, Tribunale, die heilige Inquisition – all das war einmal Teil seines Alltags gewesen. Eines Weges, der ihn an die Kurie in Rom, die Pariser Sorbonne und in die berühmtesten Klöster des Abendlandes geführt hatte, wo er mit den Großen der Zeit zusammengetroffen war. Und wozu? Weil ihm sein Ehrgeiz keine Ruhe gelassen und er sich nicht damit zufriedengegeben hatte, nur ein Bibliothekarius unter vielen zu sein. Deshalb, nur deshalb war er hier. Um der Reputation willen, um den Ruf, den er genoss, in alle Lande dringen zu lassen. Um sich über andere, allen voran seine Mitbrüder, zu erheben. Um so hoch zu steigen, dass sein Fall dereinst umso tiefer sein würde.

Wie vor den Kopf geschlagen, wich Bruder Hilpert zurück. Es war an der Zeit, in Ruhe über alles nachzudenken, abzuwägen, einen Neuanfang zu wagen. Oder am Ende gar einen Schlussstrich unter sein Detektivleben zu ziehen. Wieso hatte er sich überreden lassen, diesen Fall zu übernehmen? Reichten vier Fälle, durch die er zu Ruhm und Ansehen gelangt war, etwa nicht aus? War der Ehrgeiz, den er verspürt hatte, zu seinem alleinigen Lebenszweck geworden?

»Nehmt mich mit, um der Liebe Christi willen.« Beinahe schon an der Tür, blieb Bruder Hilpert abrupt stehen. Sein Atem beschleunigte sich, und ihm wäre ein Stein vom Herzen gefallen, wenn er die Ereignisse der letzten Stunden hätte ungeschehen machen können.

Ein Blick auf die alte Frau, deren Hände sich ihm entgegenreckten, und ihm wurde klar, dass dies bloßes Wunschdenken war. Was zählte, war, Irmtrauds Leben zu retten, jetzt und hier, beinahe um jeden Preis. Selbst auf die Gefahr, dass er sich erneut untreu werden würde.

»Gevatter Tod, endlich!«

»Grämt Euch nicht, gute Frau. Euch wird kein Leid geschehen.« Angesichts des Damoklesschwertes, das über der Eingekerkerten schwebte, klangen seine Worte wie blanker Hohn. Da es jedoch galt, das Vertrauen der Alten zu gewinnen, war Hilpert gezwungen, ihre Lage zu beschönigen. »Nicht, solange ich in Eurer Nähe bin.«

»Warum so zögerlich, Gevatter?« Irmtrud Fuchslechner breitete die Arme aus und strahlte ihn an. »Reicht das, was sie mir angetan haben, etwa noch nicht aus?«

»Doch.«

»Na also. Was zögert Ihr noch?«

»Ich bin gekommen, um Euch beizustehen. Vertraut mir, Rettung ist nicht mehr fern.«

Schon wieder eine Lüge, nicht die erste und vermutlich auch nicht die letzte am heutigen Tag.

»Tretet näher, Gevatter, damit ich Euch besser sehen kann.«

Bruder Hilpert gehorchte. Die Frage lautete, ob die Alte bei klarem Verstand war, oder ob sich ihre Sinne bereits so sehr verwirrt hatten, dass seine Bemühungen von vornherein zum Scheitern verurteilt sein würden. Der Bibliothekarius seufzte aus tiefster Seele. Wie die Dinge lagen, war anscheinend Letzteres der Fall, mit dem Ergebnis, dass es nahezu unmöglich sein würde, ein vernünftiges Wort mit der Gefangenen zu wechseln. Hinzu kam, dass die alte Irmtrud bereits ein Geständnis abgelegt hatte. Ein Umstand, der sein Bestreben, die gegen sie erhobenen Vorwürfe zu entkräften, wie eine Sisyphusaufgabe erscheinen ließ.

Nur noch eine Armlänge von der Alten entfernt, beugte Bruder Hilpert das Knie und stellte die Laterne auf dem Boden ab. Aus nächster Nähe sah sie umso mitleiderregender aus, und obwohl ihm der Beweis fehlte, war er einmal mehr von ihrer Unschuld überzeugt.

Mit Hypothesen allein, so naheliegend diese auch sein mochten, würde sein Unterfangen jedoch zum Scheitern verurteilt sein. Dessen war sich Bruder Hilpert mehr denn je bewusst. »Ruhig Blut, vor mir braucht Ihr keine Angst zu haben.«

»Warum sollte ich?«, trotzte die Alte, umschlang ihre Beine und sah Bruder Hilpert mit einer Mischung aus Erleichterung und banger Erwartung an. »Hab Euch ja schließlich nichts getan, Gevatter.«

»Mir nicht, aber Egberta. Sagt man.«

»Egberta – nie gehört.« Die Alte besann sich, das Kinn auf die knochigen Knie gestützt. »Hab in meinem Leben so viele Kinder gesäugt, dass ich mich kaum entsinnen kann, wie sie … Egberta … hm … hab ihnen Kosenamen gegeben, müsst Ihr wissen. Eine Egberta war aber nicht darunter – ich schwör's!«

Bruder Hilpert stöhnte leise auf. Genau das hatte er befürchtet, weshalb ihm nichts anderes übrig blieb, als auf seine Intuition zu vertrauen. »Aber eine Adelheid, oder nicht?«, fragte er deshalb aufs Geratewohl, und sei es nur, um den Gesprächsfaden nicht abreißen zu lassen. »Und eine Hildegard.«

Das Antlitz der Alten, ein Sammelsurium von Runzeln, schlaff herabhängenden Wangen und vereinzelten weißen Härchen, die ihrem verwitterten Kinn entsprossen, begann sich zu verklären, und ihre Augen leuchteten vor Entzücken auf. »Gewiss doch!«, pflichtete sie Bruder Hilpert bei. »An die kann ich mich erinnern. Genauso wie an die kleine Adelheid. Tochter vom alten Haberschlachter.«

»Und an wen noch?«

»Na, an alle!«, trumpfte die Alte auf, gegenüber vorher kaum wiederzuerkennen. »Was habt Ihr denn gedacht?«

»Gar nichts!«, beteuerte Bruder Hilpert, schob die Lampe beiseite und sah ihr tief in die Augen. »Außer vielleicht, dass Ihr mir den Gefallen tun könntet, Namen zu nennen.«

»Aber nur die Kosenamen.«

»Einverstanden.«

»Lasst mich nachdenken«, begann die Alte, während sich ihr Körper zusehends zu entkrampfen begann. »Da war zunächst mal Bärchen, der Sohn vom jungen Wagner. Allerliebst, kann ich Euch sagen. Und natürlich meine kleine Zauberfee, das vierte Kind von Samuel Levinsohn. Hat ihm leider kein Glück gebracht, die Kleine.«

»Weshalb?«

»Weil er anno 93 totgeschlagen wurde, darum. Hie Jud, hie Christenmensch, wenn Ihr versteht, was ich damit sagen will.« Der Blick der alten Irmtrud trübte sich. »Hab nie wieder von ihm gehört.«

»Und die andern?«

»Die Christenmenschen, meint Ihr? Denen habe ich

natürlich auch Kosenamen gegeben, einer hübscher als der andere. Also, da waren zum Beispiel Lieschen, Maiglöckchen, Engelchen, Gänseblümchen, Lindwürmchen und natürlich Peterle, mein Federgewicht. Mein Gott, wie lange ist das doch her. Einerlei – kann mich trotzdem an ihn erinnern. Und wie. Damals, 77, hat nämlich der Reichstag hier getagt. Eine ganze Woche lang. Gütiger Himmel, da war vielleicht was los! Die Stadt ist beinahe aus den Nähten geplatzt. Leute aus nah und fern, Fürsten, Grafen und edle Herren hoch zu Roß, prächtig herausgeputzte Damen, Gaukler, fliegende Händler und Spielleute im Überfluss. Jeder wollte König Wenzel sehen. Und mein Federgewicht hat mich beinahe leergesoffen. Heilige Muttergottes, hat der Kleine vielleicht einen Durst ge…«

»Und Pummelchen?« Es war nicht seine Art, ins Blaue hineinzuspekulieren, aber da ihm kaum noch Zeit blieb, setzte Bruder Hilpert alles auf eine Karte.

Und hatte Glück.

»Egberta, die Tochter vom alten Wernitzer? Moment mal … ja, genau! Die ist auf die Welt gekommen, als sie drunten an der Tauber das Topplerschlösschen gebaut haben. Anno 88, soweit ich mich entsinnen kann. Ja, und dann war da noch die kleine Melusine, Tochter vom alten Aschenbrenner, das letzte Kind, dem ich die Brust …«

»Erzählt mir von ihr.«

»Von der kleinen Melusine?«

»Nein, von Egberta.«

»Ach, Gevatter – das ist doch alles schon so lange her!«, wehrte die Alte ab und brütete vor sich hin. »So lange, dass ich schon nicht mehr weiß, an welchem Tag sie auf die Welt gekommen ist.«

Bruder Hilpert schluckte, und das Klopfen seines Herzens verriet, wie angespannt er war. »Was mich betrifft«, tastete er sich behutsam voran, voll und ganz auf die Mimik der Amme konzentriert, »bin ich weniger an ihrer Geburt, sondern viel eher an den Umständen …«

»… ihres Todes interessiert. Sehe ich das richtig, Bruder?«

Der Bibliothekarius prallte überrascht zurück. Eine derartige Wendung des Gesprächs hatte er nicht erwartet, schon gar nicht diesen Ton. »Vollkommen!«, gab er unumwunden zu und hatte Mühe, seine Verlegenheit zu überspielen. »Kann es sein, dass Ihr mir die ganze Zeit etwas vorgespielt habt?«

»Nicht nur Euch, Bruder, sondern auch dem Gesindel droben in der Wachstube.«

»Verstehe.«

»Das bezweifle ich«, hielt die Alte dagegen, richtete sich auf und begann, die schmerzenden Gelenke zu massieren. »Wisst Ihr eigentlich, was es heißt, hier drunten Euer Dasein zu fristen? Tag und Nacht malträtiert, gequält, gedemütigt zu werden?« Irmtrud Fuchslechner stieß ein verächtliches Grunzen aus. »Dann noch lieber verrückt spielen, findet Ihr nicht? Wenigstens hab ich jetzt meine Ruhe. Hier raus komme ich ohnehin nicht mehr. Es sei denn, sie karren mich zum Schafott.«

»Nur Mut, meine Tochter. Noch ist nicht aller Tage Abend.«

»Machen wir uns nichts vor, Bruder: Über mich ist das Urteil längst gesprochen. Das wisst Ihr ebenso gut wie ich.«

Bruder Hilpert schüttelte entschieden den Kopf. »Genau

das weiß ich eben nicht!«, beharrte er und tätschelte Irmtruds Hand, eine Geste, über die er genauso überrascht war wie die Heilerin. »Wenn jemand weiß, wer den Tod Egbertas zu verantworten hat, dann du.«

»Mag sein, aber wen interessiert das überhaupt?«

»Mich.«

»Ihr seid gar kein Franziskaner, stimmt's?«

»Nein. Zisterzienser, aus Maulbronn.«

»So, so. Und warum kümmert Ihr Euch dann um mich? Gibt es in Eurem Kloster nicht genug zu tun?«

»Das schon.« Bruder Hilpert errötete. Wenn es etwas gab, worüber er nicht sprechen wollte, dann über die Zweifel, welche er in seinem Inneren hegte. »Zunächst aber würde ich gern erfahren, wie du in diese Lage gekommen bist.«

»Man hat mir eine Falle gestellt. Und ich blöde Gans bin hineingetappt.«

»Höchste Zeit, darüber zu berichten, findest du nicht auch?«

Irmtrud Fuchslechner nickte. »Mir scheint, Ihr habt Recht, Bruder!«, entgegnete sie, sprühend vor neu erwachter Energie.

Und begann zu erzählen.

»Na, Bruder – was hat die verlauste alte Vettel gesagt?«

»Was Delinquenten in ihrer Lage eben sagen«, wiegelte Bruder Hilpert ab, während er die Holzstiege erklomm, die hinauf in die Wachstube führte. Wie überall roch es auch dort nach Schweiß, faulem Stroh und Exkrementen, und er fragte sich, wie der Kerkermeister das aushalten konnte.

Die Antwort ließ nicht lange auf sich warten. Kaum befand er sich in seinem Domizil, an dessen Wänden Piken, Hellebarden, Spieße und Waffen in jeder nur erdenklichen Art und Größe aufgereiht waren, genehmigte sich dieser einen Becher Wein und fand nichts dabei, umgehend nachzuschenken. »Auch einen Schluck?«

Bruder Hilpert wehrte dankend ab. »Armer Teufel«, murmelte er, in Gedanken bei der alten Irmtrud, deren Schilderungen nicht dazu geeignet waren, den Glauben an das Gute im Menschen zu bestärken. »Wenn ich ehrlich bin, möchte ich nicht in ihrer Haut stecken.«

»Was heißt hier ›armer Teufel‹!«, ereiferte sich der Kerkermeister und rülpste so laut, dass sich Bruder Hilpert eine launige Bemerkung gerade noch verkneifen konnte und so rasch wie möglich dem Ausgang zustrebte. »Die Giftmischerin hat ja wohl nichts Besseres verdient.«

Um einiges klüger, auch wenn ihm einstweilen die Beweise fehlten, tat Bruder Hilpert so, als habe er die Äußerung nicht gehört, griff nach der Klinke und öffnete die Tür. Das Bedürfnis, diesem Ort zu entfliehen, drohte übermächtig zu werden, von dem nach frischer Luft nicht zu reden. »Was immer sie verbrochen haben mag – seid bedankt, Kerkermeister, dass Ihr mir weitergeholfen habt.«

»Merkwürdig – aber vor nicht allzu langer Zeit hab ich das Gleiche schon mal gehört.«

Die Hand auf der Klinke, wirbelte Bruder Hilpert herum. »Was sagt Ihr da?«, entfuhr es ihm, kaum imstande, seine Verblüffung zu verbergen. »Warum habt Ihr mir das nicht früher …«

»Warum sollte ich?«, fuhr der Kerkermeister dazwischen, ein Lächeln auf den Lippen, das Hilperts Antipathie neue Nahrung gab. »Bei dem Schweigegeld.«

Der Bibliothekarius ließ sich nicht lange bitten, kramte einen rheinischen Gulden hervor und drückte ihn dem Kerkermeister in die Hand. »Zufrieden?«, flüsterte er und ließ die Tür hinter sich ins Schloss fallen. »Wer weiß, vielleicht kommt noch etwas dazu!«

17

Heilig-Geist-Spital, dreieinhalb Stunden nach Sonnenuntergang | [20.53 h]

»Euch schickt der Himmel, Jungfer. Des Herrgotts Segen auf all Euren Wegen.«

»Gottes Segen für dich, Jobst – nicht für mich!«, widersprach Melusine in sanftem Ton, setzte ihrem Patienten einen Trinkbecher an die Lippen und nickte dem Armenpfründner*, der fast nur noch aus Haut und Knochen bestand, mit aufmunterndem Lächeln zu. »Hier, trink noch einen Schluck!«

Der Tuchwalker, nach dem der Tod bereits seine Klauen ausstreckte, schloss die Augen und fügte sich. Nur noch wenige Stunden, und die Qualen, welche er durchlitt, würden für immer beendet sein. Es war ein Kampf, bei dem der Sieger von vornherein festgestanden hatte. Ein Ringen, bei dem er auf verlorenem Posten stand. Der Armenpfründner sandte ein Stoßgebet aus und ließ sich wieder auf seine Bettstatt sinken. Begonnen hatte es ein paar Monate zuvor, mit Kopfschmerz, Würgereiz und Erbrechen. Bald darauf hatte sich ein unerträglicher Juckreiz hinzugesellt, und es dauerte nicht lange, bis seine schlimmsten Befürchtungen wahr geworden waren. Ein Körperteil nach dem anderen war brandig geworden, Arme, Beine, einfach alles. Dann war ihm die linke Hand abgefault, wenig später die rechte, ein paar Tage später der ganze Arm. Kein Stückchen Haut,

* Bewohner des Spitals, der Behandlung und Aufenthalt nicht aus eigener Tasche bezahlen kann

das verschont, keine Stelle, die nicht mit Blasen, Eiterbeulen und Pusteln übersät worden war. Und kein Tag, an dem er sein Dasein nicht lauthals verflucht hätte. Doch so sehr er den Tod herbeisehnte, desto mehr ließ sich dieser Zeit. Am schlimmsten war jedoch die Angst, welche ihn peinigte, schlimmer noch als der Durst, der ihm das Leben zur Hölle gemacht hatte.

»Habt Dank, Jungfer, für alle Wohltaten, die Ihr mir erwiesen habt.« Wäre diese Lichtgestalt nicht gewesen, die versuchte, sein Martyrium zu lindern, hätte er vermutlich den Verstand verloren. So aber durchflutete ihn dieses Wohlgefühl, das ihm der Trank verschaffte. Die Gewissheit, alle Pein werde demnächst ein Ende haben und er, Jobst der Tuchwalker, dem irdischen Jammertal für immer entflohen sein. »Möge der Herrgott mit Euch sein.«

»Und mit dir, Jobst!«, flüsterte Melusine dem Todgeweihten zu, strich ihm über die Wange und kämpfte gegen die Tränen an, welche ihr in die Augen stiegen. »Auf dass deine Qual ein Ende haben möge.«

»Was meint Ihr – wann wird es mit ihm zu Ende gehen?«, wollte der Spitalmeister wissen, nachdem Melusine den Vorhang zugezogen hatte, hinter dem sich der Schlafplatz des Tuchwalkers befand. Außer ihm befand sich noch mehr als ein Dutzend Patienten im Raum, denen man den Anblick des Todkranken nach Möglichkeit ersparen wollte. Was Letzteren betraf, hoffte Melusine, dass ihm ihre Arznei ein wenig Linderung verschaffen würde, wenngleich der Krankheit, unter der er litt, nicht beizukommen war.

»Jeden Moment«, erwiderte die Baderstochter brüsk und tauchte ihre Hände in die Schüssel, welche auf einem grob gezimmerten Beistelltisch in unmittelbarer Nähe des Eingangs stand. Danach nahm sie ein leinenes Tuch zur Hand und rieb sie trocken. »Ihr tut gut daran, nach dem Kaplan schicken zu lassen.« Ihre Gereiztheit kam nicht von ungefähr, nicht zuletzt, weil sie die Bemerkung als pietätlos empfand. Davon abgesehen gab es eine Menge zu tun, wobei ihr der Ratsherr, dem die Oberaufsicht über das Spital oblag, nur im Wege war. Da er jedoch das Sagen hatte, blieb ihr nichts anderes übrig, als gute Miene zu bösem Spiel zu machen. Das war sie den Kranken, die sich unter ihrer Obhut befanden, einfach schuldig. »Falls es das ist, worauf Ihr anspielt, Meister Creglinger.«

Der Wollhändler, dessen Aufstieg mit einem Sitz im Inneren Rat belohnt worden war, rümpfte verstimmt die Nase. Nebst seinem Barett, in dem die Feder eines Auerhahns steckte, war sein Riechorgan in der Tat nicht zu übersehen, ebensowenig wie der Schmerbauch unter dem golddurchwirkten Wams. Hinzu kam ein Gebaren, das selbst wohlmeinende Beobachter als borniert und hochnäsig bezeichnet hätten, was Melusine bewog, auf Distanz zu dem frisch gebackenen Spitalmeister zu gehen.

Ohne Erfolg. »Warum habt Ihr ihm den Arm eigentlich nicht amputiert?«, wollte der Wollhändler wissen, durch die Tatsache, dass ihn die Baderstochter einfach stehen ließ, einigermaßen irritiert. »Anstatt ihn buchstäblich verfaulen zu lassen, meine ich.«

Im Begriff, an die Bettstatt des gichtkranken Müllers zu treten, der sie offenbar sehnsüchtig erwartete, fuhr Melusine herum und trat bis auf Armlänge an den teiggesichtigen Ratsherren heran. »Weil es nichts genützt hätte, Meister Creglinger. Darum.«

»Bei aller Wertschätzung – woher wollt Ihr das so genau wissen?«

Ein Disput mit einem Laien, das hatte ihr gerade noch gefehlt. Kurz davor, aus der Haut zu fahren, schluckte die Baderstochter ihren Ärger hinunter und beschloss, die Frage zu ignorieren. »Wie dem auch sei, ich denke, wir haben unser Möglichstes getan.«

»Ach, ja?«

»Bei aller … bei allem Respekt vor Eurem Amt, Herr Rat – darf man fragen, ob Ihr auch nur einen Patienten kennt, der vom ignis sacer* kuriert worden wäre?«

»Ignis …«

»Ignis sacer, Spitalmeister, in deutschen Landen auch Antoniusfeuer, oder, falls Euch der Terminus nicht behagt, schlicht und ergreifend Mutterkornbrand genannt. Ausgelöst durch den Verzehr von Mutterkorn, der, wie wir alle wissen, insbesondere den Roggen befällt. Vorzugsweise in Notzeiten, wäre noch hinzuzufügen, wodurch große Mengen des Mutterkornpilzes ins frische Mehl und von dort aus in unser täglich Brot gelangen.«

»Ja, wenn das so ist, müssen wir diesen Jobst schleunigst …«

»Ins Leprosenhaus Sankt Leonhard transportieren, meint Ihr?« Melusine holte tief Luft. »Ich denke, das wird nicht nötig sein.«

---

* dt.: heiliges Feuer, auch Antoniusfeuer genannt

»Und warum nicht?«

»Weil, wie hinlänglich bekannt, Sankt Leonhard den Leprakranken vorbehalten ist«, antwortete Melusine und ergänzte im Stillen: Als Ratsherr sollte man das eigentlich wissen! Einfach unfassbar, wie ein Mann, der über Dutzende von Knechte, Mägde, Köche, Schafhirten und über ein Heer von Helfern gebot, einen derartigen Unfug daherreden konnte. »Das heißt, den hoffnungslosen Fällen.«

»Damit Ihr Bescheid wisst, Jungfer«, ereiferte sich der Ratsherr, erfreut, endlich ein Haar in der Suppe gefunden zu haben, »dafür werde ich nicht die Verantwortung übernehmen.«

»Braucht Ihr auch nicht, Meister Creglinger«, erwiderte Melusine und hantierte an der Schleife herum, mit der sie ihr rotblondes Haar zusammengebunden hatte. »Und wisst Ihr auch, warum?«

»Nein.«

»Weil die Krankheit nicht ansteckend ist.«

»Nicht ansteckend?« Peter Creglinger, ein Mann der großen Worte, welcher dazu neigte, seine dürftige Bildung durch Imponiergehabe zu kaschieren, starrte Melusine entgeistert an. »Das meint Ihr doch wohl nicht ernst.«

»Doch.«

»Alles, was recht ist, Jungfer Aschenbrenner – so einfach, wie Ihr Euch das denkt, ist die Sache nicht!«, warf sich der Spitalmeister in die Brust, zog es dann aber in Ermangelung eines Gegenargumentes vor, vom Thema abzulenken. »Apropos ›einfach‹ – was habt Ihr ihm eigentlich in seinen Kräutersud gemischt?«

»Schlafmohn.«

»Überaus heikel, findet Ihr nicht auch?«

»Bei geringer Dosierung, Spitalmeister, ist die Gefahr, dass der Patient Schaden nimmt, äußerst gering. Wie pflegte Plinius doch zu bemerken: ›Der Milchsaft, in der Größe einer Linsenwicke eingenommen, beschwichtigt Schmerzen, bringt Schlaf, befördert die Verdauung.‹ Und darauf kommt es doch wohl an, oder? Wenn es hochkommt, hat Jobst noch ein paar Stunden zu leben. Wenigstens die sollte man ihm so angenehm wie möglich machen, findet Ihr nicht?«

»Wenn Ihr meint.« Kleinlauter geworden, gab sich Creglinger trotzdem nicht geschlagen. »Wie kommt es eigentlich, dass Ihr so gut im Bilde seid? Ich meine, irgendwoher müsst Ihr Euer Wissen doch haben.« Der Tonfall des Wollhändlers triefte vor Häme. »Bücher allein reichen ja wohl nicht aus, oder?«

»Keinesfalls.«

»Und das Wissen um die Anatomie des menschlichen Körpers, welches Ihr Eurem Vater zu verdanken habt, vermutlich auch nicht.«

»Irre ich mich, Spitalmeister – oder habt Ihr seine Hilfe nicht schon des Öfteren in Anspruch genommen?« Ohne sich den Zorn, der sie packte, anmerken zu lassen, ließ Melusine den Blick durch den mit insgesamt 16 Betten hoffnungslos überfüllten Saal schweifen. Eher zufällig fiel ihr Blick dabei auf Gerlinde, eine jener Gehilfinnen, auf die sie ständig ein Auge haben musste. Im vorliegenden Fall war dies auch gut so, denn sie war gerade dabei, einen Aderlass durchzuführen. Und genau das hatte sie ihr strengstens untersagt. »Hab ich dir nicht gesagt, du sollst auf mich warten?«, fuhr sie die Spitalhelferin an, die so erschrocken war, dass ihr das Messer aus der Hand fiel. »Und wenn etwas schiefgeht, was dann?«

»Schiefgehen?«, echote Creglinger, für den der Zornesausbruch ein gefundenes Fressen war. »Was kann denn schon passieren, wenn man jemanden zur Ader lässt?«

»Nichts«, spöttelte Melusine und ließ sich von ihrer Gehilfin das Messer aushändigen, mit dem sie die Adern eines schon recht betagten Pferdehändlers hatte öffnen wollen. Letzterer war mindestens ebenso sehr überrascht wie die Magd und glotzte Melusine mit großen Augen an. »Es sei denn, der Patient verliert zu viel Blut.«

»Wisst Ihr vielleicht etwas Besseres?«

»Etwas Besseres, als meine Patienten zur Ader zu lassen, ihnen vorgewärmte Schröpfköpfe aufzusetzen oder ihnen mit dem Beil auf den Leib zu rücken, um brandige Gliedmaßen zu amputieren? Als um himmlischen Beistand zu bitten, damit meine Bemühungen die gewünschte Wirkung erzielen? Hand aufs Herz, Meister Creglinger: Findet Ihr nicht, dass es Heilmethoden gibt, auf die wir verzichten können? Schon allein deshalb, weil sie nichts als Schaden anrichten?«

»So zum Beispiel?«

»Aderlässe, Herr Spitalmeister. Venen öffnen, um schlechtes Blut zu entfernen oder das Ungleichgewicht der Körpersäfte zu beseitigen – der größte Unfug, seit es Ärzte gibt. Fast so unsinnig wie die Vorstellung, man könne Kranke mithilfe von Schröpfköpfen heilen.« Während sie die Spitalmagd mit einer unwirschen Kopfbewegung entließ, glitt ein resigniertes Lächeln über Melusines Gesicht. »Reinigung der Körpersäfte, dass ich nicht lache.«

»Haltet Ihr Euch für so klug, Jungfer, um Euch diesbezüglich ein Urteil erlauben zu können?«

»Klug oder nicht – ich lerne dazu.«

»Tatsächlich? Wie denn?«

»Indem ich alles hinterfrage, was man mir glauben machen will. Indem ich mir meine eigenen Gedanken mache, vor allem, was das Wohlergehen meiner Patienten angeht. Und indem ich mich von der Meinung sogenannter Autoritäten nicht beeindrucken lasse.«

»Geistliche Autoritäten mit eingeschlossen?«

»Ach, daher weht der Wind.« Auge in Auge mit ihrem Kontrahenten, winkelte Melusine die Arme an und durchbohrte ihn förmlich mit ihrem Blick. »Damit wir uns richtig verstehen, Spitalmeister: An Hokuspokus, schwarzer Magie oder Beschwörungsformeln bin ich nicht interessiert. Das müsstet Ihr eigentlich wissen. Sondern einzig und allein am Wohlergehen meiner Patienten, welches für mich an oberster Stelle steht. Um auch nur einen dieser armen Teufel zu retten, würde ich durch die Hölle gehen. Darauf gebe ich Euch mein Wort.«

»›Durch die Hölle‹, so, so. Interessante Formulierung.«

Mit der Geduld am Ende, ließ Melusine ihrem Zorn freien Lauf. Auf die Gebote der Höflichkeit, den Rang ihres Widersachers oder Sitte und Anstand würde sie jetzt keine Rücksicht mehr nehmen. Egal, ob sie sich Scherereien einhandeln würde oder nicht. »Jetzt hört mir mal gut zu, Ratsherr!«, begann sie, »und schreibt Euch das, was ich jetzt sage, hinter die Ohren. Falls Euch die Art, wie ich mit meinen Patienten umgehe, nicht behagt, lasst es mich wissen. Am besten gleich. Ansonsten würde ich

Euch bitten, nach Möglichkeit keine weiteren Fragen zu stellen und Euch nicht andauernd in Dinge einzumischen, von denen Ihr nichts …«

»Herrin, Herrin – Ihr müsst kommen, und zwar schnell!« Es war eine der Bademägde, welche den drohenden Eklat verhinderte, nicht etwa Melusines Besonnenheit, von der ohnehin nicht mehr viel übrig war. »Es ist etwas Schreckliches geschehen!«

»Was denn, Ida?«

Ohne Creglinger zu beachten, stürmte die kaum dem Kindesalter entwachsene Bademagd in den Krankensaal, packte Melusine am Handgelenk und zog sie mit sich fort. Melusine ließ es geschehen und folgte ihr auf dem Fuße. »Etwas Schreckliches!«, wiederholte der pausbäckige Blondschopf, nachdem die Pforte des Krankensaales hinter seiner Herrin ins Schloss gefallen und eine Antwort auf deren Frage nicht mehr zu umgehen war. »Stellt Euch vor, die … die Frau Eures Herrn Vaters ist ermordet worden!«

»Geh nur voraus, Ida – ich komme gleich nach.« Endlich wieder an der frischen Luft, blieb Melusine stehen und atmete tief durch. Außer einem Schwein, das über den schneebedeckten Spitalhof trottete, war niemand zu sehen, ein Umstand, der ihr sehr gelegen kam. So sehr sie die Frau, welche ihren Vater der Lächerlichkeit preisgegeben hatte, auch hasste, empfand sie dennoch keine Genugtuung über ihren Tod. Ihre Sorge galt jetzt einzig und allein ihrem Vater, wobei sie hoffte, dass sich die

Vorahnungen, welche sie hegte, bei ihrem Eintreffen als gegenstandslos erweisen würden.

Ihr Vater – ein Meuchelmörder? Nie und nimmer. Viel eher kam ihr da jemand anderes in den Sinn. Jemand, der nicht nur dazu, sondern schlichtweg zu allem fähig war.

Der vor nichts, aber auch gar nichts zurückzuschrecken schien.

Tief in Gedanken, nahm Melusine von der Kälte erst Notiz, als sie in die Spitalgasse einbog, ihren Schritt beschleunigte und in Richtung Siebersturm davonhastete. Um diese Tageszeit war kein Mensch mehr unterwegs, von ehrbaren Bürgern, die dies als unschicklich empfanden, gar nicht zu reden. Angst hatte sie deswegen keine, höchstens vor dem Nachtwächter, der um diese Zeit seine Runden machte. Ein Aufeinandertreffen mit ihm würde eine Menge Fragen, noch mehr Ermahnungen und im schlimmsten Falle eine saftige Geldbuße nach sich ziehen. Eine Begegnung, die es unter allen Umständen zu vermeiden galt.

Zitternd vor Kälte hielt Melusine unter dem Bogen des Siebersturmes inne und schlang den Umhang, den sie über ihrem Wollkleid trug, so eng wie möglich um die Schultern. Der Disput mit dem Spitalmeister war vergessen, hinweggefegt von den wie im Sturmwind dahinwirbelnden Gedanken, die sie in diesem Moment befielen. Ihr Vater – ein Meuchelmörder? Auf einmal war sie sich da nicht mehr so sicher. Hatte die Frau, deren Namen nicht wert war, genannt zu werden, ihn nicht tagtäglich gedemütigt, vor versammelter Kundschaft zum Narren gehalten, in den Augen seiner Mitbürger zum Hagestolz degradiert? Hatte sie ihm das Leben, in dem er es weit gebracht hatte, nicht zur Hölle gemacht? Aufseufzend vor Kummer setzte sich Melusine wieder in Bewegung, wich einem streunenden Straßenköter und einem Haufen Eselsmist gerade noch aus und trat in die Schmiedegasse hinaus, von wo aus sie ihr Weg zur Johanniskirche führte, an der sie abermals abbog und die kurze Distanz, welche sie vom heimischen Pfäffleinsgäßchen trennte, im Laufschritt zurücklegte.

Da war etwas, das sie zur Eile antrieb, etwas, das es noch in dieser Nacht zu erledigen galt.

Ganz gleich, wer hier von wem und aus welchem Grunde gemeuchelt worden war.

18

Rathaus, Ende der vierten Nachtstunde | [21.00 h]

»Sag mal, was ist denn in dich gefahren?«, rief Berengar von Gamburg schon von Weitem aus, als er den menschenleeren Marktplatz überquerte und eiligen Schrittes auf das Rathaus zuhielt, vorbei an den Verkaufsbuden, vor denen sich tagsüber die Kunden drängten. »Pass bloß auf, sonst landest du noch am Pranger.«

»Mein Habit für deinen Humor«, erwiderte Bruder Hilpert mit Blick auf die Schandsäule, an der schon so mancher zum Gespött und zur Zielscheibe diverser Wurfgeschosse geworden war. Für Spektakel dieser Art hatte er nicht das Geringste übrig und bezweifelte, ob Halseisen, verfaultes Gemüse und Exkremente ein probates Mittel gegen Meineid, Verleumdung und kleinere Gaunereien darstellten. »Was tut man nicht alles, um dem Bösen auf die Schliche zu kommen.«

»Mein Freund Hilpert als Franziskaner – wer hätte das gedacht!«, scherzte Berengar, dem Späße auf Kosten seines Gefährten zur zweiten Haut geworden waren. An der Miene, die dieser machte, war jedoch zu erkennen, dass ihm das Lachen vergangen war, und so ließ er das Hänseln lieber sein. »Raus mit der Sprache – wie ist es dir ergangen?«

»Erst du.« Bruder Hilpert, für seine Verhältnisse ungewöhnlich einsilbig, ließ seinen Worten eine auffordernde Handbewegung folgen. »Scheint so, als hättest du Erfolg gehabt.«

»Kann man wohl sagen«, bekräftigte Berengar und beeilte sich, eine detailgetreue Schilderung seiner Erlebnisse zu liefern. Dabei versäumte er es nicht, auf sein Geschick im Umgang mit der Frauenwirtin zu verweisen, worauf sich Bruder Hilpert eines Schmunzelns nicht erwehren konnte. Bei der Erwähnung von Tuchscherers Auftauchen verschwand es jedoch wieder, und tiefe Sorge machte sich auf seinem Antlitz breit. »Na, was sagst du jetzt?«

»Hm – höchste Zeit, dass wir ihn uns zur Brust nehmen. Je früher, desto besser.«

Berengar stutzte. »Mehr hast du dazu nicht zu sagen?«

»Was sollte ich denn dazu … ach so.« Da er sich mit Lob schwertat, hatte er vergessen, wie viel es seinem Freund bedeutete, und so verlor er keine Zeit, seinen Lapsus zu korrigieren. »Gut gemacht, Herr Vogt.«

»Das will ich meinen!«, bekräftigte Berengar mit stolzgeschwellter Brust. »Zu dumm, dass ich keine Gelegenheit hatte, mir den Hurenbock … äh … mir diesen Schwerenöter vorzuknöpfen, wollte ich sagen. Ein Blick seiner Angebeteten, und es ward um ihn geschehen.«

»Wie gesagt – deinen Humor wollte ich haben.«

»Und ich deinen Spürsinn, alter Freund. Jetzt komm schon, was hast du erreicht?«

»Eine Menge«, erwiderte Bruder Hilpert mit Bedacht, den Blick bald auf Berengar, bald auf die umliegenden Fachwerkhäuser gerichtet, aus denen auch nicht das leiseste Geräusch auf die Straße drang. Die Stadt wirkte trist und bedrückend und glich der Stimmung, in der er sich befand, aufs Haar. In erster Linie lag dies natürlich an den Dingen, die er aus Irmtruds Mund erfahren hatte. Dinge, die er nie und nimmer für möglich gehalten hätte. Wieder einmal tat sich ein Abgrund vor ihm auf, und es kostete ihn einiges an Überwindung, über dessen Rand zu blicken.

Ein weiterer und ungleich wichtigerer Grund für seine Beklommenheit war indes die Schlussfolgerung, die sich aus dem Gespräch mit der Gefangenen ergab. Bruder Hilpert stieß einen kaum hörbaren Stoßseufzer aus. Zweifelsohne war er auf der richtigen Spur, wobei er sich fragte, welche Überraschungen sie ihm noch bescheren würde. »Eine Menge.«

»Und was? Mach's nicht so spannend, Bettelmönch, sonst stehen wir noch morgen früh hier rum.«

»Dein Wunsch sei mir Befehl.« Als sei dies ein Zeichen für ihn, begann der Bibliothekarius auf Berengars Anspielung hin zu erzählen. Mit dem Ergebnis, dass die gute Laune seines Gefährten verflog. »Tja, sieht so aus, als gäbe es eine Menge zu tun«, schloss Bruder Hilpert und sah den Vogt, der im Verlauf seiner Schilderung immer wieder nachgehakt hatte, mit hochgezogenen Brauen an. »Na, dann wollen wir mal, oder was meinst du, alter Freund?«

»Das Gleiche.«

»Wenn dem so ist, sollten wir uns als Erstes die Person vorknöpfen, welche alles daran gesetzt hat, um in Irmtruds Zelle zu gelangen.«

»Eine Person, an deren Wohlergehen der Gefangenen offenbar sehr viel liegt.«

Bruder Hilpert deutete ein Kopfnicken an. »Mal sehen, was Bruder Alban dazu sagt. Am besten, wir machen gleich eine kurze Stippvisite bei …«

»Nicht nötig, mein Sohn.«

Wie vom Donner gerührt, fuhren Bruder Hilpert und Berengar herum. »Bruder Alban – ihr?«, entfuhr es dem Bibliothekarius, dem die Überraschung über das lautlose Erscheinen des Lektors ins Gesicht geschrieben stand. Berengar erging es ebenso, wie ein flüchtiger Blick auf den Gefährten bewies. »Darf man fragen, was der Grund für Euer unvermutetes Auftauchen ist?«

»Die Not, mein Sohn, wie könnte es anders sein«, entgegnete Bruder Alban, so aufgewühlt, dass es ihm schwerfiel, die richtigen Worte zu finden. »Weißt du, es ist … es ist … Heilige Muttergottes, steh mir bei! Es ist etwas Schreckliches passiert, mein Sohn.«

»Falls es sich um einen weiteren Fall von Diebstahl handelt – was uns betrifft, sind wir bestens versorgt.«

»Mit so etwas macht man keine Scherze, Herr Vogt!«, giftete der Lektor zurück, in einem Tonfall, den Bruder Hilpert an ihm nicht kannte. Dann wandte er sich erneut an den Bibliothekarius, der nicht umhin kam, die hohe Stirn zu runzeln. »Du musst kommen, mein Sohn, und zwar schnell!«, bedrängte er ihn und ergriff Hilperts Unterarm, um die Dringlichkeit seines Anliegens zu bekräftigen. Dieser ließ es geschehen und folgte dem väterlichen Freund auf dem Fuße.

»Und wohin, wenn die Frage gestattet ist?«

»An einen Ort, an den sich Mönche normalerweise nicht begeben«, murmelte der Minorit, ganz und gar nicht mehr die Güte in Person. »Aber das bist du ja mittlerweile gewohnt.«

»Amen!«, versetzte Bruder Hilpert mit unüberhörbarer Ironie, wechselte einen vielsagenden Blick mit Berengar und folgte dem grimmigen alten Mann auf dem Fuße.

19

Badehaus im Pfäffleinsgäßchen, gut vier Stunden nach Sonnenuntergang | [21.30 h]

BARTHOLOMÄUS ASCHENBRENNER, von Beruf Bader, war des Lebens überdrüssig geworden. Das sah man dem 56-Jährigen auch an. Das Antlitz, in dem die erlittenen Demütigungen tiefe Spuren hinterlassen hatten, war von tiefen Furchen durchzogen, sein Blick so fahrig und stumpf, dass der Eindruck entstand, er habe mit dem Leben abgeschlossen. Vervollständigt wurde dieses Bild durch seinen schleppenden Gang, die mürrischen Antworten, die er Bruder Hilpert gab, und durch die Mischung aus Vorsicht, Skepsis und Argwohn, mit der er dem Bibliothekarius und seinen Begleitern gegenübertrat. Ob dies ein Indiz dafür war, dass er seine nur etwa halb so alte Ehefrau auf dem Gewissen hatte, vermochte Bruder Hilpert natürlich nicht zu sagen. Dafür war es momentan noch zu früh.

Kaum zu bestreiten war indes der Umstand, dass es sich bei dem laut Bruder Alban gänzlich unbescholtenen Bader um einen vor der Zeit gealterten Mann handelte. Der vergrämte Gesichtsausdruck, die nach unten gebogenen Mundwinkel und die auffallend großen Tränensäcke sprachen für sich, nicht zuletzt auch sein Auftreten, welches ein beträchtliches Maß an Lebensüberdruss erkennen ließ. Kein Zweifel, das irdische Dasein hatte Bartholomäus Aschenbrenner übel mitgespielt, wenngleich dies lange noch kein Grund war, die eigene Ehefrau vom Leben zum Tode zu befördern. Gattenmord war ein fluchwürdiges Verbrechen, ganz gleich, was den verhärmten Badstuber dazu veranlasst haben mochte.

»Tod im Waschzuber – öfter mal was Neues!«, grummelte Berengar beim Betreten des Gewölbes, während sein Blick zwischen dem Holzbottich und dem Schragentisch, auf dem die sterblichen Überreste von Violante Aschenbrenner ruhten, hin- und herwanderte. Allmählich machte sich Müdigkeit in ihm breit, und er fragte sich, welche Laune des Schicksals ihm diesen Mordfall beschert haben mochte. Wäre sein Freund Hilpert nicht gewesen, der es gar nicht abwarten konnte, den Kasus zu übernehmen, hätte er das Ansinnen von Bruder Alban vermutlich abgelehnt. Mit der Aufklärung des Leichendiebstahls waren er und sein Freund auf absehbare Zeit eingedeckt, wobei überhaupt noch nicht abzusehen war, ob und wann der Schuldige überführt werden würde. »Als ob wir nicht schon genug Ärger am Hals hätten.«

Da er wusste, wie er seinen Freund zu nehmen hatte, zog Bruder Hilpert es vor, die Bemerkung zu überhören, folgte dem Vogt auf dem Fuße und wandte sich wieder dem Bader zu, der immer noch unschlüssig unter dem Türbogen verharrte. »Sehe ich das richtig, Meister Aschenbrenner«, machte der Bibliothekarius aus seiner Skepsis keinen Hehl, während er das Mienenspiel des Baders sorgsam studierte, »Ihr wart entschlossen, Eure Frau zu töten, konntet Euer Vorhaben aber nicht in die Tat umsetzen, weil man Euch zuvorgekommen war. Richtig?«

»Richtig.«

»Hm.« Bruder Hilpert brütete nachdenklich vor sich hin. »Eins muss man Euch lassen, Bader: Eure Aussage klingt so befremdlich, dass ich mich genötigt sehe, sie nicht von vornherein als unwahr abzutun.«

»Befremdlich oder nicht – es ist die Wahrheit.«

»Wahrheit – ein hehres Wort!«, warf der Bibliothekarius mit desillusioniertem Augenaufschlag ein, verschränkte die Arme und musterte den Bader von Kopf bis Fuß. Er war ungewöhnlich groß, hager und trug einen dunklen Rock und darunter ein ebenfalls dunkles Leinenhemd. Unter der Fellkappe, deren Ohrenklappen nach oben geschlagen waren, quoll sein dünnes Haar hervor, zumeist grau, an einigen Stellen jedoch dunkel und immerhin so lang, dass es ihm bis über die Ohren reichte. Getreu seinem Wesen war sein Gesichtsausdruck von deutlichem Argwohn geprägt, und es gab keine Anzeichen, dass sich dies in absehbarer Zeit ändern würde. »Wenn Ihr es nicht wart, wer dann?«

»Keine Ahnung.«

»Anders ausgedrückt: Haltet Ihr es für möglich, dass sich Eure Frau in jüngster Zeit Feinde gemacht hat?«

»Feinde?«, brach es aus dem Bader hervor, so heftig, dass es von den Wänden des Gewölbes widerhallte. Dann stapfte er die Stufen hinab und trat auf Bruder Hilpert zu. »Da kennt Ihr sie aber schlecht.«

»Wenn Ihr Euch da mal nicht täuscht!«, warf Berengar ein und näherte sich dem Schragentisch, die Augen auf den Leichnam geheftet, dessen Konturen sich unter einem fleckigen, alten Leinentuch abzeichneten. Wider Erwarten und sonstige Gewohnheiten wurde ihm auf einmal flau im Magen, wobei er es gekonnt verstand, sein Unbehagen zu überspielen. »So groß ist diese Stadt nun auch wieder nicht.«

»Was mein Gefährte damit sagen will, ist, dass wir über die Art, wie Eure Frau mit Euch umgesprungen ist, genauestens im Bilde sind.« In der Annahme, der Bader werde seinen Köder schlucken, hielt Bruder Hilpert abwartend inne. Da dieser Fall jedoch nicht eintrat, ergänzte er: »Woraus folgt, dass Ihr einen unbändigen Hass auf sie gehabt haben müsst.«

»Harmlos ausgedrückt.«

»Ihr weint Eurer Frau keine Träne nach, richtig?«

»Warum sollte ich, Bruder?«

Bruder Hilperts Miene erstarrte. »Eure Offenheit in Ehren, Badstuber, aber sollte es uns nicht gelingen, den Täter dingfest zu machen, bedeutet dies, dass Euch der Galgen so gut wie sicher ist.«

»Heißt das, Ihr schenkt mir Glauben?«

»Glauben oder nicht – wie kommt es, dass Ihr Euch ausgerechnet an Bruder Alban gewandt habt?«

»Weil er mein Beichtvater ist, darum. An wen hätte ich mich denn sonst wenden sollen? An den Stadtrichter? Der hätte mich doch glatt einen Kopf kürzer machen lassen.«

»Ich fürchte, dies wird Euch trotz alledem nicht erspart bleiben. Es sei denn, Ihr legt sämtliche Karten auf den Tisch. Vor allem, was Euer Eheleben betrifft.«

»›Eheleben‹ ist gut.«

»Erklärt Euch, wir haben nicht ewig Zeit!«, knurrte Berengar, einen Zipfel des Leinentuchs in der rechten Hand. »Wenn wir Glück haben, bis morgen früh.«

»Sie … sie war nicht gerade das, was man unter einer aufopferungsvollen Ehefrau versteht.«

»So weit waren wir schon, Badstuber.«

»Berengar, ich bitte dich!« Bruder Hilpert schürzte die Lippen und begann den wie zu einer Salzsäule erstarrten Bader gemächlichen Schrittes zu umkreisen, die Augen bald auf Berengar, hin und wieder aber auch auf Bruder Alban gerichtet, der das Geschehen vom Eingang aus verfolgte. »Nur keine unziemliche Hast.«

Aschenbrenner, ein Mann ohne jeden Sinn für die Ironie, der sich Bruder Hilpert zuweilen bediente, ließ den Kopf auf die Brust sacken und schwieg. Dann sagte er: »Wir waren noch nicht richtig verheiratet, da hat sie mich schon hintergangen.«

»Und wann war das?«

»Vor sieben Jahren, mehr als ein Jahrzehnt nach dem Tod meiner ersten Frau.«

»Woran ist sie gestorben?«

»Blanchefleur? An einem Fieber.« Aschenbrenners Stimme begann zu zittern. »Keine drei Tage, und sie war tot.«

»Französin?«

Aschenbrenner nickte. »Tochter eines fahrenden Quacksalbers, der froh war, ihrer endlich ledig zu sein.«

Bruder Hilpert atmete tief durch. »Zehn Jahre Witwer, fürwahr eine lange Zeit.«

Der Badstuber antwortete mit einem kaum wahrnehmbaren Nicken, den Blick immer noch gesenkt. »Beinahe elf, um der Wahrheit die Ehre zu geben. Kein Wunder, dass ich mit Blindheit geschlagen war, als mir Violante über den Weg gelaufen ist.«

Kein Wunder, sondern Pech!, dachte Berengar bei sich, kurz davor, das Leinentuch zurückzuschlagen und einen Blick auf die darunter ruhende Tote zu werfen. »Kann passieren, oder was meinst du?«

Kein Freund von schwarzem Humor, stellte sich Bruder Hilpert erneut taub und wandte sich dem sichtlich konsternierten Bader zu. »Eine Frage, Meister Aschenbrenner – wann genau ist Euch eigentlich aufgefallen, dass Eure Frau …«

»Dass sie mich betrügt, meint Ihr?«

»Exakt.«

Peinlich berührt, hob der Badstuber den Blick, zuckte mit den Achseln und rückte seine dunkle Fellkappe zurecht. »Ist das denn so wichtig?«

Bruder Hilpert schnappte nach Luft, vermied es jedoch, einen harschen Tonfall anzuschlagen. Geduld war das Gebot der Stunde, wenn überhaupt, dann war sie es, mit deren Hilfe er ans Ziel gelangen würde. »Wenn das so ist, Meister Aschenbrenner, hier nochmals meine Frage. Hat sich Eure Frau – aus welchem Grund auch immer – irgendjemanden in der Stadt zum Feind gemacht? Wenn ja, wäre es an der Zeit, mich darüber in Kenntnis zu setzen.«

»Keine Ahnung.«

»Aber ich!«, entfuhr es einem sichtlich verblüfften Berengar von Gamburg, den Blick auf die Gesichtspartie der Toten gerichtet, von deren Anblick er sich offenbar nicht losreißen konnte. »Aber ich.« Erst dann, als er Bruder Hilperts Blick auf sich ruhen fühlte, gewann er die Fassung wieder, nahm seinen Gefährten beiseite und flüsterte ihm etwas ins Ohr. Und konnte es sich auf dessen erstaunten Blick hin nicht verkneifen, ein triumphierendes »Was sagst du jetzt?« hinzuzufügen.

Aschenbrenner blieb dies natürlich nicht verborgen. Auf einen Schlag wie verändert, reckte sich der Badstuber zu voller Größe empor und fragte: »Irgendwelche neuen Erkenntnisse, Bruder?«

»Das kann man wohl sagen.« Beinahe ebenso erstaunt wie sein Gegenüber, ließ sich der Bibliothekarius dennoch nicht aus der Ruhe bringen. »Per exemplum, dass es jemanden gibt, der Eurer Gattin nach dem Leben getrachtet hat. Wobei ich hinzufügen muss, dass mein Freund und Gefährte Zeuge eben jenes Vorfalls gewesen ist.« Bruder Hilpert bedachte Berengar mit einem anerkennenden Blick und ergänzte: »Eines Vorfalls, der sich heute Nachmittag in unmittelbarer Nähe von Sankt Jakobus abgespielt hat.«

»Davon weiß ich nichts.«

»Machen wir es daher kurz, Meister Aschenbrenner.« Bruder Hilpert ließ sich nicht aus dem Konzept bringen. »Was ist Euch über die Beziehung Eurer Frau mit Laurenz Tuchscherer bekannt? Seid unbesorgt, von mir aus braucht Ihr kein Blatt vor den Mund zu nehmen.«

»Nicht mehr als das, was alle anderen auch wissen«, antwortete der Bader und wechselte einen raschen Blick mit Bruder Alban, der sich mittlerweile zu ihm gesellt hatte und von da an nicht mehr von seiner Seite wich. »Oder zu wissen vorgaben. Glaubt mir, Bruder, hätte ich geahnt, was mir blüht, wäre ich mein Lebtag Witwer geblieben.« Der Badstuber machte eine wegwerfende Geste und ließ die Gedanken in die Vergangenheit schweifen. »Keine Ahnung, bei welcher Gelegenheit sich die beiden über den Weg gelaufen sind. Violante ist … äh … ich meine, Violante war nun einmal eine attraktive Frau.«

»Ich weiß.«

»Eine Frau, die es darauf angelegt hat, dass sich die

Männer nach ihr umgedreht oder ihr Komplimente oder gar den Hof gemacht haben. So etwas soll es ja geben. Schicksal, dass gerade ich an diese verkappte Hure geraten bin. Was ich über die beiden weiß, fragt Ihr? Herzlich wenig. Ich weiß nur, dass ich es kaum noch ausgehalten habe. All die scheelen Blicke, die Zoten hinter meinem Rücken, das Getuschel, die mehr oder weniger offenen Hinweise, die gut gemeinten Ratschläge.« Aschenbrenner schnitt eine angewiderte Grimasse. »Dumm von mir, dass ich sie samt und sonders in den Wind geschlagen habe.«

Bruder Hilpert zog die Braue hoch und schwieg.

Aschenbrenner indes wurde immer redseliger. »Lange Rede, kurzer Sinn: Vor Kurzem ist es mir dann zu bunt geworden. Wisst Ihr was, Bruder? Irgendwie hatte ich das Gefühl, sie legt es darauf an, in flagranti ertappt zu werden. Sonst hätte sie wohl kaum die Frechheit besessen, diesen Hundsfott mit nach Hause zu nehmen.«

»Hierher? Und wie habt Ihr davon erfahren?«

»Indem unsere Magd die Patienten, bei denen ich eine Visite machen wollte, der Reihe nach abgeklappert und mich über die Treulosigkeit meiner Frau in Kenntnis gesetzt hat. Unter Tränen.« Aus dem Mund des Baders erklang ein heiseres Lachen. »Ihr Pech, dass ich mir das Ungemach, welches mich zu Hause erwartet hätte, unter allen Umständen ersparen wollte. Wie pflegen die Sarazenen doch zu sagen: ›Rache ist eine Speise, die man am besten kalt genießen sollte.‹ Der Grund, weshalb ich später als geplant nach Hause gekommen bin.«

»Wie lange ist das her?«

»Zwei Tage.«

»Moment mal. Wollt Ihr damit andeuten, Tuchscherer habe am Todestag seiner Frau nichts anderes im Sinn gehabt, als …«

»Drücken wir es mal so aus, Bruder: Diesem Wüstling ist anscheinend nichts heilig. Kaum ist seine Frau tot, steigt er mit einer anderen ins Bett. Wenn man da nicht auf falsche Gedanken kommt, weiß ich auch nicht mehr.«

»Auf welche Gedanken denn?«, fragte Bruder Hilpert und bot all seine Schauspielkünste auf, um so naiv wie möglich zu klingen. »Meint Ihr etwa, er habe beim Tod seiner Frau … also, ich muss schon sagen … alles, was recht ist, Meister Aschenbrenner – findet Ihr nicht, das geht ein bisschen zu weit? Man geht doch nicht einfach her und bringt die eigene Ehefrau um, wenn die Frau, mit der man sie betrügt, bereits …«

»Verheiratet ist, ich weiß.« Zum ersten Mal, seit Bruder Hilpert ihn ins Gebet genommen hatte, flog ein Lächeln über Aschenbrenners Gesicht. »Wenn ich ehrlich bin, ist mir das auch egal. Meine Absicht bestand darin, sie zu töten. Alles andere war für mich Nebensache.« Der Bader pausierte und sah Bruder Hilpert herausfordernd an. »Ist Nebensache, sollte ich vielleicht sagen.«

»Wenn Euch alles so gleichgültig war, weshalb habt Ihr dann extra ein Testament verfasst?«

»Damit alles seine Richtigkeit hat, weshalb denn sonst. Und damit sich kein falscher Verdacht erhebt.«

»Per exemplum betreffs Eurer Tochter.«

»Ihr habt es erfasst, Bruder. Deshalb, und nur deshalb habe ich meinen Letzten Willen zu Papier gebracht. Und habe mich anschließend hierher begeben, um meiner … um der Metze, von deren Anblick sich Euer Gefährte anscheinend nicht losreißen kann, den Garaus zu machen.«

»Das bedeutet, Ihr und Eure Frau wart die Einzigen im Haus.«

»Genau. So viel Schläue könnt Ihr mir getrost zutrauen.«

»Und das heißt auch, dass die Pforte, welche hinaus auf die Gasse führt, zuvor verschlossen und verriegelt worden war.«

»Abgeschlossen, das reicht.«

»Dann frage ich mich, wie es dem Mörder gelungen ist, ins Haus zu gelangen. Vorausgesetzt, dass es keine weiteren Eingänge gibt.«

»Ich fürchte, da muss ich Euch enttäuschen, Bruder. Die Pforte, durch die Ihr mein Haus betreten habt, ist die Einzige dieser Art.«

»Wenn dem so ist, denke ich, wird es Euch schwerfallen, den Stadtrichter von Eurer Unschuld zu überzeugen.« Bruder Hilpert senkte das Haupt und fuhr mit der Hand an der rechten Schläfe entlang. »Es sei denn, es gäbe jemanden, der einen Hausschlüssel besitzt. Außer Euch und Eurer Frau, meine ich.«

Der Badstuber wurde kreidebleich. »Wie … wie …«, stammelte er und suchte Bruder Albans Blick, was dieser mit geistesabwesender Miene quittierte. »Wie kommt Ihr denn auf so eine Idee?«

»Intuition, Meister Aschenbrenner, pure Intuition.« Kalt wie ein Fisch, trat Bruder Hilpert bis auf Armlänge an den Badstuber heran. »Sagen wir es einmal so: Theoretisch betrachtet gibt es momentan drei Möglichkeiten. Erstens: Ihr lügt uns allen etwas vor.«

»Aber Ihr habt doch gesagt, dass …«

»Zweitens: Eure Frau hat der Person, die sie auf dem Gewissen hat, eigenhändig die Tür aufgesperrt.«

»Und drittens?«

»Zum Dritten, Badstuber, besteht die Möglichkeit, dass eine weitere Person Zugang zu Meister Aschenbrenners Anwesen gehabt haben könnte.« Bruder Hilpert dämpfte den Ton und sah dem Badstuber geradewegs in die Augen. »Fragt sich, um wen es sich dabei …«

»Spart Euch die Ironie, Bruder. Wir wissen auch so, wen Ihr meint!«

»… handeln könnte.« Ohne eine Miene zu verziehen, wandte sich Bruder Hilpert dem Treppenabsatz zu. »Jungfer Aschenbrenner, wenn ich nicht irre?«, begann er, im Begriff, auf die rotblonde junge Frau zuzugehen, um sie näher in Augenschein zu nehmen.

Doch dann, ebenso schnell, wie er auf den unerwarteten Auftritt reagiert hatte, blieb er plötzlich stehen.

Und vergaß, was er hatte sagen wollen.

20

Ebenda, viereinhalb Stunden nach Sonnenuntergang | [21.53 h]

»Spart Euch die Ironie, Bruder. Wir wissen auch so, wen Ihr meint.«

»Jungfer Aschenbrenner, wenn ich nicht irre?«

Melusine antwortete mit einem Kopfnicken, unterließ es aber, nach der Hand zu greifen, welche sich ihr entgegenstreckte. Dies war weder der Ort noch die Zeit, um Freundlichkeiten auszutauschen. Dafür war die Lage, in der sich ihr Vater befand, viel zu ernst.

»Mein Name ist Franziskus, Bruder Franziskus.« Zugegeben, der Mönch, welcher ihr die Hand darbot, sah freundlich und integer aus. Aber das war noch lange kein Grund, so zu tun, als freue sie sich über seinen Besuch. Für sie und ihre Absichten stellte dieser Minorit eine Bedrohung dar. Das war nun einmal nicht von der Hand zu weisen.

Dass der hagere, einen halben Kopf größere und etwa zehn Jahre ältere Bettelmönch die Kränkung, welche sie ihm durch das Ignorieren seiner Hand zugefügt hatte, ohne erkennbare Gefühlsregung hinnahm, gab ihr zu denken. Kein Zweifel, hier handelte es sich nicht um einen jener Kuttenträger, wie es sie in der Stadt zu Dutzenden gab. Hier hatte sie einen Mann vor sich, der es verstand, seine Gedanken hinter einer Fassade der Demut und Rücksichtnahme zu verbergen. Einen weltgewandten, überaus scharfsinnigen und nicht zuletzt auch gefährlichen Mann, dessen Aura quasi automatisch Respekt einflößte. Die feingliedrigen, vor der Brust gefalteten Hände, der prüfende Blick, die Art, wie er sie musterte und die Mischung aus Gelassenheit und Konzentration deuteten auf einen profunden Menschenkenner hin. Auf einen Ordensmann, dessen Domäne das Skriptorium oder die Klosterbibliothek und nicht etwa die Stallungen oder der Wirtschaftshof war.

Trotz alledem, so schien es, stand ihr hier nicht nur ein gebildeter, sondern auch humorvoller und zum Scherzen aufgelegter Mensch gegenüber. An seinem Blick und den Lachfalten um seinen Mund ließ sich dies mehr als deutlich erkennen. Dinge, die aufgrund des asketischen Äußeren, der eingefallenen Wangen und der dunklen und tiefliegenden Augen allerdings nicht so recht zur Geltung kamen.

Einerlei, dachte Melusine bei sich, hier hast du es mit jemandem zu tun, der sich nichts vormachen lässt. Jemand, der nicht locker lässt, bevor er auf die Wahrheit gestoßen ist.

Kurz davor, ihn nach seinem Woher und Wohin zu fragen, bezähmte Melusine ihre Neugier und hielt dem Blick des Unbekannten stand. Je länger sie die graubraunen Augen des Minoriten musterten, desto deutlicher schwand indes die Überzeugung, ihm zum ersten Mal gegenüberzustehen. Das war natürlich blanker Unfug, vor allem, weil sie sämtliche Mitglieder des Franziskanerkonventes kannte. Melusine runzelte die Stirn und wippte auf den Absätzen ihrer Stiefeletten hin und her. Wie dem auch sei, schlussfolgerte sie, kurz davor, das anhaltende Schweigen zu brechen. Vor diesem Mönch, so zurückhaltend er sich auch geben mochte, musste man auf der Hut sein. Sonst würde er einen um den Finger wickeln.

Im Handumdrehen.

Es war der Minorit, welcher schließlich das Wort ergriff, nicht sie. Nach außen hin betont kühl, ließ Melusine ihn gewähren, auch dann, als er auf den Mord an ihrer Stiefmutter zu sprechen kam. Da ihr Letztere nicht nur gleichgültig, sondern auch aus tiefster Seele verhasst gewesen war, fiel es ihr nicht schwer, Haltung zu bewahren und die Fragen, mit denen er sie bestürmte, der Reihe nach zu beantworten.

Als es um ihr Alibi für die Tatzeit ging, war es mit Melusines Ruhe jedoch vorbei. Zum ersten Mal während der Unterredung mit dem Klosterbruder stieg Unmut in ihr auf, weniger deshalb, weil sie keine Antwort parat hatte, sondern weil der Mönch plötzlich innehielt und sie mit verblüffter Miene musterte. Auf ihre Frage, ob ihm nicht wohl sei, hatte er lediglich ein paar Floskeln parat und obendrein große Mühe, sich auf das Thema, will heißen, auf die Fragen zu konzentrieren, die den jähen Tod ihrer Stiefmutter und deren Lebenswandel zum Inhalt hatten.

»Mord durch Erdrosseln, Bücherwurm. Irrtum ausgeschlossen.« Voll und ganz auf den Franziskanermönch konzentriert, der ihre Aufmerksamkeit restlos in Anspruch nahm, hatte Melusine von dem dunkelhaarigen Recken im Hintergrund zunächst kaum Notiz genommen. Erst jetzt, da er sich aufrichtete, den Nacken knetete und sich laut aufseufzend umdrehte, fiel ihr auf, um wen es sich bei dem Gefährten des Franziskanermönches handelte.

Ohne jeden Zweifel stellte dies eine Überraschung, wenn nicht gar einen weiteren Dämpfer für sie dar. Der Hüne im dunklen Wams, den Beinlingen aus Hirschleder und den Stulpenstiefeln war weiß Gott kein Unbekannter für sie, und das beruhte natürlich auf Gegenseitigkeit. Rein äußerlich die Beherrschtheit in Person, wurde Melusine von schleichendem Unbehagen gepackt. Zwei Spürhunde auf einmal, das verhieß nichts Gutes, zumal der Vogt, welcher sie stirnrunzelnd musterte, seinem Gefährten in nichts nachzustehen schien. Die Baderstochter atmete tief durch. Wenigstens, tröstete sie sich, weiß sich der Herr zu benehmen, weshalb sie die Verbeugung, zu der er sich bequemte, mit einem knappen Kopfnicken erwiderte.

»Wie ich sehe, sind die Herrschaften miteinander bekannt.« In der Stimme Bruder Hilperts, der seine Verblüffung nicht zu verbergen vermochte, schwang so etwas wie Tadel für den Gefährten mit, wenngleich Letzterer so tat, als bemerke er ihn nicht. »Umso besser, dann können wir ja in medias res* gehen!«

»In medias res? Nichts dagegen!«, ergriff Berengar das Wort, nachdem er die Anwesenden der Reihe nach gemustert hatte, und durchpflügte sein schulterlanges dunkles Haar. »Tretet näher, Eminenz. Und auch Ihr, Jungfer, aber nur, falls Euch der Kummer nicht übermannt.«

»Das musste doch wirklich nicht sein, oder?«, raunte Bruder Hilpert dem Gefährten ins Ohr, dessen Hang zum Sarkasmus ihm den letzten Nerv tötete. Und so versuchte er, die Baderstochter mit den Worten zu besänftigen: »Ihr müsst entschuldigen, Jungfer – der Herr Vogt meint es nicht so.«

»Doch«, murmelte Berengar trotzig vor sich hin, während Bruder Hilpert neben ihn trat und den Blick auf das

* dt.: zur Sache

entblößte Antlitz von Violante Aschenbrenner richtete. »Aber davon später mehr.«

»Wie einfühlsam. Nun gut, lass hören.«

»Auf die Gefahr, mich zu wiederholen –«, begann Berengar und ließ Melusine, die auf der gegenüberliegenden Seite des Schragentisches stand, dabei nicht aus den Augen, »die Indizien sprechen dafür, dass Eure Stiefmutter erdrosselt worden ist.«

»Erdrosselt?«

»Gewiss doch, Bader. Vermutlich mit einer Schnur. Wobei sich die Frage erhebt, ob Ihr wirklich so unschuldig seid, wie Ihr tut.«

»Bleib bei der Sache, Berengar.«

»Wie Eure Heiligkeit wünschen.« Berengar holte tief Luft, unterließ es jedoch, weiter Öl ins Feuer zu gießen und deutete stattdessen auf den Striemen, welcher den Hals der Toten verunzierte. Auf den ersten Blick sah er wie ein purpurfarbenes Halsband aus, was der schneeweißen Haut, auf welcher der Tod noch keinerlei Spuren hinterlassen hatte, eine ans Morbide grenzende Anziehungskraft verlieh. Violante Aschenbrenner war eine attraktive Frau, bildhübsch – um es akkurat auszudrücken. Das heißt, sie war es gewesen. Selbst jetzt, Stunden nach ihrem Tod, hatte es den Anschein, als ruhe sie sich lediglich ein wenig aus. Ihr Haar, anziehend wie eh und je, glänzte im Schein der Fackeln, und der Rubin auf der wie in Marmor gemeißelten Stirn blitzte tückisch auf. Wie betäubt von dem bizarren Spektakel, wusste Berengar sich nicht anders zu helfen, als der Toten die Augen zu schließen, und selbst dann, nach vollendeter Tat, konnte er die seinigen nicht abwenden. Um nicht aufzufallen, aber auch, um sich auf seine Aufgabe zu besinnen, wandte er sich schließlich an seinen Freund, der ihn mit aufmerksamem Blick musterte. »Eindeutiger geht es wohl nicht, oder?«

»Nein.« Wie immer, wenn er mit der Bestie im Menschen konfrontiert wurde, verspürte Bruder Hilpert tiefe Beklommenheit und benötigte Zeit, das Erlebte zu verarbeiten. Hinter jedem Mord, ganz gleich welcher Art, steckte eine menschliche Tragödie, und er fragte sich, was den Mörder von Violante Aschenbrenner zu seiner Tat veranlasst haben mochte.

Eine Frage, die sich für Berengar offensichtlich nicht stellte. »Mir scheint, die Liebenden sind sich in die Haare geraten«, verkündete er mit Blick auf seinen Nebenmann, der die Bemerkung, die ihm herausgerutscht war, einfach überging. »Oder was meinst du, Bücherwurm?«

»Ich meine, wir sollten keine voreiligen Schlüsse ziehen, mein Freund.«

»Wie du willst, Mönch, dein Wille geschehe«, entgegnete Berengar, zog das Leinentuch über das Gesicht der Toten und sah die Anwesenden der Reihe nach an. Zu guter Letzt blieb sein Blick an seinem Gefährten haften, der, so hatte es den Anschein, mit den Gedanken überhaupt nicht bei der Sache war.

»Mit einer Schnur, sagst du?«, flüsterte dieser schließlich vor sich hin, während sein Blick ziellos im Raum umherirrte. »Könnte durchaus sein.«

»Könnte, muss aber nicht.«

»In der Tat, alter Freund.«

»Und was hast du jetzt vor?«

»Ich? Nun, ich denke, es wird Zeit, auf Entdeckungsreise zu gehen.«

»Wohin denn?«

»Na, durchs Haus – wohin denn sonst?« Ohne die übrigen Anwesenden zu beachten, richtete Bruder Hilpert sein Augenmerk auf die Baderstochter, welche den Blick mit versteinerter Miene erwiderte. »Ich hätte da eine Bitte, Jungfer.«

»Und die wäre?«

»Würdet Ihr so gut sein und mich ein wenig herumführen? Wer weiß, auf welche Geheimnisse wir noch stoßen!«

»Galen, Plinius, Hippokrates – höchst anregend, was Eure Kammer zu bieten hat, Jungfer.«

»Findet Ihr?«

Bruder Hilpert gab ein bekräftigendes Nicken von sich. Beim Durchforsten des Bücherregals, auf das jede Klosterbibliothek stolz gewesen wäre, hatte es ihm glatt die Sprache verschlagen, und dementsprechend schwer fiel es ihm, sich davon loszureißen. Bücher, Folianten, Kodizes und Pergamentrollen waren nun einmal sein Leben. Ihretwegen war er Bibliothekarius und nicht etwa Kantor oder Sakristan* geworden. Sein Ein und Alles, Quelle des Trostes, Gegenstand wissenschaftlicher Neugierde, Schutz und Schirm vor den Fallstricken dieser Welt. Kaum hielt er einen jener schweinsledernen Einbände in der Hand, war die Welt ringsum vergessen. Egal, wie sehr sie ihn in Mitleidenschaft zog. Dann gab es nur noch ihn, Hilpert, und die mit Blattgold bestrichenen Lettern, die reich verzierten Initialen und

* Mönch, der u. a. für liturgische Gerätschaften zuständig ist

die in sämtlichen Farben des Regenbogens erstrahlenden Ornamente, in denen sein Blick buchstäblich ertrank und deretwegen er Zeit, Ort und irdische Pein vergaß.

Der Blick des Bibliothekarius verklärte sich, und es fiel ihm schwer, den Gesprächsfaden nicht zu verlieren. Kein Zweifel, Bücher waren sein Leben, und es gab nur einen, den er mehr liebte als sie: Gottvater, seinen Herrn.

»Ja, finde ich!«, pflichtete Bruder Hilpert der Tochter des Hauses im Brustton der Überzeugung bei, nicht ohne einen Hauch von Wehmut, wie Letztere erstaunt konstatierte. »Vergebt mir meine Kühnheit, Jungfer, aber darauf war ich nun wirklich nicht gefasst.«

»Auf meine Bücher oder darauf, dass sie sich im Besitz einer Evastochter befinden?«

»Das ist also Euer Domizil.« Da er keinen Disput vom Zaun brechen wollte, ging Bruder Hilpert über die ironische Bemerkung hinweg und durchmaß die Dachkammer, in die es ihn verschlagen hatte. Diese war alles andere als geräumig, dafür aber so gemütlich, dass ihm das Refugium seiner Gesprächspartnerin auf Anhieb gefiel. Hier droben war es zwar ein wenig kalt, aber das war es im Dormitorium* des Klosters auch. Hauptsache, es gab eine Truhe, in der man seine Habseligkeiten verstauen, eine Bettstatt, auf der man nächtigen, und eine Wolldecke, unter der man sich des Nachts ein wenig aufwärmen konnte. Und natürlich ein Stehpult für die Korrespondenz. Viel mehr brauchte es nicht, um ihn zufriedenzustellen, und je länger er sich in der Dachkammer umsah, desto mehr drängte sich ihm der Eindruck auf, dass die Baderstochter seine Vorlieben teilte.

---

* Schlafsaal eines Klosters

»Sokrates, mein Rabe.« Als könne sie Gedanken lesen, kam die junge Frau einer Frage aus Bruder Hilperts Munde zuvor, näherte sich dem Vogelbauer, welcher unmittelbar neben ihrem Stehpult hing, und murmelte ein paar Worte, bei deren Klang sich das pechschwarze Gefieder des Tieres zu spreizen begann. »Apropos – falls Ihr denkt, ich sei eine Hexe, schlagt es Euch aus dem Kopf. Von Zauberei und schwarzer Magie habe ich noch nie etwas gehalten.«

»Von Heilkunde, scheint mir, dagegen umso mehr.«

»Ist das etwa verboten?«

»Keineswegs!«, beteuerte Bruder Hilpert, auf der Suche nach einer Antwort, die so unverbindlich wie möglich klingen sollte. »Nur ein wenig …«

»Ungewöhnlich?«

Bruder Hilpert schmunzelte. »Wie schön, dass wir uns diesbezüglich einig sind«, konstatierte er und ging dazu über, den Spieß umzudrehen. »Erlaubt mir, dass ich Euch noch ein paar Fragen stelle.«

»Profan ausgedrückt: Ihr wollt wissen, wie es kommt, dass sich die Tochter eines Baders für Bücher interessiert. Wo ich doch gut daran täte, die Finger davon zu lassen.«

»Falsch geraten«, erwiderte Bruder Hilpert prompt. »Ich frage mich, wer Euer Lehrmeister gewesen ist.«

»Mein Vater.«

»Und wer noch?«

»Spielt das eine Rolle?«

»Und was für eine.«

»Mit Verlaub – ich wüsste nicht, welche.«

»Aber ich.« An den Eichenbalken gelehnt, auf dem der massive Dachfirst ruhte, legte der Bibliothekarius eine

Kunstpause ein und betrachtete die Baderstochter aus der Nähe. Das tat er immer dann, wenn er seine Gesprächspartner aus der Reserve locken oder zu unbedachten Äußerungen verleiten wollte, nicht selten mit durchschlagendem Erfolg. Im Falle von Melusine Aschenbrenner, die ihm etliche Rätsel aufgab, stieß er diesbezüglich jedoch an seine Grenzen. Ohne eine Miene zu verziehen, dachte diese offenbar nicht daran, ihr Schweigen zu brechen, und es bedurfte des Nachhakens, um den Dialog nicht abreißen zu lassen.

Und einer Frage, mit der er die Baderstochter aus der Reserve locken konnte. »Es handelt sich um Bruder Alban, nicht wahr?«

»Und wenn schon – was kümmert's Euch?« Zum ersten Mal seit ihrem Aufeinandertreffen drohte das abgeklärt wirkende Gebaren der 22-Jährigen ins Wanken zu geraten, und obwohl sie es zu überspielen versuchte, war das Zittern ihrer Stimme nicht zu überhören. »Ich wüsste nicht, was dagegen spräche, wenn er mir seine Bücher ausleiht.«

»Die Tatsache, dass er Euch Lesen und Schreiben beigebracht hat, nicht zu vergessen.«

»Ihr haltet Euch wohl für ziemlich schlau, was, Bruder?«

»Mit Schläue, verehrte Jungfer, hat dies nichts zu tun.« Der Bibliothekarius sah sein Gegenüber mit unbewegter Miene an. »Ich habe mir lediglich erlaubt, die Gesetze der Logik zu bemühen. Und liege, wenn ich Euch so betrachte, keineswegs falsch damit.«

»Habt Ihr überhaupt eine Ahnung, was es heißt, auf sich selbst angewiesen zu sein? Als Frau, meine ich?«

Bruder Hilpert entfernte sich von dem Dachbalken, an dem er Halt gesucht hatte, und bewegte sich gemessenen Schrittes auf die Baderstochter zu. »Falls Ihr damit andeuten wollt, dass man als Frau nicht viel zu lachen hat, kann ich es Euch gut nachfühlen, Jungfer.«

»Wie bitte? Nichts zu lachen? Euren Hang zur Untertreibung in allen Ehren, Bruder, aber ich glaube, dass Ihr da nicht mitreden könnt.«

»Wenn Ihr es sagt, muss es ja wohl stimmen.«

»So, muss es das.« Die Tochter des Baders löste sich aus ihrer Erstarrung und trat ihrem Gesprächspartner erhobenen Hauptes gegenüber. »Ich weiß ja nicht, Bruder, wie viele goldene Löffel Euch in die Wiege gelegt wurden, aber …«

»Aber?«

»Ich weiß, was es heißt, wenn sich kein Mensch um einen kümmert.«

»Und Eure Mutter?«, lauerte Bruder Hilpert in der Hoffnung, die Baderstochter aus der Reserve locken zu können. »Was war mit ihr? Die leibliche, meine ich.«

»Ist gestorben, als ich vier Jahre alt war«, erwiderte die junge Frau und begann, in ihrer Kammer auf und ab zu gehen. »Danach war nichts mehr so, wie es sein sollte.«

»Das heißt, Ihr wart Euch selbst überlassen.«

»Gelinde ausgedrückt. Wäre meine Amme nicht gewesen, hätte sich kein Mensch um mich gekümmert.«

»Und Euer Vater?«

»Der hatte genug mit sich und seinen Patienten zu tun. Damit wir uns richtig verstehen, Bruder: Ich käme nie auf die Idee, ihm einen Vorwurf zu machen. Schließlich musste er zusehen, dass er uns über die Runden bringt.«

»Der Grund, weshalb Eure Amme zu einer Art ... wie drücke ich mich jetzt bloß aus? ... zu einer Art Ersatzmutter geworden ist.«

»Wie sich das anhört – ›Ersatzmutter‹!« Am anderen Ende der Kammer angekommen, drehte sich die Baderstochter um, senkte das Haupt und sprach: »Sie war wie eine Mutter für mich. Eine Mutter, wie man sie sich nicht besser wünschen kann. Und nicht nur das.«

»Sondern auch eine Lehrmeisterin, nicht wahr?«

»Das war sie – und was für eine.« In Gedanken weit weg, schien die Baderstochter ihren Gesprächspartner kaum noch wahrzunehmen und durchmaß die Dachkammer aufs Neue. »Hat mich gelehrt, wie man Heilkräuter von gewöhnlichen Kräutern unterscheidet. Auf welcherlei Art man Salben, Elixiere und Betäubungsmittel herstellt. Wie man sich der Natur bedient, um den Menschen von seinen Gebrechen zu kurieren. Kurzum – sie hat mich zu dem gemacht, was ich bin. Mich in Geheimnisse eingeweiht, um die sich jeder Medicus reißen würde.«

»Unter anderem auch in die Geheimnisse der Anatomie?«

Auf einen Schlag hellwach, wirbelte die Baderstochter herum und sah Bruder Hilpert mit zusammengekniffenen Augenbrauen an. »Wie darf ich das verstehen?«

Bruder Hilpert ließ sich nicht aus der Ruhe bringen. »Korrigiert mich, Jungfer –«, tastete er sich mit der gebotenen Vorsicht voran, »aber seid Ihr nicht auch der Meinung, dass eine Heilkundige über anatomische ... na schön, formulieren wir es lieber so: Findet Ihr nicht auch, dass es reizvoll wäre, den Mysterien des Lebens auf den Grund zu gehen?«

»Und das von einem Mönch, ich muss schon sagen!«, amüsierte sich die Baderstochter und ahmte Bruder Hilperts Sprechweise genüsslich nach. »Korrigiert mich, Bruder – aber ist nicht schon der heilige Augustinus* gegen Leichenöffnungen zu Felde gezogen? Mit der Begründung, dies stelle einen Frevel wider den Herrn und die Harmonie des menschlichen Körpers dar?«

»Gewiss doch. In ›De Civitate Dei‹.«

»Und?« Die junge Frau sah Bruder Hilpert herausfordernd an. »Heißt das, Ihr wollt mich dazu anstiften, gegen die Lehren der Heiligen Mutter Kirche zu verstoßen?«

»Durchaus nicht. Zumal es Stimmen gibt, die der Auffassung des heiligen Augustinus widersprechen.«

»Die gibt es zweifellos. Was aber nicht heißt, dass sie imstande gewesen wären, sich Gehör zu verschaffen. Schon gar nicht, wie wir beide wissen, in Kreisen der Heiligen Mutter Kirche.«

»Damit wir uns richtig verstehen, Jungfer. Ich hatte Euch eine Frage gestellt, nichts weiter.«

»Und ich, Bruder, habe mir erlaubt, Euch die entsprechende Antwort zu geben.«

»Die da lautet?«

Das Lächeln auf dem Gesicht der jungen Frau erstarb, und die Reserviertheit, durch die ihr Verhalten gekennzeichnet war, gewann erneut die Oberhand. »Was mich betrifft, Bruder, ziehe ich es vor, meine Neugierde auf das Entstehen menschlichen Lebens zu beschränken.«

»Mit anderen Worten – Eure Amme ist nicht nur als Heilkundige, sondern darüber hinaus auch als Geburtshelferin tätig gewesen.«

---

* Augustinus, Bischof von Hippo Regius (354–430 n. Chr.)

Gerade eben noch voller Argwohn, verfiel die Baderstochter in Resignation. ›Gewesen‹ ist das richtige Wort!«, antwortete sie mit leerem Blick. »Und das alles nur, weil sie als Sündenbock herhalten muss.«

»Als Sündenbock? Für wen oder was denn, Jungfer?«

»Findet Ihr nicht, Bruder«, ahmte die Baderstochter den weichen Tonfall von Bruder Hilpert erneut nach, »findet Ihr nicht, Eure Fragen gehen etwas zu weit? Umso mehr, als dass sie nicht das Geringste mit Eurem Kasus zu tun haben?«

Vom einen auf den anderen Moment todernst, trat Bruder Hilpert der Baderstochter in den Weg und gab ihn auch dann nicht frei, als er ihr Auge in Auge gegenüberstand. »An Eurer Stelle, Jungfer«, herrschte er die sichtlich überraschte Heilerin an, »würde ich mich davor hüten, voreilige Schlüsse zu ziehen. Vor allem, was den obwaltenden Kasus angeht.«

»Nichts läge mir ferner, Bruder, darauf könnt Ihr Euch verlassen.«

»Gut zu wissen, Jungfer!«, versetzte Bruder Hilpert, warf einen Blick auf das Bücherregal und wandte sich zum Gehen. »Sonst wäre ich gezwungen, Methoden anzuwenden, welche ich zutiefst verabscheue.«

»Und die wären?«

Die Klinke in der Hand, zog Bruder Hilpert die Kapuze übers Haupt und wandte sich zu seiner Gesprächspartnerin um. »Darüber, verehrte Jungfer, sollten wir uns ein andermal unterhalten. Und nun – Gott befohlen!«

21

Ecke Pfäffleinsgäßchen/Herrngasse, eineinhalb Stunden vor Mitternacht | [22.30 h]

»Du kannst sagen, was du willst«, grollte Berengar, während er sich an die Fersen von Bruder Hilpert heftete, der nach dem Verlassen des Badehauses nach links abgezweigt und mit grimmiger Miene von dannen gestapft war. »Irgendwas ist an der Sache faul.«

Bruder Hilpert ließ ihn geraume Zeit zappeln. »Und wie kommst du darauf?«, gab er schließlich zurück, weder fähig noch willens, einen freundschaftlichen Ton zu pflegen. »Was mich betrifft, ist die Sache klar.«

»Aber für mich nicht!«, blaffte der Vogt dem Bibliothekarius hinterher, der es allem Anschein nach darauf anlegte, ihm die kalte Schulter zu zeigen. »Es sei denn, Eure Heiligkeit lässt sich herab, mich in Ihre Pläne einzuweihen.«

»Einweihen – das sagt gerade der Richtige.«

»Wieso?«

»Jetzt mach aber mal einen Punkt!«, versetzte Bruder Hilpert, blieb stehen und wandte sich zürnend um. »Wer von uns beiden ist denn hier der Geheimniskrämer – du oder ich?«

»Bitte um Vergebung, Herr Großinquisitor – soll nicht wieder vorkommen.«

»Das will ich hoffen, mein Sohn«, entgegnete der Bibliothekarius, zu müde, um es auf einen Streit mit seinem Alter Ego ankommen zu lassen. Gerade jetzt, wo er auf eine Erfolg verheißende Spur gestoßen war, stand Harmonie an oberster Stelle. Für Händel, gleich welcher Art, war dies die falsche Zeit. »Dürfte ich vielleicht erfahren, woher du Aschenbrenners Tochter kennst?«

»Erzähl' ich dir später.«

»Alles in Ordnung mit dir, Berengar?«

Wortkarg wie selten, blieb der Vogt in einiger Entfernung stehen und nestelte mit betretener Miene an seinem Schwertgurt herum. »Mit mir schon«, räumte er nach längerem Zögern ein, den Wind im Haar, der durch die schmale Gasse fegte. »Aber leider nicht mit meiner Braut.«

Bruder Hilpert starrte ihn ungläubig an. »Und was, bitte schön, soll mit Irmingardis nicht … bitte tu mir den Gefallen und rede nicht um den heißen Brei herum. In des heiligen Bernhards Namen – was ist geschehen?«

»Na schön, wenn du es unbedingt wissen willst! Aber komm mir bloß nicht und behaupte, ich hätte dich nicht …«

»Bitte um Vergebung, die Herren – auf ein Wort!«

Berengar war so sehr auf Bruder Hilpert fixiert, dass er die Gestalt, welche aus dem Dunkel auftauchte, zunächst nicht bemerkte. Erst als der mittelgroße, nicht mehr ganz junge und zur Gänze mit einem dunklen Talar samt dazugehöriger Samtkappe bekleidete Unbekannte das Wort an ihn richtete, fiel ihm auf, dass noch jemand in der Nähe war. »Aber gerne!«, knirschte der Vogt, dem die Vorstellung, belauscht worden zu sein, nicht im Mindesten behagte. »Und mit wem haben wir die Ehre, wenn man fragen darf?«

»Verzeiht, ich vergaß.« Der Unbekannte, triefäugig, verhärmt und übertrieben servil, nahm die Kappe ab und machte eine leichte Verbeugung. »Heinricus Nyeß, Notarius.«

»Heinricus – ein klangvoller Name. Hört sich an, als ob Ihr die Weisheit mit Löffeln ge…«

»Ausreden lassen, mein Freund.« Um Schlimmeres zu verhüten, brachte Bruder Hilpert seinen Freund durch einen unwirschen Blick zum Schweigen, schüttelte den Kopf und drehte sich zu dem Stadtnotar um. »Und was, Meister Nyeß, ist Euer Begehr?«

»Hilpert von Maulbronn, wenn ich nicht irre?«

»Derselbige. Kennen wir uns?«

»Ich fürchte, nein«, näselte der Unbekannte und ließ seinen Worten eine weitere Verbeugung folgen. »Bedauerlicherweise.«

»Woher kennt Ihr dann meinen Namen?«

»Mit Verlaub, Bruder, Neuigkeiten machen hier rasch die Runde.«

»Und Fremde fallen auf, verstehe.«

Der Notarius setzte ein hintergründiges Lächeln auf. »Ihr wisst doch, Bruder«, fuhr er mit Blick auf Bruder Hilperts Habit fort, »je unauffälliger, desto besser.«

Bruder Hilpert ließ sich nicht aus der Reserve locken. »Also gut, Notarius!«, lenkte er ein, bemüht, seine Neugierde zu zügeln. Gezänk und Verdruss gehörten der Vergangenheit an, und er fragte sich, welch neuerliche Überraschung er erleben würde. »Was genau führt Euch hierher?«

»Eine offene Rechnung, Bruder«, räumte der Angesprochene ein, ein Lächeln auf den Lippen, das Bruder Hilpert nicht recht zu deuten wusste. »Mit einem gewissen Herrn Bermetter, falls Euch der Name etwas sagt.«

FÜNFTES KAPITEL

GULA*

22

Kloster der Dominikanerinnen, eineinviertel Stunden vor Mitternacht | [22.45 h]

»Helft mir, Schwester!«, presste Irmingardis hervor. »Um der Liebe Christi willen, steht mir bei!«

Auf die Ellbogen gestützt, bäumte sich Berengars Verlobte auf, und während sie sprach, perlte der Schweiß auf ihrer Stirn. Ihr Körper, ohnehin nicht sehr robust, zuckte krampfartig zusammen, und eine Schmerzwoge reihte sich an die nächste. Die Tortur, so schien es, wollte kein Ende nehmen, genauso wenig wie die Sorgen, welche sie sich um Berengar machte. Er war es, um den ihre Gedanken kreisten, auf den sie wartete, auf dem all ihre Hoffnungen ruhten. Sehr bald, vielleicht noch in dieser Nacht, würde sich ihr Schicksal entscheiden, und wenn es jemanden gab, der ihr Mut zusprechen konnte, dann er.

Auf ihre Tante, die sich wie eine Furie gebärdete, konnte sie dagegen nicht bauen. Jutta von Nordenberg war nun einmal so, wie man sie kannte, sittenstreng, nachtragend und darauf bedacht, ihr die kalte Schulter zu zeigen. Die Gepeinigte stieß ein gequältes Keuchen aus.

* Völlerei, Gefräßigkeit, Maßlosigkeit

Es wäre besser gewesen, Berengar über ihren Zustand aufzuklären, ihm reinen Wein einzuschenken, auf seine Unterstützung zu bauen. Nur so wäre die Katastrophe, in die sie hineinzuschlittern drohte, noch abzuwenden gewesen.

Blieb die Frage, wie Bruder Hilpert auf die Enthüllung ihres Geheimnisses reagieren würde. Die Freundschaft mit ihm bedeutete Berengar sehr viel, was die Lage, in der sie sich befand, nicht unbedingt einfacher machte. »Habt Vertrauen, meine Tochter: Mit Gottes Hilfe wird sich alles zum Besseren wenden.« Die gute alte Scholastika, Helferin in der Not. Mochte Jutta auch Gift und Galle spucken, ihr Vorhaltungen machen, der in ihren Augen missratenen Nichte mit Hölle und Fegefeuer drohen, auf Schwester Scholastika, die betagte Leiterin des Infirmariums*, war wenigstens Verlass. Sie wachte an ihrer Seite, hielt ihre Hand, betete für sie, trocknete ihr die schweißglänzende Stirn. Und munterte sie auf, wenn die Krämpfe, unter denen sie litt, die Oberhand zu gewinnen drohten. »Das weiß ich gewiss.«

»Euer Gottvertrauen in allen Ehren«, gab Irmingardis unter Aufbietung all ihrer Kräfte zurück und fragte sich, wie lange ihr Martyrium noch dauern würde. »Aber ich fürchte …«

»Fürchte Gott, mein Kind, und dir wird geholfen werden!«, hielt die Alte mit einer Entschiedenheit dagegen, welche Irmingardis unvermittelt innehalten ließ. »Mehr wird von dir nicht verlangt.«

»Und was, wenn Er mir nicht hilft?«

»Dann, mein Kind«, sprach die Schwester Infirmaria,

* Krankenstation eines Klosters

erhob sich und begab sich gemessenen Schrittes zur Tür, von wo aus sie einen betrübten Blick auf ihr Krankenlager warf, »dann, fürchte ich, ist guter Rat teuer!«

»Aber Schwester, wir können doch nicht mit ansehen, wie sie stirbt!«

»Armut, Keuschheit, Gehorsam. Oder, um mit dem heiligen Benedikt zu reden: ›Primus humilitatis gradus est oboedientia sine mora.‹* Wer daran rüttelt, versündigt sich gegen den Herrn. Ich hoffe, Schwester Hildegard, Ihr seid Euch dessen bewusst.«

»Gehorsam oder nicht – wir müssen etwas tun.« Ohne sich auf Diskussionen einzulassen, schritt Schwester Hildegard, beherzte Köchin des Dominikanerinnenkonvents, kurz entschlossen zur Tat und trat an das Regal, in dem sie die Ingredienzen für ihren Kräutersud aufbewahrte. Trotz ihres jugendlichen Alters und der Tatsache, dass sie vor gerade einmal acht Monaten in den Konvent eingetreten war, stand sie im Ruf, der Priorin in puncto Hartnäckigkeit durchaus ebenbürtig zu sein. An ihr, der couragierten, durch nichts zu erschütternden und scharfzüngigen Kaufmannstochter aus Würzburg, hatte sich die Oberhirtin bislang die Zähne ausgebissen, und vieles deutete darauf hin, dass dieser Zustand von Dauer sein würde. »Ob es der Priorin passt oder nicht.«

Von Natur aus nachgiebig und konziliant, ließ die nahezu zwei Generationen ältere Infirmaria ihre Mit-

* dt.: ›Der erste Grad der Demut ist Gehorsam ohne zu zögern‹ (Regel des heiligen Benedikt).

schwester gewähren und zog sich in den hintersten Winkel der geräumigen Küche zurück. Schwester Hildegard hingegen eilte zum Herd, hantierte mit Mörser, Stößel und Töpfen, setzte Wasser auf und war so sehr in die Zubereitung ihres Elixiers vertieft, dass sie alles um sich herum vergaß. Von dem Gebräu aus Baldrianwurzel, Pfefferminze und Schafgarbe pflegte man sich wahre Wunderdinge zu erzählen, worüber sie, die sie es kreiert hatte, mehr als nur Genugtuung empfand.

Mindestens ebenso stolz war sie indessen auf ihr Reich, die Küche, in der sie auf das Penibelste Ordnung hielt. Prunkstück des Ganzen war der Kamin, der einzige Ort, an dem sie und ihre Mitschwestern sich aufwärmen konnten. Auf dem Herd, mehrere Schritte im Quadrat groß, wurden täglich über 50 Mahlzeiten zubereitet, wobei sich die Begeisterung darüber oft in Grenzen hielt. Wenn überhaupt, wurde tagsüber nur ein kurzer Imbiss gereicht, getreu der Regel, nach der die Nonnen lebten. ›Ora et labora!‹* lautete auch hier die Devise, was nicht wenige der vornehmen Insassinnen verdross. Hinzu kam der dreistündige Gebetsturnus und, von Hildegard nicht selten verletzt, das für Jedermann gültige Schweigegebot.

An knurrenden Mägen herrschte folglich kein Mangel, vor allem nicht nach der Coena**, die in der Regel aus Brot, Bohnen und heimischen Obstsorten bestand. Fleischgenuss galt als unschicklich, der Verzehr von Fisch dagegen als legitim. Getrunken wurde in der Hauptsache Wein, kein Wunder angesichts der Rebenhänge, welche zum

---

* dt.: Bete und arbeite! (Regel des heiligen Benedikt)

** Abendbrot (siehe v. a. Führer des Reichstadtmuseums Rothenburg ob der Tauber, S. 138)

Eigentum des Klosters zählten. Insbesondere die Priorin, hieß es, sei dem einen oder anderen Becher nicht abgeneigt, worüber allerdings nur hinter vorgehaltener Hand getuschelt wurde. Vor der ›elften Plage‹ hatte jedermann Respekt, mit Ausnahme von Schwester Hildegard, die in puncto Schlagfertigkeit ihresgleichen suchte.

»Ich hoffe, Ihr seid Euch über die Konsequenzen Eures Tuns im Klaren.«

»Keine Sorge«, versetzte Schwester Hildegard mit zuversichtlicher Miene, gab eine Mixtur aus Salbei, Minze und Liebstöckel in ihren Trank und konnte der Versuchung, davon zu kosten, nicht widerstehen. »An mir wird sich unsere …«

Die Köchin konnte von Glück sagen, dass ihr das Wort, welches ihr auf der Zunge lag, nicht über die Lippen kam. Das lag nicht etwa daran, dass sie Kraftausdrücke verschmähte oder davor zurückschreckte, den Spitznamen der Priorin in den Mund zu nehmen. Sondern daran, dass die Infirmaria ein unmissverständliches Räuspern ausstieß.

Wohl wissend, wie es zu deuten war, schluckte Hildegard das Wort ›Heimsuchung‹ im letzten Moment hinunter und ließ sich durch das unvermutete Auftauchen von Mutter Jutta auch dann nicht aus der Ruhe bringen, als sie den Atem der Priorin bereits im Nacken spürte. »Darf man fragen, was das soll, meine Tochter?«, schnarrte die Priorin, im Begriff, ihrem Beinamen alle Ehre zu machen. »Und warum du dich meinen Anordnungen widersetzt?«

»Anordnungen?«

»Erstens: Ich bin es, die hier die Fragen stellt, verstanden? Und zweitens: Was hast du mitten in der Nacht hier zu suchen?«

Die Antwort von Schwester Hildegard, nicht nur in puncto Schlagfertigkeit, sondern auch bezüglich ihrer körperlichen Gestalt das exakte Gegenteil der Priorin, ließ nicht lange auf sich warten. »Auf die Gefahr hin, dass mir die Sinne einen Streich spielen, Mutter Oberin«, heuchelte sie mit zuckersüßer Stimme und deutete auf die Drehlade, welche sich in der nordöstlichen Ecke der Küche befand, »wart nicht Ihr es, die mich gebeten hat, die Rationen für die Bedürftigen bereits heute Abend herzurichten? Des großen Ansturmes wegen, der am Wochenende zu erwarten ist?«

»Wenn du es sagst, muss es ja wohl stimmen!«, bellte die Priorin und inspizierte das halb aufgeschnittene Eichenfass, in das man eine Ablage montiert hatte. Wurde von außen angeklopft, durften die Bittsteller, in der Hauptsache Bettler, Pilger und sonstige Bedürftige, auf ein Stück Brot, Obst, Schafskäse oder gar auf einen Teller Suppe hoffen. Besonders an Wochenenden war der Andrang recht groß, weshalb sich Hildegard über Langeweile nicht beklagen konnte. Auch und gerade dann, wenn die Priorin ihr einen Besuch abstattete. »Ich will dir mal was sagen, Schwester«, giftete sie, nachdem sie die Infirmaria der Küche verwiesen hatte und die Tür hinter ihr ins Schloss gefallen war, »mit der Bitte, das Folgende tunlichst zu beherzigen: Noch so ein Affront, und ich garantiere dir, dass dies dein letzter Tag innerhalb dieser Mauern gewesen ist!«

»Das Trockenobst sortieren, klein schneiden und in ein wenig Wein oder Saft einweichen. Die Masse in einem Mörser zerreiben. Viel Honig und Zucker und Butter zugeben und bei kleiner Flamme und unter fortwährendem Rühren verdunsten lassen. Soweit die Instruktionen, welche Ihr mir für Euren Nachschlag zu erteilen geruhtet, Mutter! Keine Bange, ich bin gleich damit fertig.«

»Falls du denkst, meine Tochter, ich könne dir nichts anhaben, so irrst du – und zwar gewaltig.«

»Oder Ihr, Mutter – je nachdem.«

»Was soll das heißen?«, lauerte die Priorin und bewegte sich Zoll um Zoll auf die Köchin zu. Im Gegensatz zur Mehrheit ihrer Mitschwestern, die spätestens jetzt der Mut verlassen hätte, hielt diese dem Blick der Klostervorsteherin jedoch stand. »Raus mit der Sprache, oder ich werde dich dazu zwingen.«

Die Köchin dachte jedoch nicht daran, klein beizugeben. »Besser, Ihr kümmert Euch um Eure Nichte, Mutter. Sonst wird sie die Nacht nicht überstehen.«

»Darf man fragen, was dich das angeht, Schlange? Und was du von medizinischen Dingen verstehst?«

»Genug, um zu wissen, dass sie der Hilfe bedarf. Sonst wird sie nicht nur ihr Kind, sondern höchstwahrscheinlich auch ihr Leben verlieren.«

»Das, liebe Tochter, lässt du am besten meine Sorge sein!« Puterrot vor Zorn, reckte die mindestens einen Fuß kleinere Priorin den Hals empor und zischelte: »Sonst sehe ich mich gezwungen, dich bloßzustellen. Und zwar so, dass du gezwungen sein wirst, vor mir zu Kreuze zu kriechen. Im Beisein deiner Mitschwestern, wie ich wohl nicht eigens betonen muss.«

»Fragt sich, aus welchem Grund.«

Die Priorin kicherte in sich hinein. »Wem, glaubst du, würde man eher Glauben schenken – dir oder mir?«

»Kommt drauf an, um was es sich handelt.«

»Um Diebstahl, meine Tochter«, flötete Jutta von Nordenberg, ein heimtückisches Lächeln im Gesicht, wandte sich um und rauschte amüsiert von dannen. »Diebstahl von Vorräten, Entwenden von Küchengeräten, Verhökern von Klostereigentum, Vernachlässigung deiner Pflichten – ganz, wie es dir beliebt!«

23

Franziskanerkloster, Ende der sechsten Nachtstunde
| [23.00 h]

›UND NOCHMALS SAGTE ER: Mein Herr, zürne nicht, wenn ich nur noch einmal das Wort ergreife. Und wiederum sprach er: Ich werde sie um der zehn willen nicht vernichten. Nachdem der Herr das Gespräch mit Abraham beendet hatte, ging er weg, und Abraham kehrte heim.‹* Feuer und Schwefel, ein Strafgericht wie in Sodom und Gomorrha? Bruder Hilpert legte die Handflächen aneinander und ließ das Kinn auf den Kuppen seiner Finger ruhen. Wie töricht von mir, dachte er, was für Gedanken. Im Gegensatz zu dem Tag, als Abrahams Neffe Lot Sodom verließ, würde es heuer wohl kaum Feuer und Schwefel vom Himmel regnen. Die Frage, ob es ihm gelingen würde, zehn Gerechte aufzustöbern, stand dagegen auf einem anderen Blatt. Außer ihm und Berengar, den er mit der Beobachtung des Badehauses betraut hatte, kam ihm alles und jeder verdächtig vor, und er fragte sich, wie lange dieses Katz-und-Maus-Spiel noch dauern würde.

Bruder Hilpert gab ein desillusioniertes Schnauben von sich. Kaum hatte er den Kasus übernommen, war eine Lawine ins Rollen gekommen, von der er nicht wusste, ob sie je zum Stillstand kommen würde. Ein Mord, ein besonders dreister Fall von Leichendiebstahl und darüber hinaus die Frage, wer hinter der Grabschändung auf dem Schindanger steckte. Des Schlechten eindeutig zu viel, wäre da

---

* 1. Mose 18,32/33

nicht dieser Notarius aufgetaucht, der ihm half, Licht ins Dunkel der mysteriösen Vorfälle zu bringen. Diesem bei Berengar nicht unbedingt hoch im Kurs stehenden Federfuchser war es zu verdanken, dass die Lösung des Falles in greifbare Nähe gerückt war. Ihm, dem Zufall und einer gehörigen Portion Glück.

Anlass zur Euphorie? Mitnichten. Kein Gericht der Welt, auch das hiesige nicht, würde ein Urteil fällen, das lediglich auf Hypothesen beruhte. Das war so sicher wie das Amen am Ende des Tedeums. Und ein Grund mehr, seine Widersacher nicht zu unterschätzen.

»Habt Ihr mir überhaupt zugehört, Bruder?«

»Gewiss doch, Notarius, gewiss.« In Gedanken bereits bei seinem nächsten Schritt, ließ Bruder Hilpert die Frage unbeantwortet und führte das Kreuzverhör fort. »Und da dem so ist, gleich die nächste Frage.«

»Und die wäre?«

»Warum gerade ich, Meister Nyeß – ein Mann, der Euch noch nie über den Weg gelaufen ist?«

»Ganz einfach, Bruder. Weil die Wände in dieser Stadt Ohren haben. Und mitunter sogar Augen.«

»Frank und frei – Ihr habt mich belauscht.«

Der Notarius lächelte. »Nicht ich, sondern meine Schwester.«

»Vor Tuchscherers Haus?«

»Gut beobachtet, Bruder. Völlig unbeabsichtigt, wie ich der Korrektheit halber betonen muss.«

»Absichtlich oder nicht – das ist momentan nicht der Punkt.« Die Hände auf dem Rücken verschränkt, begann Bruder Hilpert vor der Pforte des Franziskanerklosters auf und ab zu gehen. Der Wind hatte deutlich nachgelassen, und ihm war, als spüre er einen Hauch von Frühling in der Luft. »Sondern die Frage, was Euch bewogen hat, mit mir Kontakt aufzunehmen.«

»Ich bin mit ihr aufgewachsen.«

»Mit Egberta?«

Der Notarius nickte und wich dem Blick des Bibliothekarius aus.

»Und weswegen noch?«

»Glaubt mir, Bruder –«, beteuerte Nyeß und fingerte am Kragen seines Talars herum, »wärt Ihr an meiner Stelle, würdet Ihr genauso handeln.« Und fügte hinzu: »Jeder bekommt, was er verdient. Vor allem dieser Hundsfott von Tuchhändler.«

»Woher dieser Groll, wenn ich fragen darf?«

»Weil Bermetter seine Schwester auf dem Gewissen hat, darum.«

»Das müsst Ihr mir näher erklären, Nyeß.«

»Nichts lieber als das.« Der Notarius bleckte die Zähne. »Vor ziemlich genau einer Woche habe ich Egberta zum letzten Mal gesehen. Gesund und munter. Na ja, vielleicht nicht so ganz, gemessen am Zustand, in dem sie sich befand.«

»Und wo?«

»In meiner Kanzlei. Drüben am Milchmarkt. Sie wollte mich unbedingt sprechen, betonte, es sei dringend. Eine Angelegenheit, die keinen Aufschub dulde. Für den Fall, dass sie die Geburt nicht … für den Fall, dass ihr ›etwas zustoßen‹ sollte. Das waren ihre Worte.«

»Merkwürdig.«

»Die Absicht, ihren Mann zum Universalerben einzusetzen, meint Ihr? Schon möglich. Tja, Liebe macht eben blind.« Nyeß atmete tief durch und ergänzte: »Einerlei, hätte der alte Wernitzer seiner Tochter nicht das gesamte Vermögen vermacht, würde sie möglicherweise noch leben.«

»Will heißen, um Schlimmeres – oder die Katastrophe schlechthin – zu verhindern, tun sich Mutter und Sohn zusammen und beschließen, das Übel vom Hause Wernitzer abzuwenden.«

»Genau, Bruder.«

»Fragt sich nur, auf welche Weise.«

»Das überlasse ich Eurer Fantasie, Bibliothekarius.«

»Zu gütig.« Bruder Hilpert dachte angestrengt nach. »Gehe ich recht in der Annahme«, sinnierte er, die Arme unter seiner Kukulle und den Blick auf den sichtlich zufriedenen Notarius gelenkt, »gehe ich recht in der Annahme, dass Egbertas Vater in Betracht gezogen hat, dass seiner Tochter etwas zustoßen könnte?«

»Hat er, Bruder. Und für den Fall der Fälle vorgesorgt.« Der Notarius grinste breit. »Testamentarisch. Ratet mal, wer den großen Reibach gemacht hätte. Oder, akkurat ausgedrückt, wer ihn machen wird. Cui bono*, Bruder, das ist hier die Frage.«

»Mein Kompliment, Herr Notar. Stichhaltiger geht es wirklich nicht.« Bruder Hilpert blieb stehen und deutete auf sein rechtes Ohr. »Wie geruhtet Ihr doch zu sagen: In dieser Stadt haben die Wände Ohren. Und Augen. Von daher auch meine Bitte um größtmögliche Diskretion.«

Nyeß nickte, trat auf seinen Gesprächspartner zu und flüsterte ihm etwas ins Ohr. »Na, Bruder, alle Fragen beantwortet?«

* dt.: Wem nützt das Ganze?

»Nicht alle, Notarius, nicht alle.«

Nyeß stutzte. »So zum Beispiel?«

»Meine Frage von vorhin, Notarius«, erwiderte Bruder Hilpert seinem Nebenmann und präzisierte: »Und zwar diejenige nach Eurem Motiv. Höchste Zeit, mir eine Erklärung zu liefern, oder?«

»Wüsste nicht, was es da zu erklären gibt!«, schnauzte der Notarius und stiefelte aufgebracht hin und her. »Bermetter hat mich in den Ruin getrieben. Mit voller Absicht. Wie, wollt Ihr wissen? Ganz einfach. Ich steckte in Schwierigkeiten. Pekuniärer Art. Zu wenige Klienten, was will man machen. Kurzum, mir blieb nichts anderes übrig, als mein Haus zum Verkauf anzubieten.«

»Unter anderem an Euren Ratskollegen, den einzigen Interessenten.«

»Ihr habt es erfasst, Bruder.« Nyeß schäumte regelrecht vor Wut. »Der wiederum nicht gezögert hat, aus meiner Notlage Kapital zu schlagen.«

»Indem er den Versuch machte, den Preis zu drücken?«

»Meine Hochachtung, Bruder. Ich finde, Ihr macht Eurem Orden alle Ehre.«

Der Bibliothekarius deutete eine Verbeugung an. »Und dann?«

»Ich hab' ihn an die frische Luft gesetzt, was denn sonst!«

»Wieviel hat er Euch geboten?«

»Die Hälfte.«

»Ergo: Ihr wart gezwungen, einen Kredit aufzunehmen.«

»Bei meinem Schwager, ganz recht.«

»Verstehe.« Bruder Hilperts Miene entspannte sich. »Apropos Verwandtschaft – mit wem ist Eure Schwester eigentlich verheiratet?«

»Mit Conrad Klein, einem Amtmann.«

»Tür an Tür mit der Familie Wernitzer, ein fragwürdiges Vergnügen.«

»Was glaubt Ihr, wie oft ich diese Brut schon verflucht habe.« Die Verachtung des Notarius erreichte ungeahnte Höhen. »Egberta konnte einem wirklich leidtun. Hier der Herr Gemahl, der nichts Besseres zu tun hat, als jedem Weiberrock hinterherzujagen, auf der anderen Seite diese Giftnatter von Mutter, um die jeder, der kann, einen Bogen macht. Von ihrem Sprössling, diesem abgefeimten Schurken, gar nicht zu reden.«

»Nicht so voreilig, Notarius. Vermutungen sind bekanntlich eine Sache, das Aufstöbern von Beweisen eine andere.«

»Nichts einfacher als das.« Ohne Bruder Hilperts fragenden Blick zu erwidern, griff der Notarius unter seinen Talar und förderte einen versiegelten Umschlag zutage. »Bedient Euch, Bruder, Hauptsache, der Schuft baumelt am Galgen.«

Der Bibliothekarius zog die Brauen hoch und überlegte. Um zu erahnen, was ihm offeriert wurde, musste man kein Hellseher sein. »Egbertas Testament?«, ließ er deshalb kühl verlauten, obwohl er liebend gerne zugegriffen und einen Blick auf das Dokument geworfen hätte, von dem er annahm, dass es ihm wichtige Erkenntnisse liefern würde. »Richtig?«

»Nicht nur.« Wie so häufig während der vergangenen Viertelstunde konnte Nyeß seine Befriedigung nicht verbergen. »Sondern auch dasjenige ihres Vaters. Nebst detaillierter Bestimmungen für den Fall, dass ihr sauberer Herr Gemahl sie überleben würde. Darüber hinaus ein halbes Dutzend Schuldverschreibungen, allesamt auf Heinrich Bermetter ausgestellt. Darunter eine, welche sich auf rund 1.200 Gulden beläuft. Hübsche Summe, nicht wahr? Man fragt sich, wie der Herr Tuchhändler das fertig gekriegt hat.«

»Antwort: durch unprofitable Geschäfte.«

»Wie gesagt, Bruder, ich finde, Ihr seid ein Meister Eures Fachs.« Nyeß drückte seinem Gegenüber den Umschlag in die Hand und sagte: »Gebt Euch keine Mühe, Frater*, ich denke nicht daran, meine Quellen preiszugeben.«

»Es geht doch nichts über gute Beziehungen, besonders zu den örtlichen Geldverleihern.«

Knallrot im Gesicht, stieß der Notarius ein nervöses Räuspern aus. »Wie dem auch sei, es heißt, er habe sein gesamtes Geld in ein Nürnberger Handelshaus gesteckt. Pech für ihn, dass es vor gut einem Monat bankrott gegangen ist. Ein Grund mehr, nach jedem Strohhalm zu greifen, oder? Wo kämen wir da hin, wenn dem nichtsnutzigen Herrn Schwager die gebratenen Tauben in den Mund fliegen und man selbst am Hungertuch nagen würde.«

»Hat Chlotilde Wernitzer davon gewusst?«

»Von der Zwickmühle, in die der Herr Filius geraten ist?«, entgegnete Nyeß, kehrte die Handflächen nach oben und machte ein ratloses Gesicht. »Wohl kaum, Bruder. Wenn ja, hätte sie ihm bestimmt die Hölle heißge…«

Weiter als bis hierher, wo er vor Häme beinahe zu bersten schien, kam Heinricus Nyeß nicht. Einerseits lag dies

---

* dt.: Bruder

daran, dass Bruder Hilpert ihm mit erhobener Hand Einhalt gebot. Und zum anderen wurde die Stille ringsum durch Stiefeltritte gestört, die, wie der Bibliothekarius wusste, nur von jemand ganz Bestimmtem stammen konnten.

Und so war es dann auch. »Der Vogel ist gerade ausgeflogen!«, rief ihm Berengar schon von Weitem zu, wobei er den Notarius geflissentlich ignorierte. »Komm schon, wir müssen uns sputen!«

»Und wohin?«

»Schon gut, schon gut –«, brummelte Berengar, packte Bruder Hilpert am Handgelenk und zog ihn mit sich fort, »alles ist genauso gekommen, wie Eure Eminenz es vorausgesehen hat. Bist du jetzt zufrieden?«

»Noch nicht ganz.« Ein Lächeln auf den Lippen, entwand sich Bruder Hilpert dem festen Griff, nahm den Vogt beiseite und erteilte ihm eine Reihe von Instruktionen, an deren Ende er ihm anerkennend auf die Schulter klopfte. »Gut gemacht, alter Freund!«

»Das mit ›alter‹ habe ich überhört!«, scherzte der hochgewachsene Recke, tief beeindruckt von der Kombinationsgabe des Gefährten. »Und du bist dir sicher, dass du meiner nicht bedarfst?«

»Doch. Weshalb ich dich bitte, zu tun, worum ich dich gebeten habe.«

»Und dann?«

»Im Anschluss daran erstattest du mir so schnell wie möglich Bericht.«

»Dein Wille geschehe, wie im Kloster, so auch hier!«, witzelte Berengar und wandte sich zum Gehen. »Mich wundert, wie du darauf gekommen bist.«

»Wo sich ihr Versteck befindet, meinst du? Kriminalistischer Spürsinn – nichts weiter«, gab Bruder Hilpert lächelnd zurück, ließ Nyeß einfach stehen und folgte dem Freund, der schon in Richtung Marktplatz davoneilte, auf dem Fuße. Dabei murmelte er vor sich hin: »Höchste Zeit, in der Rosengasse nach dem Rechten zu sehen!«

24

Rosengasse, Haus der alten Irmtrud, eine Dreiviertelstunde vor Mitternacht | [23.15 h]

DIE STUNDE DER ABRECHNUNG WAR GEKOMMEN. Endlich. Der Moment, auf den sich ihr Sehnen und Bangen, der Wunsch nach Vergeltung und die Mühsal der vergangenen Tage konzentrierten. Und mit ihnen die Hoffnung, dass die alte Irmtrud, um derentwillen sie all dies auf sich genommen hatte, die Freiheit erlangen würde.

Ein Seufzer, qualvoll und erleichtert zugleich, entrang sich ihrer Brust. Ein paar Stunden, höchstens Tage, und sie wäre am Ziel. Die Mission, welcher sie sich mit Leib und Seele verschrieben hatte, geglückt. Vorausgesetzt, ihr minutiös ausgearbeiteter Plan würde funktionieren. Nur darauf und nicht auf die Skrupel, welche sie in ihrem Inneren hegte, kam es jetzt an. Gerechtigkeit oder Tod, Vergeltung oder Triumph der Perfidie, Sühne oder Siegeszug des Bösen. So und nicht anders lautete die Losung für die kommenden Stunden. Die Zeitspanne, in der sich nicht nur das Schicksal der geliebten Amme, sondern auch das ihrige entscheiden würde.

Doch noch war es nicht so weit. Noch stand ihr der schwierigste Teil des Unterfangens bevor.

Nicht etwa, dass es ihr jetzt, im entscheidenden Augenblick, an Mut gefehlt hätte. Daran hatte es ihr von jeher nicht gemangelt, weder vor zwei Jahren, als sie unter Anleitung des Henkers ihren ersten Leichnam seziert hatte, noch während der vergangenen 24 Stunden, in denen sie daran gegangen war, ihr Vorhaben in die Tat umzusetzen. Ohne die Hilfe von Deodatus, Treuester der Gefährten, wäre dies schwerlich möglich gewesen, und wenn sie ehrlich war, hielt sich ihre Zuversicht in Grenzen. Seit dem Auftauchen des Minoritenbruders, an dessen Identität sie erhebliche Zweifel hegte, war jene ein ums andere Mal ins Wanken geraten. Das bedeutete, dass sie sich sputen musste, und sei es nur, um die Zweifel, welche sie in immer kürzeren Abständen befielen, zu zerstreuen.

Denn die gab es reichlich, in großer Zahl. Hatte nicht auch sie gefrevelt, die Totenruhe gestört, andere dazu angestiftet, ihr nachzueifern? Rechtfertigte der Zweck die Mittel, war es vertretbar, ein Verbrechen mithilfe dubioser Methoden aufzuklären? War es legitim, wider Recht und Gesetz, wider Sitte und Anstand, wider Moral und Pietät zu handeln, wenn man entschlossen war, erlittenes Unrecht zu sühnen? Fragen über Fragen, darunter etliche, auf die sie keine Antwort gefunden hatte. Doch ganz gleich, wie jene ausfallen würde: Für sie, Melusine Aschenbrenner, 22 Lenze jung, von Beruf Bademagd und Heilerin aus Berufung, würde es keinen Weg zurück mehr geben. Gewissensbisse und Skrupel, Selbstzweifel und Furcht, Schuldgefühle und Seelenpein – all dies gehörte der Vergangenheit an. Jetzt galt es zu handeln, die Mission, der sie sich verschrieben hatte, mit einem Höchstmaß an Akribie auszuführen. Wahrlich, die Stunde der Abrechnung war gekommen, nichts deutete darauf hin, dass ihr Plan zum Scheitern verurteilt sein könnte.

Oder etwa doch?

Melusine holte tief Luft und wandte sich dem Seziertisch zu. Da lagen sie nun, fein säuberlich aneinandergereiht. Gerade einmal zwei Tage tot, mit wächsernem Antlitz und einer Haut wie aus Pergament. Die kleine Agnes, Egberta Tuchscherer und ein Menschenwesen, dessen Erdendasein so kurz gewährt hatte, dass nicht einmal Zeit gewesen war, ihm einen Namen zu geben. Da lagen sie nun, als warteten sie darauf, dass sie an die Arbeit ging.

Im Begriff, dem Drängen in ihrem Inneren nachzugeben, ließ Melusine den Blick über ihr Sezierbesteck und unmittelbar darauf durch das Kellergewölbe schweifen, in dem sie von Irmtrud, ihrer Lehrmeisterin, in die Geheimnisse der Heilkunde eingeführt worden war. Bei Rezepturen, der Herstellung von Salben und dem Brauen von Säften zur Verhinderung weiblicher Fruchtbarkeit war es indes nicht geblieben. Bald schon hatte ihr dies nicht mehr ausgereicht, hatten Neugierde, Wissensdurst und ein schier unstillbarer Drang nach Erkenntnis dafür gesorgt, dass sie den Geheimnissen, welche der menschliche Körper barg, auf den Grund gegangen war. Ganz so einfach, wie sie sich das gedacht hatte, war dies allerdings nicht gewesen, und sie konnte von Glück sagen, dass ihr niemand auf die Schliche gekommen war. Als Frau, noch dazu als Tochter eines Baders, hätte sie wohl kaum auf Gnade hoffen können, weshalb sie es vorzog, die Gedanken an mögliche Konsequenzen zu ignorieren.

Angesichts des Geruchs, welcher den drei Leichnamen entströmte, fiel ihr dies jedoch nicht leicht. Leichendiebstahl war und blieb ein Kapitalverbrechen, was bedeutete, dass ihr Leben an einem seidenen Faden hing. Nur dann, wenn ihr Plan glückte, durfte sie auf Gnade hoffen, trat das Gegenteil ein, war es verwirkt. Und dasjenige der alten Irmtrud, um derentwillen sie es aufs Spiel gesetzt hatte, mit dazu.

Überhaupt – dieser Geruch! Bildete sie sich dies bloß ein oder hatte er während der letzten Viertelstunde deutlich zugenommen? Voll und ganz auf ihre Aufgabe konzentriert, schloss Melusine die Augen und tat ihr Bestes, um den vom Seziertisch emporsteigenden Brodem nicht zu beachten. Dies gelang ihr mehr schlecht als recht, und wären die Kräuterbüschel nicht gewesen, welche Irmtrud überall aufgehängt hatte, hätte der Ekel, welcher sie überkam, vermutlich die Oberhand gewonnen.

So aber ließ sie den Blick ein letztes Mal über die drei Leichname schweifen, entfernte das Leinentuch, mit dem der Körper von Egberta Tuchscherer verhüllt war, und griff ohne Zögern zum Skalpell.

Und tat, was sie tun musste.

Er war auf der richtigen Spur. Und er war, seit er sich der Aufklärung von Verbrechen verschrieben hatte, mit Dingen in Berührung gekommen, wie sie die schwärzeste aller Fantasien nicht ersinnen konnte. Er war auf der Jagd nach Satansjüngern, Reliquiendieben, gewöhnlichen Kriminellen und solchen gewesen, denen er die Schandtaten, welche sie begangen hatten, nie und nimmer zugetraut hätte. Vor allem aber hatte er geglaubt, diesbezüglich mit jeder nur erdenklichen Situation und mit jedem wie auch immer gearteten Anblick fertig werden zu können. Pflegte er sich doch bezüglich der Verderbtheit mancher Erdenbürger keinerlei Illusionen hinzugeben.

Kurzum: Er bildete sich ein, ihn könne nichts mehr erschüttern.

Und wurde eines Besseren belehrt.

Es begann damit, dass er, von der Rödergasse kommend, in die Rosengasse einbog. Die Beschreibung, welche die alte Irmtrud ihm gegeben hatte, stets präsent, tauchte er in das bedrückende Halbdunkel ein, vorbei an einem Rattenkadaver und einem Hausschwein, das einen Abfallhaufen durchwühlte und keine Anstalten machte, das Weite zu suchen. Der Bibliothekarius rümpfte die Nase. Der Gestank von erkaltetem Rauch, Speiseresten und Hundekot hing in der Luft, nichts für ihn und seinen empfindsamen Magen. Freiwillig hätte sich kaum jemand hierher begeben, schon gar nicht um diese Zeit. Ihm freilich blieb keine andere Wahl, wollte er den Fall, der ihm mehr zusetzte als er sich eingestand, zu einem erfolgreichen Abschluss bringen.

Bis dahin galt es, auf der Hut zu sein, nichts und niemanden, der sich verdächtig gemacht hatte, außer Acht zu lassen. Vor allem aber galt es, keine voreiligen Schlüsse zu ziehen, insbesondere im Hinblick darauf, wer die Schuld am Tod von Egberta Tuchscherer trug. Diesbezüglich war er um einiges schlauer geworden, wenngleich nach wie vor außerstande, unwiderlegbare Beweise zu liefern.

Doch das, hoffte er, würde sich baldmöglichst ändern. Bruder Hilpert verlangsamte den Schritt und wandte seine Aufmerksamkeit den Behausungen zu, deren Umrisse aus dem Halbdunkel auftauchten. Diese als Häuser zu bezeichnen, wäre übertrieben gewesen. Bis auf ein, zwei Ausnahmen bestanden ihre Wände aus Flechtwerk, Lehm und Kieselsteinen, die Dachschindeln aus Schiefer, mitunter sogar aus Stroh. Überfrorene Pfützen säumten seinen Weg, und aus dem Rinnstein stiegen übelriechende Dämpfe empor. Je weiter er sich von der Rödergasse entfernte, desto mehr wähnte er sich in frühere Jahrhunderte zurückversetzt und desto stärker beschlich ihn das Gefühl, die Zeit stehe still. Vielleicht lag dies daran, mutmaßte er, dass diese Häuser vor nicht allzu langer Zeit noch außerhalb des Mauerringes gelegen und die dort wohnhaften Einwohner, auch Pfahlbürger genannt, nicht gerade zur feinen Gesellschaft gezählt hatten.

Darauf bedacht, Schwierigkeiten aus dem Weg zu gehen, schlich Bruder Hilpert weiter und sah sich suchend um. Abgesehen von einem Hund, dessen klägliches Gewinsel aus dem Inneren einer heruntergekommenen Kate drang, herrschte überall Totenstille, und es dauerte nicht lange, bis ihn eine dumpfe Vorahnung beschlich. Ein Gefühl, das ihm riet, auf der Hut zu sein.

Es sollte ihn nicht täuschen. Kaum hatte er das Haus erspäht, auf das die Beschreibung der Heilerin passte, tauchte hinter einem Bretterverschlag zu seiner Linken ein Schatten auf, so plötzlich, dass Bruder Hilpert keine Zeit zum Reagieren blieb.

Der Schatten war zu schnell für ihn, und das war sein Glück. Einen Ausruf des Erstaunens auf den Lippen, wich Bruder Hilpert zurück. Wie dumm, durchzuckte es ihn, dich leichtfertig in Gefahr zu begeben! Und wie töricht, zu glauben, man könne den Fall im Alleingang lösen. Mit Berengar an seiner Seite wäre ihm das nicht passiert. Der Bibliothekarius rang nach Luft. Egal, was jetzt gleich passieren würde: Er hatte es sich selbst zuzuschreiben.

Auf alles gefasst, kniff Bruder Hilpert die Augen zusammen und harrte der Dinge, die da kommen mussten. Doch er wartete vergebens. Kein Fausthieb, keine Tritte, kein Dolchstoß, keine Schwerthiebe. Und kein einziger, wenn auch noch so gedämpfter Laut. Stattdessen Stille, Ratlosigkeit und das Gefühl, Opfer der eigenen Einbildungskraft zu sein. Mit einem Wort – ein Mysterium. Wenngleich eines, das nicht von Dauer war.

Der erste Schock war gerade überwunden, als unmittelbar vor ihm eine entstellte Fratze auftauchte. Der Bibliothekarius hielt den Atem an. Im Widerschein des Lichtstrahls, der durch den Spalt zwischen den Fensterläden zu seiner Rechten fiel, haftete ihr etwas Abstoßendes, um nicht zu sagen Dämonisches an. Wider Erwarten jedoch fiel die Gestalt, welche seinen verblüfften Blick erwiderte, nicht über ihn her oder zückte eine Waffe, um ihm den Garaus zu machen. Stattdessen blieb der Unbekannte einfach stehen und ließ seinen Dolch aus der linken Hand gleiten, mindestens ebenso erschrocken wie er. Die Fratze erstarrte, und mit ihr sämtliche Gliedmaßen, welche Teil des deformierten, verkrüppelten, entstellten und über die Maßen hässlichen Körpers eines Mannes waren, der, so schien es, mit der Ausschaltung unliebsamer Störenfriede betraut worden war.

»Was habt Ihr hier zu suchen, Mönch?«, entfuhr es dem Müllkärrner, dessen Bestürzung zunächst in Verblüffung und im Anschluss daran in ungläubiges Staunen umschlug. »Raus mit der Sprache, sonst …«

»Das, lieber Deodatus«, erstickte Bruder Hilpert sein Aufbegehren im Keim, den Blick auf das eingebrannte Kruzifix auf dessen Stirn gerichtet, auf welches der Lichtstrahl im gleichen Moment fiel, »das möchte ich, falls möglich, mit deiner Herrin besprechen. Und zwar unter vier Augen.« Der Bibliothekarius trat ins Licht, versenkte den Blick in sein Gegenüber und sprach: »Oder muss ich dich daran erinnern, dass du mir noch einen Gefallen schuldest?«

Der Florentiner Dante*, Bruder Hilperts bevorzugter Dichter und Philosoph, war derjenige, an dem er sich gemeinhin zu orientieren pflegte. Zum einen galt dies für das Erlernen des Italienischen, welches der Bibliothekarius neben dem Lateinischen, Griechischen und der hebräischen Sprache nahezu perfekt beherrschte, darüber hinaus für die Gaben, welche seinem Idol durch die Gnade Gottes zuteilgeworden waren. Zum Dritten und in besonderem Maße galt dies aber auch für die Visionen, welche der geniale Sprachkünstler vom Leben nach dem Tode entwickelt hatte. So zum Beispiel im ersten Teil seines Hauptwerks, der ›Göttlichen Komödie‹, in welchem sich der Hauptprotagonist auf einer Reise durch die Hölle befand.

Es war genau dieser Teil, das ›Inferno‹, an welches sich Bruder Hilpert erinnert fühlte, als er das Haus der alten Irmtrud und im Anschluss daran das darunter liegende Kellergewölbe betrat. Und noch etwas wurde dem Bibliothekarius beim Abstieg in die nur durch eine Öllampe erhellte Finsternis klar: Die Hölle war kein ferner, tief unter der Erdoberfläche gelegener Ort. Es gab kein Tor, durch das man sie betreten, keine Räume, die man durchschreiten, keine Gräben, in die man hinabstürzen konnte.

* Dante Alighieri (1265–1321), italienischer Dichter und Philosoph

Weder gab es einen Fluss, welcher das Reich der Schatten durchströmte, noch Wirbelstürme, noch Cerberus, den Höllenhund, Drachen, Schlangen oder gar Teufel mit Bratspießen. Auch gab es keine unterirdischen Sümpfe, Flammensärge, Blutströme, Wälder, Sandwüsten oder Seen aus Pech. Vor allem aber gab es keinen Höllengrund, keinen Hort des Bösen, von dem aus der Leibhaftige seine Ränke spann. Luzifer, so seine feste Überzeugung, war nämlich überall. Darauf erpicht, das Erdenrund stets aufs Neue zu verderben. Das Gleiche galt für die Hölle, die dem Bösen stets auf dem Fuße folgte, oder, wie im vorliegenden Fall, immer dort anzutreffen war, wo das Seelenheil des Menschen in Gefahr geriet.

Davon konnte Bruder Hilpert ein Lied singen, nicht erst seit heute, doch am heutigen Tage mehr denn je. Aus dem Kellerloch, in welches er sich hinabtastete, stiegen übelriechende Dämpfe empor, Gerüche, welche er nur zu gut kannte. Kurz davor, sich zu übergeben, klammerte sich Bruder Hilpert an das Geländer und bewegte sich wie ein Schlafwandler in den schier endlos erscheinenden Schlund hinab. Wahrhaftig, die Hölle war kein abgelegener Ort, kein verborgenes Refugium des Bösen. Sie war real, sichtbar, zum Greifen nah. So nah, dass er am liebsten Reißaus genommen hätte.

Dass dies nicht möglich war, wusste er nur zu gut, und so gab er sich einen Ruck, wischte Skrupel, Bedenken und innere Widerstände beiseite und setzte seinen Weg fort, gefolgt von Deodatus, der jeden seiner Schritte mit Argwohn beobachtete. Die Zeit, welche er dazu benötigte, kam ihm endlos vor, doch dann, dank der Hilfe des Allmächtigen, war es endlich geschafft.

»Schon gut, Deodatus –«, erhob sich eine Stimme aus dem Halbdunkel, welches den Tisch in der Raummitte umgab, »du kannst nichts dafür. Unser Gast meint es gut mit uns, hab ich recht?«

Weder fähig noch willens, auf die Frage zu antworten, schwieg sich der Bibliothekarius aus und inspizierte den Raum, in den es ihn verschlagen hatte. Je eingehender er dies tat, desto mehr wuchs sein Erstaunen, und er konnte sich nicht entsinnen, etwas Derartiges schon einmal gesehen zu haben. Mit Ausnahme des Tisches, welcher beinahe die Hälfte des gewölbeartigen Kellergelasses beanspruchte, war jeder Quadratzoll Boden mit Regalen, Wandschränken, eisenbeschlagenen Truhen und Bottichen verschiedener Art und Größe belegt, die einen mit Spinnweben überzogen, die anderen anscheinend häufig in Gebrauch. Bruder Hilpert verschlug es die Sprache. Mit allem hatte er gerechnet, nur nicht mit diesem Sammelsurium an Kräuterbüscheln, Glaskolben, Mörsern, Stößeln, Retorten*, sowie einer wahren Flut von Folianten und Pergamentrollen, welche in den bis an die Decke reichenden Regalen lagerten. Das Aufsehenerregendste und zugleich Makaberste an dieser Hexenküche war jedoch ein menschliches Skelett, das akribisch genau zusammengefügt und am Fußende des Tisches postiert worden war.

»Ein Präsent unseres Henkers, Bruder, zum Wohle künftiger Generationen.« Um zu erahnen, auf wen er hier treffen würde, waren übersinnliche Fähigkeiten gewiss nicht vonnöten gewesen, und so hielt sich Bruder Hilperts Überraschung in Grenzen, als sein Blick auf die Tochter des Baders fiel. Nach außen hin kühl und gefasst, ver-

* Destilliergefäße

riet ihre Stimme, unter welch ungeheurer Anspannung sie stand, kein Wunder angesichts des Anblickes, welchen das zum Seziertisch umfunktionierte Eichenholzkonstrukt bot.

Drauf und dran, der Stätte des Grauens den Rücken zu kehren, bezähmte Bruder Hilpert die Ekelgefühle, welche ihn beim Betrachten der drei Leichname befielen und gesellte sich zu der Baderstochter, die mit versteinerter Miene ans Kopfende des Seziertisches trat. Der Bibliothekarius erschauderte. Das also war der Mensch, ein vergängliches, den Wechselfällen des Schicksals ausgeliefertes, Tod und Verwesung anheimfallendes, dem Vergessen preisgegebenes Wesen. ›Lasciate ogni speranza, voi ch'entrate!‹* stand laut Dante am Höllentor geschrieben, und wenn es ein Diktum gab, an das er sich in diesem Moment erinnert fühlte, dann an dieses.

Bruder Hilpert atmete tief durch, den Blick auf die Mittlere der drei Toten gelenkt. Das also war Tuchscherers Frau, ermordet, aufgebahrt und aus Gründen, über die er einstweilen nur spekulieren konnte, hierher verschleppt und im Anschluss daran seziert. Eine nicht mehr ganz junge, nichtsdestoweniger jedoch robuste Frau, bei deren Anblick einem die Vorstellung, sie sei eines natürlichen Todes gestorben, nachgerade absurd vorkam.

»Ihre Tochter!«, nahm die Baderstochter Bruder Hilperts Frage vorweg, nachdem er den Blick abgewandt hatte, um das gut eineinhalb Fuß große Bündel zu seiner Linken zu betrachten. »Diagnose: Schädelfraktur.«

Der Bibliothekarius ließ den Kopf hängen und schwieg.

---

* Lasst, die ihr eintretet, alle Hoffnung fahren! (Inferno)

Die Baderstochter tat es ihm zunächst gleich, deutete dann aber auf die zarte Maid, deren sterbliche und von weißem Leinen umschlossene Hülle sich rechts von Egberta Tuchscherer befand. »Agnes Egerter«, erläuterte sie mit betretener Miene, bemüht, ihre Tränen zurückzuhalten. »Schwerste Verletzungen im Bereich der Scham, falls Ihr versteht, was ich meine.«

Und ob er verstand.

»Nur keine Scheu, Bruder, schlagt einfach das Tuch zurück und schaut Euch alles in Ruhe an.«

»Nicht nötig.«

»Heißt das, Ihr schenkt meiner Diagnose Glauben?«

Der Bibliothekarius schloss die Augen und nickte. »Ich frage mich, wer zu so etwas fähig ist«, murmelte er, wohl wissend, welche Antwort ihm vermutlich zuteilwerden würde. Deshalb ließ er die Baderstochter erst gar nicht zu Wort kommen und ergänzte: »Und was für Menschen das sind, die es fertigbringen, ein Neugeborenes zu meucheln.«

»Menschen? Ihr beliebt zu scherzen, Bruder.«

»Mitnichten, Jungfer, mitnichten.« Die Hände auf den Rand des Seziertisches gestützt, hob Bruder Hilpert den Kopf und blickte stur geradeaus. »Mensch bleibt Mensch, selbst dann, Jungfer, wenn er …«

»Selbst dann, wenn er Laurenz Tuchscherer heißt?«

Eher selten um eine Antwort verlegen, wechselte der Bibliothekarius rasch das Thema. »Und warum das Ganze?«, forschte er, kaum sichtbare Schweißperlen auf der hohen Stirn. »Warum habt Ihr diesen Frevel begangen?«

»Ja, ja – ich weiß schon, was Ihr sagen wollt, Bruder.

Auf Grabfrevel, Leichendiebstahl und Störung der Totenruhe steht der Tod, sie sind ein fluchwürdiges Verbrechen. Wo kämen wir hin, wenn man nach Belieben Leichen stehlen oder gar ausgraben dürfte. Bei meiner Ehre, Bruder: Die Sache ist mir nicht leichtgefallen. Aber ich hatte keine Wahl. Um diesen Unhold zu überführen, musste ich zu solchen Mitteln greifen. Ob ich wollte oder nicht.«

»Fragt sich, ob Ihr Gehör finden werdet.«

»Glaubt mir, Bruder: Die Beweise sind erdrückend. Tuchscherer hat vier Menschen auf dem Gewissen. Und dafür wird er bezahlen.«

»Zwei, Jungfer«, wandte der Bibliothekarius mit tonloser Stimme ein. »Lediglich zwei. Agnes Egerter und allem Anschein nach Eure Stiefmutter. Bleibt zu klären, aus welchem Grund.«

»Und seine Frau? Das Kind? Was ist mit denen?«

»Bei allem Verständnis für das Bemühen, die Unschuld Eurer Amme zu beweisen. Aber Ihr steht im Begriff, einen verhängnisvollen Irrtum zu begehen.«

»Der Tod seiner Frau geht auf sein Konto!«, betonte die Baderstochter und richtete sich kerzengerade auf. »Das lasse ich mir nicht ausreden, Bruder.«

»Und wo, mit Verlaub, wäre das Motiv? Frau und Kind umbringen, um der Liaison mit einer verheirateten Frau willen? Der heilige Bernhard möge mich meiner frivolen Äußerungen wegen strafen: Aber das hätte er wirklich einfacher haben können.«

»Und was, wenn sich die Metze von meinem Vater …«

»Getrennt hätte, meint Ihr? Und Tuchscherer sie geehelicht hätte? Dann wäre er ein toter Mann gewesen, zumindest politisch. Ihr glaubt doch nicht im Ernst, dass er dann noch in den Rat gewählt worden wäre? Ein potenzieller Gattenmörder, Ehebrecher und landauf, landab bekannter Schürzenjäger. Ein Mann von niederer Herkunft, der den hohen Herren ohnehin ein Dorn im Auge sein dürfte.« Bruder Hilpert atmete geräuschvoll aus. »Wie gesagt, ich befürchte, Ihr seid dabei, einen Irrtum zu begehen. Die Wahrheit ist eine ganz andere.«

»Apropos ›Wahrheit‹ – wie seid Ihr mir eigentlich auf die Spur gekommen?«

»Per Zufall. Oder, um ihr die Ehre zu geben, indem ich mich an eine Begegnung während einer Vorlesung über die Geschichte der Medizin erinnert habe. An der altehrwürdigen Universität zu Heidelberg.« Bruder Hilpert hob die Stimme und sagte: »Höchst interessant, so eine Sektion.«

Ehrlich verblüfft, wandte die Baderstochter den Kopf nach links. »Kompliment, Bruder. Ihr scheint über ein außerordentliches Gedächtnis zu verfügen.«

»Und Ihr, Jungfer, über enorme Wissbegierde. Und über außerordentliche Fähigkeiten.«

»Darf man fragen, was Ihr jetzt zu tun gedenkt?«

»Ich?« Auge in Auge mit seiner Gesprächspartnerin, dachte Bruder Hilpert kurz nach. Dann gab er unumwunden zu: »Wenn ich ehrlich bin, würde mich interessieren, woran Egberta gestorben ist.«

»An der Verabreichung einer todbringenden Dosis Gift«, entgegnete die Baderstochter und betrachtete die Tote. Sie sah aus wie eine alte Frau, verhärmt, verbittert und mit einem schmerzverzerrten Ausdruck im Gesicht. »Keine Angst, Bruder, ich habe die Wunde bereits zugenäht. Solltet Ihr den Wunsch hegen, sie näher zu begutachten, entfernt das Tuch und lasst Euch von mir nicht …«

»Nicht nötig, Jungfer!«, beteuerte Bruder Hilpert und wich einen Schritt zurück. »Eine relatio* tut es auch.«

»Ein Kurzbericht, wie Ihr wünscht.« Die Baderstochter unterdrückte ein Lächeln und erläuterte: »Geht man vom Inhalt ihres Magens aus, steht die Todesursache zweifelsfrei fest.«

»Will heißen, Ihr … Ihr …«

»Ich habe ihn herausgeschnitten, untersucht und in einem Behältnis mit einer besonderen Mixtur verwahrt.«

»Ein zweifelhaftes Vergnügen, oder?«

»Wie heißt es doch so schön, Bruder: Der Zweck heiligt die Mittel.«

»Darüber mag Gott der Herr befinden, nicht ich.«

»Die Prozedur war die Mühe wert, so pietätlos dies auch klingen mag.«

»Sicher?«

»Hundertprozentig, Bruder«, bekräftigte die Baderstochter mit fester Stimme. »Egberta ist vergiftet worden.«

»Und womit?«

»Aconitum napellus**. Zu Deutsch: blauer Eisenhut. Mithin die giftigste Pflanze, welche sich hierzulande auftreiben lässt. Eine Löffelspitze pro Becher, und fertig ist das tödliche Gebräu. Befund: Exitus durch Ersticken.«

»Irrtum ausgeschlossen?«

»Tut mir leid, Bruder.«

---

* dt.: Bericht
** Blauer Eisenhut

»Was denn?«

»Dass ich Euch den Anblick, auf den Ihr Euch gefasst machen müsst, offenbar nicht ersparen kann.« Ohne eine Reaktion abzuwarten, drehte sich Melusine Aschenbrenner um, holte ein gläsernes Gefäß aus dem Regal und hielt es ans Licht. »Tretet näher, sonst könnt Ihr nichts sehen.«

Kreidebleich im Gesicht, verharrte Bruder Hilpert auf der Stelle. »Ist … das … ist das …«, stammelte er, kurz davor, dem Brodeln in seinem Inneren nachzugeben.

»Das ist ihr Magen, Ihr habt es erfasst.«

»Tut mir leid«, entschuldigte sich der Bibliothekarius, heilfroh, eine Ausrede parat zu haben, »mit meinem Augenlicht steht es nicht zum Besten.«

»Und so etwas schimpft sich Kriminalist.«

Im Nachhinein, nachdem er sich seiner Brille erinnert und sie kurzerhand aufgesetzt hatte, konnte Bruder Hilpert nicht mit Bestimmtheit sagen, was ihn in diesem Moment mehr erzürnt hatte: der herausfordernde Ton der jungen Frau oder die weichen Knie, welche er beim Anblick des sezierten Ventriculus* bekam. Fest stand jedenfalls, dass die Ausführungen der Baderstochter schlüssig, um nicht zu sagen absolut plausibel waren. So sehr der Anblick, der ihm zuteilwurde, auch an seinen Nerven zehrte. »Na also, Bruder, warum nicht gleich!«, neckte sie ihn, als er das Behältnis in Augenschein nahm. »Moderner geht es wirklich nicht.« Kurz darauf war das Schmunzeln aus ihrem Gesicht jedoch verschwunden. »Aber lassen wir das. Wie der Blick ins Mageninnere erkennen lässt, weisen die Schleimhäute eine dunkelbraune Färbung auf. Ihr ahnt, was das zu bedeuten hat?«

---

* dt.: Magen

Bruder Hilpert nickte.

»Ein deutliches Indiz, welche Wirkung das Gift nach sich gezogen hat. Die Dosis – beziehungsweise mehrfache Überdosis – muss absolut tödlich gewesen sein.« Die Baderstochter wandte sich rasch ab, deponierte das Behältnis im Regal und breitete ein Tuch darüber aus, als könne sie das, was passiert war, dadurch ungeschehen machen. »Fragt sich, wer die Kaltblütigkeit besitzt, eine derart ruchlose Tat zu begehen.« Einer plötzlichen Eingebung folgend, trat die 22-Jährige an den Tisch, strich der Toten über die Wange und zog ihr das Leinentuch übers Gesicht. »Was mich betrifft, Frater*, steht der Schuldige fest.«

Die Handflächen auf dem Tisch, ließ Bruder Hilpert den Kopf nach vorn sacken und die Ereignisse der letzten Stunden ein weiteres Mal an sich vorüberziehen. »Schuldig oder nicht, was *mich* betrifft, stellt sich die Frage, wie Ihr es fertiggebracht habt, die Toten hierher zu transportieren. Nicht gerade einfach, wenn man bedenkt, was dabei alles hätte schiefgehen können.«

»Wo Ihr recht habt, habt Ihr recht, Bruder. Von der Tatsache, auf welch fragwürdige Art dies geschehen ist, gar nicht zu reden.« Melusine wechselte einen Blick mit dem Müllkärrner, der, ebenfalls sichtlich mitgenommen, das Geschehen vom Treppenabsatz aus verfolgte. »Falls es das ist, was Ihr von mir hören wolltet.«

»Ins Schwarze getroffen, Jungfer! Trotzdem wäre ich Euch sehr verbunden, wenn mir Euer Adlatus eine kurze Schilderung des Tathergangs …«

Bruder Hilpert kam nicht dazu, den Satz zu vollenden, und was im Folgenden geschah, mutete wie eine Szene

* Bruder

aus Dantes Inferno an. Das Klopfen an der Tür war kaum hörbar gewesen. Für Deodatus, der wie ein Armbrustbolzen in die Höhe schoss, jedoch Grund genug, auf einen Wink der Baderstochter die Treppe hinaufzueilen und dem Gast, der sich zu später Stunde eingefunden hatte, die Tür aufzusperren.

Es war ein Gast der besonderen Art. Jemand, den er kannte. Und der ihm, wie so vieles an diesem Tag, in zweifelhafter Erinnerung war.

Auf Katharina, Dienstmagd im Hause Tuchscherer, schien sein verblüfftes Gesicht jedoch keinen Eindruck zu machen. Sie spazierte die Treppe hinunter, als sei sie hier zu Hause, begrüßte Melusine mit einem Kopfnicken und blieb unmittelbar neben dem Tisch stehen.

Bruder Hilpert hielt den Atem an. Und dann, als sein Blick auf den Tisch mit den drei Leichen fiel, lief es ihm eiskalt über den Rücken. Das Gesicht der kleinen Agnes und der Dienstmagd glichen sich beinahe aufs Haar. So sehr, dass Bruder Hilpert fürchtete, einer Sinnestäuschung zu erliegen. Erst als sein Blick gleich mehrfach hin und her gewandert war, gewann er die Fassung wieder, beschlich ihn eine Ahnung, die ihm endgültig die Sprache raubte.

»Mir scheint, Ihr beginnt zu begreifen!«, versetzte die Baderstochter, der es auf einmal nicht schnell genug gehen konnte. »Alles Übrige, wenn Ihr erlaubt, unterwegs.«

»Unterwegs?«

»Ihr habt richtig gehört, Bruder!«, bekräftigte Melusine, verhüllte das Gesicht der Toten und zog den Bibliothekarius mit sich fort. »Oder wollt Ihr, dass uns Tuchscherer durch die Lappen geht?«

25

Postskriptum (III)

Was, in der Dreifaltigkeit Namen, war hier eigentlich im Gange? Und wo, wo war eigentlich Laurenz geblieben?

Stimmen, teils aus der Nähe, teilweise aber auch weit entfernt. Wie aus einem Trichter, teilnahmslos, bar jeglichen Gefühls. Und dazwischen immer wieder Irmtrud, besorgt, besonnen und abgeklärt, fürsorglich und voller Wärme. Ein Fels in der Brandung, ein Damm gegen die Ängste, deren sie sich mit aller Macht zu erwehren versuchte.

Wie lange die Tortur wohl noch dauern würde? Eine Stunde, zwei oder noch länger? Sie wusste es nicht. Schrie ihre Schmerzen heraus. Klammerte sich mit Macht an den Gebärstuhl, wand sich, verkrampfte sich, flehte, schimpfte, bettelte, fluchte, hechelte, jaulte wie ein Welpe. Überschüttete all jene, welche ihr zu nahe kamen, mit unflätigen Verwünschungen.

Alle, nur nicht Irmtrud, die Einzige, auf die sie sich verlassen konnte.

Der Ohnmacht nahe, presste Egberta die Augenlider zusammen, warf den Kopf in den Nacken und bäumte sich gegen ihr Schicksal auf. Wogen des Schmerzes schlugen über ihr zusammen, wahre Brecher, die sie unter sich zu begraben drohten. Ausgerechnet sie, die geglaubt hatte, robust, zäh und gegen jegliche Pein gefeit zu sein. Ihr Nachthemd war völlig durchgeschwitzt, das Haar klitschnass, der Schlag ihres Herzens so wild, dass es schien, als ob es in tausend Stücke zerspringen wolle.

Jetzt nur nicht aufgeben, machte sich die Wöchnerin selbst Mut, rang nach Luft, stieß einen markerschütternden Schrei aus – und erstarrte.

Irmtrud war nicht mehr da. Das spürte sie ganz genau. Sie, die ihr immer beigestanden, die alles daran gesetzt hatte, ihren Schützling vor Unbill, Leid und Drangsal zu bewahren.

Stattdessen war da jemand anderes, jemand, den sie jetzt, kurz vor der Geburt, nicht bei sich haben wollte. Den sie, ginge es nach ihr, in den hintersten Winkel der Hölle verbannt hätte.

Zu schwach, um sich dem Anerbieten zu widersetzen, bezähmte Egberta ihre Antipathie und hielt einen Moment lang still. ›Hier, trink!‹, befahl die Stimme, bei deren Klang ihr das Blut in den Adern gefror und deren Echo sie bis ins Mark erzittern ließ.

Egberta gehorchte, öffnete den Mund, spürte einen bitteren, sämtliche Empfindungen auslöschenden Geschmack im Mund. Und dann, mit einer letzten, verzweifelten, ans Übermenschliche grenzenden Anstrengung, mobilisierte sie all ihre Kräfte, um des Kindes willen, welches sie im gleichen Moment gebar.

Das Letzte, was sie auf Erden hörte, war der Schrei, welchen das Neugeborene ausstieß, gefolgt von einem dumpfen, in ihr Tiefinnerstes dringenden, ihren Lebenswillen vernichtenden Schlag.

Dann brach sie zusammen und hauchte ihr Leben aus.

SECHSTES KAPITEL

LUXURIA*

26

Spitalgasse, eine halbe Stunde vor Mitternacht

| [23.30 h]

»GERECHTIGKEIT!«, EMPÖRTE SICH LUDOLF EGERTER und hieb mit der Faust auf den Tisch, welcher in der Mitte seiner karg möblierten Wohnstube stand. Bruder Alban, Zeuge des Wutausbruchs, enthielt sich jeglichen Kommentars, legte die Handflächen aneinander und betete zu Gott, dass der Tuchfärber nicht vollends die Beherrschung verlieren möge. »Das meint Ihr doch wohl nicht ernst, Bruder. Wie denn? Und wann? Die Großkopferten können sich doch alles leisten. Vor allem der Tuchscherer. Will gar nicht wissen, wieviele Mädchen der auf dem Gewissen hat!«

»Mehr als genug.«

»Eben. Und was ist mit ihm passiert, frag ich Euch? Nichts. Aber auch rein gar nichts.«

»Gott der Herr wird ihn für seine Sünden …«

»Kommt mir doch nicht mit sowas, Bruder. Der Tuchscherer und die Geldsäcke droben in der Herrngasse haben doch einen Freibrief. Denken, sie können sich alles leisten. Glauben, sie können den gemeinen Mann schinden, wie's

* Wollust, Ausschweifung, Genusssucht

ihnen beliebt, ihm nach Herzenslust Besthaupt*, Gült**, Ungelt*** und was weiß ich nicht alles für Steuern aufbrummen. Nehmen sich, was sie kriegen können, fallen über unsere Weiber, jungen Frauen und neuerdings sogar über halbe Kinder …«

»Lass gut sein, Ludolf, ich bitte dich.«

Die Frau hinter dem Spinnrad, deren Gestalt vom Dämmerlicht verhüllt und mit Ausnahme der Hände vom Tisch aus kaum zu erkennen war, nahm die Füße vom Pedal, verschränkte die Hände und kämpfte gegen die Tränen an, welche die Erinnerung an die jüngsten Geschehnisse zutage förderte. In den vergangenen zwei Tagen war sie nahezu übergangslos zur Greisin mutiert, aus der lebenslustigen, rotwangigen und bienenfleißigen Mutter zweier Töchter war beinahe über Nacht eine gramgebeugte alte Matrone geworden.

Der Tuchfärber, ein vierschrötiger, mittelgroßer und zu cholerischen Ausbrüchen neigender Gernegroß in den Vierzigern, ließ sich jedoch nicht beirren. Im Gegenteil. »Was weißt du schon, Weib!«, beschied er seine Frau und spie den Hass, der sich in ihm aufgestaut hatte, mit krebsrotem Gesicht aus. »Und wenn wir gerade dabei sind – was hätten wir deiner Meinung nach tun sollen?«

»Ihr helfen, was sonst.«

»Und wie? Indem ich den Kinderschänder zur Rede stelle? Oder Geld von ihm verlange? Oder mich mit ihm duelliere? Wie ich den Tuchscherer kenne, hätte der doch alles abgestritten. Wäre nicht der Erste, der so was tut.«

---

* Art Erbschaftssteuer
** Grundsteuer
*** Verbrauchssteuer

»Jetzt mach aber mal einen Punkt, Ludolf. Hast wohl vergessen, dass es eine Zeugin gibt.«

»Nützt aber nichts, wenn sie nicht den Mund aufmacht.« Der Tuchfärber hob abwehrend die Hände. »Ja, ja, ich weiß, was du jetzt sagen willst!«, greinte er und leerte den Becher, der vor ihm stand, in einem Zug. »Ich hätte mich ihrer annehmen, mich um sie kümmern und sie trösten sollen. Mag sein. Aber was geschehen ist, ist nun einmal geschehen. Das weißt du genauso gut wie ich, Weib. Du kannst dich noch so sehr grämen, den da oben um Hilfe anbetteln oder den Tuchscherer und seine ganze Sippschaft vor den Kadi ziehen. Die Nessel kannst du dadurch nicht mehr lebendig machen, merk dir das. Wer konnte denn ahnen, dass sie so was tun würde!«

»Du kannst dich nicht reinwaschen, Ludolf Egerter. Und ich mich auch nicht.« Einen Wimpernschlag lang kehrte Stille ein, und die Anwesenden hingen ihren Gedanken nach. »Wir müssen etwas tun, Ludolf, das sind wir ihrem Andenken schuldig.« Wie um ihrem Ansinnen Nachdruck zu verleihen, nahm Johanna Egerter eine kerzengerade Haltung ein, stellte den Fuß auf das Trittbrett und setzte ihre Arbeit fort. »Gebe Gott, dass die Katharina wieder sprechen kann. Wie furchtbar, mitanzusehen, wenn die eigene Base ...«

»Grämt Euch nicht, gute Frau«, besänftigte Bruder Alban die Tuchfärbersgattin, nickte ihr zum Abschied zu und schickte sich an, die freudlose Stätte zu verlassen. »So Gott will, wird sich alles zum Guten wenden.«

»Und wie, Bruder?«, geiferte ihm Egerter mit neu erwachtem Groll hinterher. »Darf man fragen, wie Ihr das fertigbringen wollt?«

»Nicht ich, Egerter, nicht ich.« Die Klinke in der Hand, drehte sich der betagte Lektor um. »Es gibt da jemanden, der sich vorgenommen hat, die Schuldigen zu überführen. Koste es, was es wolle.«

»Und wer, bitte schön, soll das sein? Doch nicht etwa diese Quacksalberin, bei der sie für einen Hungerlohn geschuftet und die uns gestern Abend mit ihrer Fragerei den letzten Nerv getötet hat?«

Urplötzlich wie verwandelt, hob Bruder Alban die Stimme und trat mit grimmiger Miene auf den Tuchfärber zu. »Jetzt hör mir mal gut zu, du Versager!«, knurrte er. »Wenn es jemanden gibt, bei dem du dich bedanken musst, dann ist es Melusine Aschenbrenner. Vergiss das nie, Egerter, hörst du? Und bete zu Gott, dass ihrem Vorhaben Glück beschieden sein möge.«

»Zu Gott, aha!«, lästerte der Tuchfärber, verschränkte die Arme und lehnte sich genüsslich zurück. »Als ob das etwas … etwas … wer seid Ihr denn, verdammt noch mal?« Auf einen Schlag wie verwandelt, war Egerter das Lachen vergangen, und je länger er den Hünen unter dem Türsturz anstierte, desto mehr verstärkte sich die Überzeugung, dass er zu weit gegangen war. »Willkommen, Herr, was ist Euer Begehr?«

»Na also, warum nicht gleich. Ludolf Egerter, wenn ich nicht irre?«

»In der Tat, Herr, was kann ich für Euch tun?«

»Nichts, du Wurm!«, entgegnete Berengar von Gamburg, wandte sich an den Minoriten und sprach: »Wie ich höre, Bruder, wart Ihr gerade dabei, den Herrn über das Vorhaben Eures Schützlings in Kenntnis zu setzen.«

»›Schützling‹ – wie darf ich das …?«

»Erspart mir die Komödie, Vorleser. Ich habe Euch belauscht, Bruder Alban, Euch und die Jungfer, an deren Wohlergehen Euch so sehr gelegen ist. Wie sonst, frage ich mich, wäre es zu erklären, dass Ihr sie beim Verlassen ihres Hauses umarmt und Gottes Segen auf ihr Unterfangen herabgefleht habt?«

»Und wann, bitte schön, soll …«

»Vor einer halben Stunde, Bruder«, würgte Berengar das Aufbegehren jäh ab. »Apropos, wenn wir gerade dabei sind: Tut mir leid, dass ich hinter Euch hergeschnüffelt habe. Aber es gilt, eine Reihe von Verbrechen aufzuklären. Mord in drei Fällen, Vergewaltigung, und, damit es mir und meinem Freund Hilpert nur ja nicht langweilig wird, auch noch Leichendiebstahl.« Ohne die Anwesenden eines Blickes zu würdigen, betrat Berengar die Stube und schlenderte mit angewinkelten Armen auf den Minoritenbruder zu. »Lange Rede, kurzer Sinn, Bruder – ich wäre Euch dankbar, wenn Ihr endlich auspacken würdet. Und zwar ohne Wenn und Aber!«

27

Frauenwirtin beim Rödertor, kurz nach Mitternacht

|[0.05 h]

Mit Huren, sagte sich Laurenz Tuchscherer, als er aus dem Bett von Adelheid, seiner Favoritin, kletterte, fährt man einfach am besten. Da legst du ein paar Schillinge auf den Tisch, amüsierst dich und machst dich danach aus dem Staub. Da gibt's keinen Ärger, es sei denn, die Dame hält nicht, was sie versprochen hat.

Bei Adelheid, dieser rothaarigen, wohlproportionierten und ausgesprochen fantasievollen Teufelin, bestand diese Gefahr nicht. Sie war jeden einzelnen Heller wert, den er für sie lockergemacht hatte, und lockergemacht hatte er in der Tat eine Menge. Hier einen Armreif, da ein neues Kleid, hie und da ein paar Schuhe, ab und zu auch mal einen Goldgulden. Kleine Geschenke erhielten eben immer noch die Freundschaft. Mehr konnte man beim besten Willen nicht erwarten, und von mehr konnte auch nicht die Rede sein. Tuchscherer lächelte verächtlich vor sich hin. Frauen benutzte man, um nicht benutzt zu werden, und wer schlau war, warf sie weg, wenn er mit ihnen fertig war.

Und was, wenn sie sich ihm widersetzten, die Keckheit besaßen, ihm die kalte Schulter zu zeigen? Ganz einfach: Dann nahm er sie sich mit Gewalt. Bis jetzt war dies ohne Folgen geblieben, und nichts deutete darauf hin, dass er irgendwann Scherereien bekommen würde. Mit einem wie ihm, gewieft, gefürchtet und auf dem Sprung in den

Rat, wollte sich eben niemand anlegen, selbst dann nicht, wenn er wieder einmal über die Stränge geschlagen hatte. Oder wenn er, wie im Falle der kleinen Egerter, ein wenig nachhelfen musste.

Nicht mehr ganz nüchtern schlüpfte Tuchscherer in seine Hose und schraubte sich schwankend und taumelnd in die Höhe. Und überhaupt: Was konnte er denn dafür, dass sich das kleine Miststück zur Wehr gesetzt hatte? Dass sie so laut geschrien hatte, dass Egbertas Dienstmagd ihr zur Hilfe geeilt war? Überhaupt nichts. Ihre Schuld, wenn sie sich umgebracht hatte, oder? Hauptsache, er hatte seinen Spaß gehabt. Und das war ja wohl der Fall gewesen.

Dennoch: Mit Huren war es wirklich etwas anderes. Oder mit einer Kurtisane von der Sorte, zu der die Frau dieses Hagestolzes von einem Bader zählte. Beziehungsweise gezählt hatte. Einen obszönen Fluch auf den Lippen, streifte Tuchscherer sein Leinenhemd über und schlingerte zur Tür. Ja, verdammt noch mal, es hatte Momente gegeben, in denen er verrückt nach ihr gewesen war, verrückt nach ihrer Gegenwart, ihren Küssen, der Art, wie sie es fertigbrachte, ihn in ihren Bann zu ziehen. Diese Momente, so sehr er sie auch genossen haben mochte, waren jedoch nicht von Dauer gewesen. Schuld daran war vor allem sie selbst, nicht zuletzt, weil sie es darauf angelegt hatte, ihn zum Hampelmann zu machen. Und weil sie den Fehler begangen hatte, ihn zu unterschätzen. Er hatte sie das Leben gekostet, schade zwar, aber nicht zu ändern. Ein Laurenz Tuchscherer würde sich nicht erpressen lassen, von niemandem. Wer ihm im Weg stand, hatte mit Konsequenzen zu rechnen, wer wie Violante damit drohte, seine

Geschäfte mit Schmuggelware oder gefälschten Münzen publik zu machen, für den waren die Tage gezählt.

Konsequenzen? Welche denn? Laurenz Tuchscherer, Vergewaltiger, Mörder und Betrüger großen Stils, griente selbstzufrieden vor sich hin. Er hatte alles so hingedeichselt, dass der Verdacht auf Aschenbrenner fallen würde, sich Zugang zur Badstube verschafft, Violante in aller Gemütsruhe stranguliert und anschließend das Weite gesucht. Unerkannt, verstand sich. Und ohne irgendwelche Spuren zu hinterlassen. Eine Spezialität von ihm, beileibe jedoch nicht die Einzige.

Endlich an der Tür, warf Tuchscherer einen Blick auf Adelheid, die sich schlaftrunken auf ihrem Lager wälzte und eine jener Bewegungen machte, die sein Blut in Wallung brachten. Zarter Moschusgeruch lag in der Luft, vermischt mit einem Schuss Lavendel und dem Duft nach Jasmin. Oder handelte es sich um Veilchen? Einerlei, so und nicht anders musste eine Hure riechen, so und nicht anders sprang man mit einem Weibsbild um. Sonst lief man Gefahr, unter die Räder zu kommen. Ein Schicksal, das ihm, Laurenz Tuchscherer, mit Sicherheit erspart bleiben würde.

Denn wer, fragte er sich zum wiederholten Mal, wäre so dreist, sich mit ihm anzulegen? Derart töricht, ihn herauszufordern, ihn für das, was er auf dem Kerbholz hatte, zur Verantwortung zu ziehen?

Kein Mensch.

»Gute Nacht, junger Herr. Eine Lampe gefällig?« Wie praktisch, die Hurenwirtin dachte wirklich an alles. Mit einem Bein auf der Straße, wo ihm ein eiskalter Wind um die Nase wehte, vollzog Tuchscherer eine unsichere

Kehrtwendung und nahm die Laterne, welche Hrosvit ihm in die Hand drückte, mit täppischem Grinsen an. Ein wenig Licht konnte in der Tat nicht schaden, genausowenig wie frische Luft. Das würde ihn auf andere Gedanken bringen, vor allem, was seinen Zwist mit Egbertas Bruder betraf. Der Nächste auf seiner Liste – und vermutlich nicht der Letzte.

Kaum war die Tür hinter ihm ins Schloss gefallen und Tuchscherer unterwegs zum Rödertor, von wo aus er den Weg in Richtung Markusturm einschlug, flammte der Hass, den er gegenüber seinem Schwager hegte, von Neuem auf. Gründe dafür gab es genug, angefangen bei der Arroganz, die der Tuchhändler ihm gegenüber an den Tag legte, bis hin zu der Tatsache, dass er ihn im Beisein der Ratsherren bloßgestellt und des Mordes an Egberta bezichtigt hatte. Tuchscherer stieß eine unflätige Verwünschung aus. Das hatte sich der Herr Schwager so gedacht. Ihn, den Ehegatten, an den Pranger stellen, um anschließend in aller Ruhe abzukassieren und das Erbe des alten Wernitzer für sich reklamieren zu können. Raffiniert ausgetüftelt, nur leider nicht raffiniert genug. Bevor es dazu käme, würde er noch ein Wörtchen mitzureden haben. Und nicht zu knapp. Schließlich war da noch ein unscheinbarer Fetzen Papier, auf dem Egberta erklärte, sie wolle das von ihrem Vater ererbte Vermögen an ihn übertragen. Eigens zu diesem Zweck vom Notar aufgesetzt, geprüft, vom treu sorgenden Ehemann abgesegnet, bezeugt, besiegelt – aber leider nicht unterschrieben. Dazu war es nicht mehr gekommen, Egbertas Tod hatte ihm einen Strich durch die Rechnung gemacht.

Reichlich unsicher auf den Beinen, hielt Tuchscherer

inne, riss seinen Hosenlatz auf und erleichterte sich. Dass er sich dabei benetzte, bemerkte er nicht, ebenso wenig wie die Tatsache, dass jede seiner Bewegungen beobachtet wurde. Der Galgenvogel im Edelmannskostüm kicherte. Höchste Zeit, sich auf den Weg zu machen, bei so etwas verstand der Nachtwächter keinen Spaß.

Am Ende seiner Notdurft angelangt, stopfte Tuchscherer das Hemd in die Hose und trollte sich. Die alte Irmtrud – eine Giftmörderin? Wohl kaum. Zu so etwas war die stumpfsinnige alte Hexe nicht fähig. Tuchscherer stierte missmutig vor sich hin. Wenn aber nicht sie, wer dann? Wer von den Vogelscheuchen, die sich in der Herrngasse tummelten, war auf Egberta so schlecht zu sprechen gewesen, dass er sie umgebracht hatte, wer hatte überhaupt ein Motiv?

Wie vom Donner gerührt, blieb Tuchscherer stehen. Der Gedanke, welcher durch sein vernebeltes Hirn irrte, war so einleuchtend, die dahinter stehende Logik so zwingend, dass er sich fragte, warum er nicht schon früher darauf gekommen war. Hass wallte in ihm empor, gepaart mit Triumphgefühlen und einer gehörigen Portion Rachedurst. Beim Henker, das hatte sich diese Sippschaft so gedacht.

Und die Rechnung ohne den Wirt gemacht.

Zunächst aber hieß es, unbehelligt nach Hause zu kommen und den Rausch, der in einen gewaltigen Kater münden würde, erst einmal auszuschlafen. Dann würde er weitersehen, Bermetter die Rechnung präsentieren, dem Schandweib, das sich Schwiegermutter schimpfte, Daumenschrauben anlegen. Ein Auftritt ganz nach seinem Geschmack, der, hoffte er, seine Geldkatze bis zum Rand füllen würde.

In Reichweite des Röderbogens, hinter dem sich die Umrisse des Markusturms abzeichneten, erlitt Tuchscherers Zuversicht einen Dämpfer. Unter dem Torbogen stand eine Gestalt, wie eine Statue, von zarter, allenfalls mittlerer Statur und gerade erst dem Kindesalter entwachsen. Tuchscherer blieb stehen, runzelte die Stirn, trat näher, blieb erneut stehen und wich mit erschrockenem Gesicht zurück. Er geriet ins Wanken, nicht etwa als Folge des Weinkonsums, der seine Sinne durcheinandergewirbelt hatte, sondern aufgrund des Entsetzens, das ihm in sämtliche Glieder fuhr.

Dies war der Moment, auf den die Halbwüchsige unter dem Torbogen gewartet zu haben schien. Wie auf Kommando setzte sich die Maid in Bewegung, geradewegs auf den konsternierten Zecher zu. Vor Schreck wie erstarrt, blieb Tuchscherer stehen. Lichtblitze zerbarsten vor seinen Augen, und ihm war, als vernehme er einen Pfeifton im Ohr. Die Maid indes ließ sich nicht beirren und steuerte direkt auf ihn zu. Sie trug ein weißes Behältnis vor sich her, gerade so, als bringe sie ein Opfer dar. Furcht kannte sie offenbar keine, gänzlich unbeeindruckt vom Lichtkegel der Laterne, in den sie beim Herannahen geriet.

Eine Armlänge von Tuchscherer entfernt, blieb die Maid schließlich stehen. Ihr Gegenüber bewegte sich keinen Zoll, nicht etwa, weil es ihm am Willen mangelte, sondern weil er das, was sich hier abspielte, nicht begriff. Kalkweiß im Gesicht, gab der Ratsherr in spe keinen Laut von sich, fröstelnd, zaudernd, unfähig, das Erlebte zu begreifen. ›Scheiß Sauferei!‹, fuhr es ihm durch den Sinn, ›wenn du so weitermachst, karren sie dich ins Narrenhaus!‹

Und dann, wie aus heiterem Himmel, geschah es. Die

Erinnerung stellte sich wieder ein. Langsam, aber unaufhaltsam, wie ein Rinnsal, aus dem ein reißender Strom entsteht.

Einer Salzsäule gleich verharrte Tuchscherer in seiner Pose, bewegte sich nicht, rührte sich nicht vom Fleck. Kein Zweifel, er hätte die Maid beiseite stoßen, sie mit Verwünschungen überschütten, sein Heil in der Flucht suchen können. Dazu sollte es jedoch nicht kommen, aus Gründen, auf die er sich keinen Reim machen konnte. »Wer ... wer bist du?«, stammelte er, kaum je in Verlegenheit, wenn es um markige Worte oder Drohgebärden ging. »Was zum ... was willst du von mir?«

Im Begriff, die Frage zu wiederholen, ließ Tuchscherer von seinem Vorhaben ab. Das alles war so unwirklich, so bizarr, dass es sich nur um ein Traumgebilde handeln konnte. Um ein Hirngespinst, das er sich selbst und seinem Hang zum Saufen verdankte.

Ja genau so war es. So musste es einfach sein. Wäre da nicht die Erinnerung gewesen, die ihn mit eisernem Griff an der Gurgel packte, ihm die Luft abschnürte, seine Widerstandskraft lähmte. Tuchscherers Atem beschleunigte sich, und siehe da, plötzlich stieg ein vergessen geglaubtes Bild in ihm auf. Eine Gestalt, die derjenigen vor ihm zum Verwechseln ähnlich sah. Bleich vor Entsetzen stöhnte der Erzhalunke auf. Schwarzer Umhang, Kapuze, blaues Kleid. Fragile Statur. Silbernes, mit Schraffierungen versehenes Kruzifix. Halbschuhe aus Ziegenleder.

Verwechslung ausgeschlossen.

Erst recht nicht, als sein Gegenüber die Kapuze zurückschlug, den Blick hob und ihm mit starrem Blick den Tiegel darbot, welchen es bis dato an die Brust gepresst hatte.

Immer noch wie in Trance, ließ Tuchscherer die Laterne aus der Hand gleiten und griff zu, den Blick auf das wie geschminkt wirkende Mädchengesicht gelenkt. Circa 14 Jahre alt, langes, bis auf die Schultern herabreichendes Haar, beinahe noch ein Kind. Gewiss doch, so war es. So musste es einfach sein. Oder handelte es sich etwa um ... nein, unmöglich, dies hier war kein Mummenschanz, kein Täuschungsversuch, keine abgefeimte Intrige. Hier war der Leibhaftige im Spiel, darauf aus, ihm die Laune mit einem Hirngespinst zu vergällen.

Einbildung also, nichts weiter.

Oder die Wirklichkeit, das war die Frage.

Als könne es Gedanken lesen, hielt das Mädchen seinem Blick stand, öffnete den Umhang, den es über seinem blauen Wollkleid trug und gab den Blick auf den Blutfleck frei, der sich direkt unterhalb der Gürtellinie befand.

Tuchscherer stöhnte innerlich auf. Also doch kein Mummenschanz, kein Albtraum oder was es sonst noch für Möglichkeiten gab. Sondern die Wirklichkeit, die grausame, durch nichts zu beschönigende Realität.

Den Behälter an die Brust gepresst, wich Tuchscherer zurück. Er wollte schreien, um Hilfe rufen, herumwirbeln und das Weite suchen. Vergebens. »Was willst du von mir, Agnes?«, brach es mit Macht aus ihm hervor, während er schweißtriefend und geifernd um Fassung rang. »Wie ... wie in aller Welt kommst du hierher?«

Doch Agnes antwortete nicht, deutete nur immerfort auf den Blutfleck, der, wie ihm seine Fantasie Glauben machte, immer größer zu werden schien. Tuchscherer ächzte gequält. Natürlich wusste er, was sie von ihm wollte. Was für eine Frage. Sie wollte Rache nehmen,

Rache für das, was er ihr im Garten hinter dem Haus angetan hatte, Rache für die Pein, die er ihr zugefügt und für die Qualen, welche sie seither durchlitten hatte.

Sie wollte Vergeltung üben und er, ihr Peiniger, würde dem nichts entgegenzusetzen haben. »Willst du Geld, willst du … nach was riecht es denn hier?«, winselte Tuchscherer mit Blick auf den Behälter, dem ein unangenehmer, über die Maßen strenger Geruch anhaftete. Nur um mitten im Satz, trotz seines Weinkonsums, auf die erhoffte Antwort zu stoßen.

Lauge. Zum Färben von Wolle, Garn oder Tüchern. Oder zum Trinken, je nachdem.

»Was zögerst du, Laurenz? Nur zu, oder fehlt dir der Mut?«

Bleich wie der Tod, zuckte Tuchscherer jäh zusammen. Wer war es, der sich von hinten herangeschlichen, der ihm hier, unweit des Markusturms, aufgelauert hatte? Der ihn beim Vornamen nannte, in einem Tonfall, der ihm das Blut in den Adern gefrieren ließ?

Das Gefäß immer noch in der Hand, wirbelte Tuchscherer herum.

Und erstarrte.

Vor ihm stand jemand, den er kannte. Oder den er, wie ihm die Erinnerung glauben machen wollte, zu kennen glaubte. Dieser Jemand trug einen wollenen Überwurf, dazu ein Kleid aus dunkelrotem Samt, bei dessen Anblick es ihm endgültig die Sprache verschlug. Kurz davor, den Verstand zu verlieren, drang ein Röcheln aus Tuchscherers Mund. Beim Phallus Satans, hier ging es nicht mit rechten Dingen zu, hier war der Leibhaftige in persona* am Werk.

---

* dt.: persönlich

›Was willst du?‹, wollte er sagen, den Blick abwechselnd über die rechte Schulter und danach wieder auf die Gestalt gelenkt, welche ihn mit unbewegter Miene taxierte.

Tuchscherer traute seinen Augen nicht. Hanfschlinge um den Hals, Überwurf aus Wolle, sündhaft teures, mit Goldfäden durchwirktes Kleid, kokettes Lächeln und zu allem Überfluss auch noch ein Goldkettchen samt herzförmigem Medaillon auf der Stirn. Wahrlich, die Hure, welche er gemeuchelt hatte, war wiederauferstanden, dazu auserkoren, ihm den letzten Rest seines Verstandes zu rauben.

»Was mein Begehr ist, willst du wissen?«, nahm sie ihm die Worte aus dem Mund, außerstande, ihre Genugtuung zu verbergen. »Kannst du dir das nicht denken, Liebster?«

»Doch.« Zu mehr als dieser Äußerung war Tuchscherer nicht fähig, schon gar nicht dazu, auf die Gestalt zuzugehen. Hätte er es getan, wäre ihm aufgefallen, dass sie eine Augenmaske trug, dass sie mit derjenigen, für die er sie hielt, nichts gemeinsam hatte.

So aber nahmen die Dinge ihren Lauf. »Na, also!«, rief der Engel der Rache, in den sich Tuchscherers Schreckensvision zu verwandeln begann, mit triumphierender Stimme aus. »Wurde aber auch Zeit.«

»Zu … was denn?«, stammelte Tuchscherer, der nun, verglichen mit dem Mann, der das Leben von zwei Menschen auf dem Gewissen hatte, nicht mehr wiederzuerkennen war. »Was immer Ihr begehrt, ich werde Euren Wunsch …«

»Gestehe, Nichtswürdiger, mehr verlange ich nicht von dir.«

»Ja, ja, ja – ich habe ihr Gewalt angetan! Das wollt Ihr doch von mir hören, oder?«

»Wem, Ungeziefer?«

»Der da!«, schrie Tuchscherer und wirbelte wie von Furien gepeinigt herum.

Nur um festzustellen, dass die Rödergasse wie leer gefegt war.

»Das kommt davon, wenn man zu viel trinkt, Liebster. Da sieht man Dinge, die es überhaupt nicht gibt.«

Die Augen weit aufgerissen, irrte Tuchscherers Blick hin und her. Dann wandte er sich mit hängenden Schultern um. »Ver… Verzeiht«, stotterte er, während ihm der Speichel aus dem Mundwinkel tropfte. »Verzeiht mir, dass ich dir … äh … Euch Gewalt angetan habe.«

»Vergewaltigung, Mord und ein feiger Giftanschlag. Ein stattliches Sündenregister, findest du nicht auch?«

Den Tränen nahe, sank Tuchscherer zu Boden und rutschte bittend und bettelnd im Straßenkot herum. »Ich habe ihr nichts getan!«, beteuerte er, die gefalteten Hände in die Höhe gereckt. »So glaubt mir doch, ich habe Egberta nicht umgebracht!«

»Wer sonst, wenn nicht du, Auswurf?«

»Wer? Da müsst Ihr schon meinen sauberen Herrn Schwager fragen! Der weiß besser Bescheid als ich.«

»Keine Ausflüchte, Halunke, sonst ist dein Leben verwirkt.«

»Herrje, wenn ich's doch sage! Ich hab's mit eigenen Augen gesehen.«

»Wirklich?«

Der Missetäter nickte, schlotternd vor Angst. »Kurz vor der Niederkunft, in der Diele vor Egbertas Gemach.«

Tuchscherer schluckte. »Mein Pech, dass ich erst vorhin draufgekommen bin.«

»Ist das wieder eine von deinen Winkelzügen oder bekommen wir zur Abwechslung einmal die Wahrheit zu hören?«

»›Wir?‹ Was wollt Ihr damit …«

Tuchscherer verstummte, zum einen, weil ihm seine Kontrahentin Einhalt gebot, zum Teil aber auch aus Furcht vor der Gestalt, welche sich in diesem Moment zu ihr gesellte. Eine Gestalt im Mönchshabit, an die er sich ebenso vage wie widerstrebend erinnerte. »Nur zu, junger Herr!«, forderte sie ihn mit kaum verhülltem Abscheu auf, »ich bin es gewohnt zuzuhören.«

Tuchscherer gehorchte. »Ich sitze also in der Diele vor ihrer Kammer, und da kommt plötzlich die alte Irmtrud daher«, beeilte er sich, dem Wunsch des Minoriten nachzukommen. »Einen Becher mit frisch aufgesetztem Kräutersud in der Hand.«

»Und woher wisst Ihr, dass es Kräutersud war?«

»Ich kann das Zeugs riechen, Bruder. Zehn Meilen gegen den Wind. Egberta hat darauf geschworen.« Tuchscherer wischte sich den Speichel vom Mund und ergänzte: »Sei's drum, da kommt also die alte Ve… äh … da kommt also Egbertas Amme mit ihrem selbst gebrauten Wundertrank daher. Für meinen Herrn Schwager, der zusammen mit mir gewartet hat, allerdings nicht schnell genug.«

»Kurzum: Es kam zu einem Disput.«

»Ja, aber nicht zwischen ihm und der alten Irmtrud.«

»Sondern?«

»Sondern zwischen Irmtrud und meiner Schwiegermutter.«

»Wie bitte? Zwischen wem?«

»Ihr habt richtig gehört, Bruder. Taucht der alte Drache doch tatsächlich kurz vor der Niederkunft auf der Schwelle von Egbertas Kammer auf, reißt der Alten den Kräutersud aus der Hand und trägt ihr auf, ein sauberes Leinentuch zu holen.«

»Mit anderen Worten – Ihr, Tuchscherer, könnt versichern, dass Ihr das Zimmer Eurer Gattin weder vor noch nach ihrer Niederkunft betreten habt.«

»So wahr Gott mein …«

»Tut mir einen Gefallen und lasst den Namen des Herrn aus dem Spiel.« Bruder Hilpert hob die Stimme. »Habt Ihr mit Eurer Frau Kontakt gehabt, ja oder nein?«

»Nein.«

»Und wann habt Ihr sie zum letzten Mal gesehen?«

»Am Abend vor Ihrer Niederkunft.«

»Unter vier Augen?«

»Bei allem Respekt, Bruder, ich weiß nicht, was daran so interessant …«

»Antwortet, Kinderschänder: Worum ist es in dem Gespräch mit Eurer Frau gegangen?«

»Um persönliche Dinge, nicht mehr«, wiegelte Tuchscherer ab und unternahm den Versuch, auf die Beine zu kommen. Ein Unterfangen, welches ihm erst beim dritten Versuch gelang. »Dinge, die nur mich und Egberta betrafen.«

»Oder Eure Verwandten, je nachdem.« Bruder Hilpert holte tief Luft. »Ihr habt darauf gedrungen, sie möge das von einem gewissen Heinricus Nyeß, Notarius zu Rothenburg, ausgefertigte Dokument unterzeichnen. Wenn möglich, noch vor ihrer Niederkunft. Trifft dies zu, *Wollüstling*, ja oder nein?«

»Doku… ?«

»Erspart mir die Komödie, Tuchscherer.« Mit der Geduld am Ende, zog Bruder Hilpert die Urkunde unter seiner Kukulle hervor und hielt sie dem Delinquenten vor die Nase. »Kommt Euch bekannt vor, oder?« Dann ließ er sie wieder verschwinden. »Wie schade, dass aus der kleinen Transaktion nichts geworden ist!«, spottete er. »Bleibt zu klären, wer seinen Nutzen daraus ziehen wird. Cui bono? Das ist hier die Frage.«

»Könnt Ihr Euch das nicht denken, Bruder?«

»Doch.«

»Heißt das, ich kann jetzt …?«

»Nicht so eilig, Liebster!«, mischte sich die Stimme, bei deren Klang Tuchscherer jäh erstarrte, in sein Gespräch mit dem Unbekannten ein. »Ich habe noch eine kleine Überraschung für dich.«

Der Engel der Rache winkte mit dem Zeigefinger, und Tuchscherer, nur noch ein Schatten seiner selbst, folgte ihm auf dem Fuße. Es war ihm gleich, wohin ihn sein Weg führen würde, gleichgültig, was aus ihm werden, egal, wer oder was seiner harren würde. Binnen einer Viertelstunde war aus dem 24-Jährigen ein verwirrtes, gedemütigtes und verängstigtes Wrack geworden. Eine Marionette, die nach Belieben herumkommandiert wurde. Laurenz Tuchscherer hatte ausgespielt, und das war ihm auch bewusst.

Und so heftete er sich an die Fersen der Gestalt, die dem Rödertor zustrebte, kraftlos, zermürbt und bar jeglicher Gedanken an Flucht. Längs des Weges, der einem Spießrutenlauf glich, tauchten weitere Gestalten auf, höhnend, geifernd, seiner spottend und ihn schmähend. Darunter solche, die er kannte, aber auch solche, an die er sich nicht erinnern konnte. Kaum noch Herr seiner Sinne, stolperte Tuchscherer weiter. Allein, die Geister der Vergangenheit ließen nicht ab von ihm, kamen und gingen, scherzten und wehklagten, drohten und schmeichelten, beschimpften und umgarnten ihn. Nicht lange, und er musste sich die Ohren zuhalten, so laut, schrill und nervenzerfetzend wurde ihr Geschrei.

Der Bußgang des Laurenz Tuchscherer war jedoch noch lange nicht vorüber. Vor dem Haus an der Stadtmauer, wo ihn eine rotblonde Dirne empfing, machte der Engel plötzlich halt. Viel zu verwirrt, um aufzubegehren, verhielt auch Tuchscherer seinen Schritt und harrte der Dinge, die da kamen.

»Darf ich vorstellen, junger Herr –«, spöttelte Melusine und gesellte sich zu Tuchscherers bevorzugter Gespielin, auf deren Gesicht sich Genugtuung, Häme und Schadenfreude spiegelten, »Adelheid, eine meiner Patientinnen. Kuriert von der Krankheit, mit dem sie sich bei einem ihrer Galane angesteckt hat. Unnötig zu erwähnen, wer es war.«

Tuchscherer ließ den Kopf hängen und schwieg.

»Willkommen, Herr! Mein Haus steht zu Eurer Verfügung.«

»Siehst du, Liebster«, amüsierte sich Melusine mit Blick auf Hrosvit, die soeben die Tür geöffnet und sich einen Spaß daraus gemacht hatte, ihn mit einem Knicks zu begrüßen, »sogar die Frau Wirtin ist gekommen, um dir ihre Aufwartung zu machen.« Ein Geräusch im Ohr, das aus nächster Nähe kam, wanderte der Blick der Baderstochter zum Rödertor. »Sieh an, wen haben wir denn da!«, triumphierte sie, als ihr Blick auf Deodatus, Katharina und

Bruder Hilpert fiel, welche soeben um die Ecke bogen. Berengar, der ihnen unterwegs begegnet war, folgte dem Trio auf dem Fuße. »Na, dann wären wir ja komplett!«

Kaum hatte Melusine geendet, presste Tuchscherer die Handflächen an die Ohren und wich zurück. Dann stieß er einen markerschütternden Schmerzenslaut aus, gefolgt von einem Schrei, dessen Echo wie ein Menetekel von der Stadtmauer und den angrenzenden Häusern widerhallte. »Aufhören!«, hallte es durch die Nacht, so laut, dass Bruder Hilpert an der Richtigkeit seines Vorgehens zu zweifeln begann. Und immer wieder: »Aufhören!«

Für Skrupel und Gewissensbisse war es jedoch zu spät. Die Dinge nahmen ihren Lauf und sie entwickelten sich genau so, wie Melusine es geplant hatte.

Mit dem Rücken zur Tür, stieß Tuchscherer die Frauenwirtin beiseite und funkelte die Anwesenden, welche einen Halbkreis um ihn bildeten, mit wutverzerrter Miene an. »Genau sieben!«, rief er triumphierend aus und ließ seinen Worten ein Grinsen folgen, das in einen nicht enden wollenden Lachanfall mündete. »Und eine schlimmer als die andere. Völlerei, Faulheit, Hochmut, Geiz, Zorn, Neid, und … und …«

»Wollust.«

Aus wessen Munde das Wort entwich, welches das Schicksal von Laurenz Tuchscherer besiegelte, konnte Bruder Hilpert beim besten Willen nicht sagen. Einmal ausgesprochen, ging von ihm eine Wirkung aus, wie er sie nicht für möglich gehalten hätte. »Ihr haltet Euch wohl für ziemlich schlau, was?«, brach es aus dem Emporkömmling hervor, dessen Geist sich endgültig zu verwirren begann. Für ihn, über den das Urteil gesprochen war, gab es jetzt kein Halten mehr, und das sah man dem sich wie toll Gebärdenden auch an. »Aber merkt Euch eins: Ihr seid nicht viel besser als ich. Keiner von Euch, nicht einmal du, Mönch! Oder die dreckige kleine Metze da. Oder die Frau Wirtin. Oder der Bucklige, der nichts Besseres zu tun hat, als tagtäglich in der Scheiße zu wühlen. Wollust, na und? Wer kann schon von sich behaupten, dass er gefeit gegen sie sei? Etwa der dunkelhaarige Recke da drüben? Doch wohl kaum. Ich will Euch mal was sagen, Ihr Heuchler. Ihr habt genauso viel Dreck am Stecken wie ich. Je unschuldiger, desto hintertriebener, kann ich nur sagen. Vor allem du, kleines Biest, oder weißt du nicht mehr, wie du geschrien hast, als ich im Badehaus über dich hergefallen ...«

»Genug, Tuchscherer – das reicht.«

»... bin? Wer ... wer ist es, der zu mir spricht?«

»Ich, Wollüstling!«, unterbrach Melusine das Spektakel, trat hinzu und öffnete die Tür. »Spute dich, du wirst erwartet!«

Wie vom Blitz getroffen, verharrte Tuchscherer auf der Schwelle und sah die Anwesenden, deren Gesichter sich in Dämonenfratzen zu verwandeln schienen, mit irrlichternden Blicken an. Dann spie er aus und stürzte davon.

Kurz darauf, im Halbdunkel von Adelheids Kammer, war es endgültig um ihn geschehen. Die Dämonen, welche ihm auf dem Fuße folgten, waren vergessen, vergessen auch das Leben, von dem er gerade Abschied nahm. Einfach alles, auch sein Name, die Erinnerung an vergangene Zeiten und begangene Schandtaten, war aus seinem Gedächtnis getilgt.

Alles? Nicht ganz. Für den Rest seines kümmerlichen

Erdendaseins, welches er hinter Gittern fristen sollte, hatte er nur dieses eine Bild vor Augen, Stunde um Stunde, unentwegt, ohne Unterlass. So lange er lebte, würde es nicht mehr von ihm weichen, mochte er auch noch so laut toben oder schreien.

Es war der von Windlichtern umgebene Leichnam von Agnes Egerter, welcher ihn endgültig den Verstand verlieren und bis zum Morgengrauen Totenwache halten ließ. Und siehe, alsbald drängten die Dämonen hinzu und wichen von Stund an nicht mehr von seiner Seite.

28

Stadthaus der Familie Wernitzer, eine knappe Stunde nach Mitternacht | [00.53]

»Du – hier? Was hat das zu bedeuten, mein Sohn?«

»Ja, ich, Mutter.« Die Ellbogen auf den Knien, rührte sich Heinrich Bermetter, Mitglied des Inneren Rates, keinen Zoll von der Stelle und starrte mit tiefliegenden Augen vor sich hin. In den vergangenen zwei Tagen hatte er kaum Schlaf gefunden, und nichts deutete darauf hin, dass die Misere ein Ende haben würde. Die Miene des Bankrotteurs verdüsterte sich. Der Tod seiner Halbschwester und die Querelen mit seinem Schwager waren nicht spurlos an ihm vorübergegangen, und er fragte sich, ob die Freveltat, von der er nach der Ratssitzung erfahren hatte, je aufgeklärt werden würde.

»Ausgerechnet hier, mitten in der Nacht? Was geht dir durch den Kopf, mein Sohn? Sprich!«

»Einiges, Mutter, einiges.« Ohne sich nach ihr umzudrehen, ließ Bermetter das Kinn auf den zusammengepressten Fäusten ruhen und machte keinerlei Anstalten, die Kammer seiner Halbschwester zu verlassen. Die Anwesenheit seiner Mutter flößte ihm Unbehagen ein, und das seit geraumer Zeit. Vor drei Tagen, dem Todesdatum Egbertas, war alles noch ganz anders gewesen, und die Frage, wie es dazu gekommen war, ließ ihn nicht mehr los.

Das Verhältnis zu seiner Mutter war immer gut gewesen, viel besser als das ihrige zu Egberta, das von ständigen Querelen, lautstarken Auseinandersetzungen und allerlei hässlichen Szenen geprägt gewesen war. Der Höhepunkt davon, ein handfester Streit in der Nacht vor Egbertas Niederkunft, hatte ihn derart angewidert, dass er schleunigst das Weite gesucht, sich in sein Studierzimmer geflüchtet und erst kurz vor der Geburt, welche seiner Schwester zum Verhängnis wurde, wieder daraus hervorgewagt hatte. Worum es dabei gegangen war, hatte er nicht mitbekommen, nur so viel, dass der Grund wieder einmal sein Schwager gewesen war. Bermetter atmete geräuschvoll aus. Der Herr Schwager – wieder einmal. Selten zuvor hatte er eine derartige Antipathie gegen jemanden gehegt, und selten zuvor war sie derart berechtigt gewesen. Die Frage war allerdings, aus welchem Grund Laurenz Egberta aus dem Weg räumen sollte, ausgerechnet er, der er sich bereits die fettesten Pfründe weit und breit unter den Nagel gerissen und seine Frau wie ein Schoßhündchen dressiert hatte. Tuchscherer – ein Mörder? Mörder schon, aber, und das war der springende Punkt, mit hoher Wahrscheinlichkeit nicht der Mörder seiner Frau.

Oder etwa doch?

Vielleicht, dachte Bermetter bei sich, war er mit seinen Provokationen ja zu weit gegangen. Einen Zweck hatte das Geschmiere auf der Haustür und das Pergamentröllchen ja erfüllt, nämlich den, dass Tuchscherer im Stadtrat blamiert und seinen Ambitionen ein Riegel vorgeschoben worden war. Das allein war die Mühe wert gewesen, ganz gleich, wer Egberta auf dem Gewissen hatte.

So seine Halbschwester, für die er sich stets verantwortlich gefühlt hatte, denn überhaupt ermordet worden war. Die heruntergebrannte Kerze vor Augen, welche auf ihrem Nachttisch stand, wog der Tuchhändler das lockenbekränzte Haupt. Irmtrud, der treuen Seele, traute er so etwas nicht zu, wenngleich man auch diesbezüglich nicht hundertprozentig sicher sein konnte. Und was hieß hier überhaupt ›sicher‹! Wer konnte schon mit Bestimmtheit sagen, dass Egberta vergiftet worden war? Und selbst wenn, wie wäre es möglich, dies dem Betreffenden nachzuweisen? Nun gut, durch eine Sektion, aber wer, fragte er sich, wäre so dreist, einen aufgebahrten Corpus zu stehlen, um ihn anschließend nach Spuren eines Giftanschlages zu untersuchen? Und wer, so das nächste Problem, hatte überhaupt ein Motiv?

Eine Frage, die man sich sowohl bezüglich des Mörders als auch im Hinblick auf den ominösen Leichendieb stellen musste. Oder Diebin, je nachdem.

Oder in Bezug auf die Mörderin, je …

Auf einen Schlag wie ausgewechselt, sprang Bermetter auf und schüttelte die Klaue, die sich kurz zuvor auf seine Schulter gelegt hatte, mit wachsbleicher Miene ab. Bildfetzen wirbelten ihm durch den Sinn, Worte, die erst jetzt, im Lichte der Erkenntnis, einen Sinn ergaben. Beim heiligen Franziskus, genau so, so und nicht anders war es gewesen! Er, Halbbruder der Wöchnerin, vor ihrer Kammer, der verhasste Schwager nur wenige Schritte von ihm entfernt. Darüber hinaus, als Dritte im Bunde, die alte Irmtrud, einen Becher mit Kräutersud in der Hand und in ein Gespräch mit Tuchscherer vertieft. Und dann, urplötzlich, seine Mutter Chlotilde, die auf der Schwelle von Egbertas Kammer erscheint, Irmtrud den Becher aus der Hand reißt und ihr befiehlt, sie möge ein Leinentuch holen.

Und dann, kurz darauf, ein lautes Aufstöhnen, gefolgt

vom Schrei des Neugeborenen, welches wenige Augenblicke später verstummt.

So, genau so und nicht anders war es gewesen.

»Ich sehe, du beginnst zu begreifen!«, sprach die Stimme hinter ihm, fest, herrisch und Achtung erheischend wie immer. »Glaub mir, mein Junge, ich habe es nicht gern getan. Ganz bestimmt nicht. Habe hin und her überlegt, die ganze Nacht. Aber dann habe ich keinen Ausweg mehr gesehen. Dieser elende Halunke war dabei, unsere Familie zu ruinieren, verstehst du, nicht nur Egberta, sondern auch dich und mich! Seien wir ehrlich, Heinrich – hätte ich mich etwa damit abfinden und tatenlos zuschauen sollen, wie Egberta das gesamte Vermögen in die Hände eines stadtbekannten Lumpen und Schürzenjägers legt? Tatenlos, ohne einen Finger zu rühren? Was, frage ich dich, hättest *du* getan, wenn du aus ihrem Mund davon erfahren hättest? Siehst du, jetzt hat es dir die Sprache verschlagen, so wie damals, als Vater sein gesamtes Vermögen an Egberta und ihren nichtsnutzigen Beschäler überschrieben hat. Daran erinnerst du dich doch wohl, oder? Na also. Eins musst du mir glauben, mein Sohn«, fuhr die Stimme fort, die selbst jetzt, nachdem die Wahrheit ans Licht gekommen war, weder zu zittern noch zu vibrieren begann, »ich habe mir die Entscheidung nicht leicht gemacht. Das musst du mir einfach glauben, hörst du?«

»Und das Kind, Mutter?«, flüsterte Bermetter, während sein Blick zu dem Prunkbett wanderte, auf dem seine Halbschwester aufgebahrt gewesen war. »Was ist mit ihrem Kind?«

»Tot.«

»Umgebracht, wolltest du sagen.«

»Na schön, umgebracht, beseitigt, aus dem Weg geräumt – ganz, wie du willst.« Chlotilde Wernitzers Stimme drohte aus den Fugen zu geraten, und als ihr Sohn nicht antwortete, stampfte sie wütend auf. »Wer, bitte schön, hätte für das Balg sorgen sollen? Tuchscherer? Du? Ich? Besser, sein Leben auszulöschen, bevor es mitbekommt, wer sein Vater ist.«

»Oder seine Großmutter.«

Chlotilde Wernitzer schnappte nach Luft, packte ihren Sohn an den Schultern und drehte ihn mit Gewalt herum. »Jetzt hör mir mal gut zu, Heinrich!«, zischte sie, während ihr die Augen vor Wut aus den Höhlen traten. »So leicht, wie du dir die Sache machst, ist sie leider nicht. Jetzt tu doch nicht so, oder schämst du dich, dass du über Nacht reich geworden bist?«

»Reich?«

»Ja, reich, mein Junge. Steinreich. Sobald Egberta unter der Erde ist, werde ich dir das gesamte Vermögen überschreiben.«

»Dazu müsste man sie erst einmal finden.«

»Finden oder nicht, du wirst doch nicht so undankbar sein und deine eigene Mutter ans Messer liefern? Mich, die ich so viel für dich getan habe? Ich schlage vor, du überlegst dir das Ganze noch mal. Dann wirst du begreifen, dass Schweigen in der Tat Gold sein kann. Und alles, was ich dir anvertraut habe, für dich behalten. Nur ein paar Wochen, dann wird Gras über die Sache gewachsen sein. Kein Mensch wird je dahinterkommen, vor allem nicht dieser neunmalkluge Zisterzienser, der geglaubt hat, mich übertölpeln zu können.«

»Doch, wird er.«

Voll und ganz auf ihren Sohn konzentriert, hielt Chlotilde Wernitzer jäh inne. Dann wanderte ihr Blick zur Tür. Bleierne Schwere senkte sich auf ihre Lider herab, und mit einem Mal sah ihr Gesicht wie eine Totenmaske aus. »Was fällt Euch ein, mitten in der Nacht hier …«, krächzte sie, verstummte jedoch vollends, als sie sich nicht nur Bruder Hilpert, sondern außer ihm auch noch Berengar und der ihr nicht minder missliebigen Baderstochter gegenübersah.

»Heinrich Bermetter, nehme ich an?«, erkundigte sich Bruder Hilpert mit tonloser Stimme und fügte, nachdem der Ratsherr bejaht hatte, mit ebensolcher Stimme hinzu: »Erlaubt, dass ich mich vorstelle. Mein Name ist Bruder Hilpert, Bibliothekarius zu Maulbronn.«

»Ein Zisterzienser im Habit eines Minoriten. Ich fürchte, das müsst Ihr mir erklären.«

»Nichts lieber als das«, gab Bruder Hilpert zur Antwort, durchmaß die Kammer und setzte seine Augengläser auf. Dann griff er nach der Kerze und begutachtete den Gebärstuhl, der unweit des Prunkbettes in der Ecke stand. Nicht lange, und er sollte fündig werden. »Tretet näher, Herr Rat«, forderte er Bermetter auf, der sich dem Griff seiner Mutter entwand und dem Wunsch des nächtlichen Besuchers Folge leistete. »Tretet näher, und Ihr werdet Eure Antwort bekommen.«

»Worauf denn?«

»Zunächst einmal auf die Frage, wie Eure Nichte ums Leben gekommen ist«, erwiderte Bruder Hilpert barsch und deutete auf den dunkelroten Fleck, der sich auf der Armlehne des Gebärstuhls befand. »Und im Folgenden auf alle Fragen, die mit dem Tod Eurer Schwester, dem

Verschwinden ihres Leichnams und der Rolle, welche meine beiden Gefährten bei der Aufklärung der beiden Morde gespielt haben, zusammenhängen.« Der Bibliothekarius blickte in die Runde, nahm die Brille ab und steckte sie wieder ein. »Nehmt ruhig Platz, Bermetter, so viel Zeit muss sein.«

29

Ebenda, eine gute Stunde später | [01.45]

»DA GEHT SIE HIN und kehrt nicht wieder!«, erklärte Berengar lapidar und blickte dem Büttel und den ihm auf dem Fuße folgenden Stadtknechten hinterher, die Chlotilde Wernitzer in ihre Mitte nahmen, um sie ins Stadtgefängnis am Milchmarkt zu eskortieren. Vom Burgtor fegte eine frische Brise heran, und es schien, als ob die Misere kein Ende haben würde. »Was, denkst du, wird mit ihr passieren?«

»Das in derlei Fällen Übliche. Interrogatio, accusatio, iudicium und poena.* Die, wie kaum anders zu erwarten, sehr hart ausfallen wird.«

»Auf gut Deutsch: Tod durch den Strang.«

»Etwas in der Art.« Bruder Hilpert bekreuzigte sich. »Die eigene Tochter vergiften. Das eigene Enkelkind ermorden. Ich kann es immer noch nicht glauben.«

»Tja, wie pflegten die alten Römer doch zu sagen: ›Factum fieri infectum non potest.‹**«

»Alle Achtung, du überraschst mich immer wieder!«, rief Bruder Hilpert verdutzt aus, während die Haustür hinter ihm ins Schloss fiel und Melusine sich zu den beiden Gefährten gesellte.

»Und du erst!«, konterte der Vogt, ahmte mittels Daumen und Zeigefinger zwei Brillengläser nach und fragte spitz: »Wo hast du das Ding eigentlich her? Gut verstecken, sonst läuft morgen die halbe Stadt damit rum!«

---

* dt.: Verhör, Anklageerhebung, Gerichtsverhandlung und Bestrafung
** dt.: Geschehenes kann nicht ungeschehen gemacht werden.

»Wie gesagt: mein Habit für deinen Humor«, scherzte Bruder Hilpert zurück und konnte es sich nicht verkneifen, dem Spötter einen Rippenstoß zu versetzen. »Höchste Zeit, ihn an Bruder Alban zurückzugeben. Mit dem ich, Jungfer Aschenbrenner, demnächst noch eine Unterredung zu führen haben werde.«

»Ganz wie Ihr wollt, Bruder«, pflichtete ihm die Baderstochter bei, ein Lächeln im Gesicht, das nur schwer zu deuten war. »Kann mir denken, worum es … sieh an, eine Dominikanerin – und das mitten in der Nacht. Dann sind die Gerüchte, welche über die lockeren Sitten im Konvent kursieren, also wahr.«

»Sind sie nicht!«, fuhr Schwester Scholastika, sonst eher betuliche Leiterin der Krankenstation, der Baderstochter über den Mund, steuerte keuchend und am ganzen Leibe zitternd auf Berengar zu und flehte: »Ihr … Ihr müsst mit mir kommen, Vogt, sonst … sonst …«

Berengar erbleichte. »Ist es wegen …«, begann er, behielt den Rest der Frage jedoch für sich, als sein Blick auf denjenigen seines Gefährten traf.

»Kein Grund, dich zu rechtfertigen, alter Freund«, kam Bruder Hilpert einer Erklärung des Gefährten zuvor, ließ die Hand auf seiner Schulter ruhen und imitierte den Tonfall seines Freundes: »Tja, wie pflegte Ovid doch zu sagen: ›Amor vincit omnia.‹* Oder war es Vergil? Einerlei!«

»Dann bist du mir also nicht böse, wenn ich mich jetzt um Irmingardis …«

»Nein, bin ich nicht. Und jetzt sieh zu, dass zu du ihr kommst. Sie braucht dich jetzt nötiger als ich dich.«

»Und der …«

---

* dt.: ›Liebe besiegt alles.‹ (Vergil)

»Der Kasus ist gelöst – jedenfalls so gut wie. Keine Sorge: Ich werde mich um alles kümmern.« Bruder Hilpert sah Berengar aufmunternd an. »So, und jetzt mach, dass du wegkommst, sonst mache ich dir Beine. Und nimm unsere Gefährtin mit, damit auch ja nichts schiefgehen kann!«

30

Franziskanerkloster, kurz nach Sonnenaufgang

| [05.30 h]

»Na dann mal los, Bruder Clemens!«, forderte Bruder Hilpert den Kustos nach dem Ende des Morgengebetes heraus, während der Rest seiner Brüder im Gehen begriffen und mit Ausnahme von Bruder Alban niemand mehr in Hörweite war. Die Schwalbennestorgel, deren Spiel aus dem Langhaus herüberhallte, war gerade am Verklingen, und nachdem die Tür zum Kreuzgang ins Schloss gefallen war, breitete sich eine durchdringende Stille aus. »Wie ist es denn nun in Wahrheit gewesen?«

Im Gegensatz zu sonstigen Gewohnheiten kam der hünenhafte Kustos gleich zur Sache. »Am Ende der zwölften Stunde, vielleicht auch ein wenig später, habe ich draußen auf dem Gang Schritte gehört. Da stimmt doch was nicht, denke ich mir, springe auf, renne zur Tür, mache sie leise auf – und wen sehe ich da?«

»Bruder Alban auf dem Weg in die Kirche.«

»Genau.« Die Kulleraugen des Kustos sprangen beinahe aus den Höhlen. »Ich also nichts wie hinterher, klammheimlich, auf leisen Sohlen. Durch die Tür auf den Lettner, über die Wendeltreppe in den Ostchor und von dort aus …«

»Auf direktem Weg ins Langhaus. Und Bruder Alban –«, ließ Bruder Hilpert nicht locker und warf dem Lektor, der unweit von ihm im Chorgestühl saß, einen raschen Seitenblick zu, »hat er bemerkt, dass Ihr ihm auf den Fersen wart?«

»Nein.«

»Und dann?«

»Hat er die hintere Tür aufgeschlossen.«

»Die Tür, vor der wir uns gestern Abend unterhalten haben?«

»Genau. Und sich anschließend wieder ins Dormitorium geschlichen.«

»Ohne zu bemerken, dass Ihr in der Nähe wart?«

Bruder Clemens nickte. »Hab mich versteckt!«, trumpfte er auf und freute sich wie ein kleines Kind. »Hinter der Tür, die zum Kreuzgang führt.«

»Das heißt, Ihr seid Bruder Alban nicht gefolgt.«

»Nein, Bruder. Ich hab mich hinter dem Lettner auf die Lauer gelegt. Heiliger Franziskus, verzeih! Jetzt, wo ich schon mal da war, wollte ich natürlich wissen, was passiert.«

»Eine lässliche Sünde, Bruder. Sie sei dir vergeben. Und was dann?«

»Etwa eine halbe Stunde nach Sonnenuntergang ist es dann passiert. Da … da …«

»Sind wie aus dem Nichts Deodatus und Melusine Aschenbrenner aufgetaucht. Der Rest ist bekannt.« Bruder Hilpert atmete befreit auf. »Wenn wir gerade dabei sind, Bruder: Tut mir leid, dass ich Euch in die Quere gekommen bin.«

»In die Quere – wieso?«

»Nun, weil ihr offenbar vorhattet, Bruder Alban zur Rede zu stellen. Was, wie ich mit Bedauern feststellen muss, durch meinen abendlichen Besuch verhindert worden ist. Nette Lügengeschichte, die Ihr mir aufgetischt habt – Kompliment.«

Der Kustos errötete bis in die Haarspitzen. »Passiert mir nie wieder, Bruder!«, gelobte er mit erhobener Hand. »Der heilige Franziskus sei mein Zeuge.«

»Amen!«, vollendete Bruder Hilpert mit einem Schmunzeln, bevor er den Hünen mit einem aufmunternden Klaps entließ und sich Bruder Alban zuwandte, der mit betretener Miene im Chorgestühl saß. »Ihr seid am Zug, Vater, für den Fall, dass dem Gesagten noch etwas hinzuzufügen wäre.«

»Nein, mein Sohn. Meine Hochachtung, Hilpert, du hast dir den Ruf, der dir vorauseilt, redlich verdient. Und was hast du jetzt mit mir vor?«

»Nichts, Vater.«

»Nichts?«, entfuhr es dem Lektor, den es trotz Müdigkeit und seiner steifen Glieder nicht mehr auf seinem Platz im Chorgestühl hielt. »Das ist doch wohl nicht dein … ausgerechnet du, der Papst unter den Inquisitoren, lässt mich laufen? Ist das dein Ernst oder erlaubst du dir einen Scherz mit mir?«

»Glaubt mir, Vater, nach Scherzen ist mir nicht zumute«, versetzte Bruder Hilpert und rieb sich die müden Augen. Seine Kräfte waren am Schwinden und das Bedürfnis nach einem bequemen Strohlager drohte übermächtig zu werden. »So gut müsstet Ihr mich eigentlich kennen, oder?«

»Aber …«

»Kein Aber, Vater. Euer und Melusines Ziel war, die Unschuld der alten Irmtrud zu beweisen.«

»Recte.* Und Tuchscherer des Gattenmordes und der Vergewaltigung zu überführen.«

»Was, wie wir beide wissen, nur zum Teil gelungen ist.

* dt.: richtig (s. o.)

Den Mord an der Badersgattin natürlich nicht zu vergessen.«

»Chlotilde Wernitzer, eine Doppelmörderin – ich kann es einfach nicht begreifen.«

»Errare humanum est*, Vater«, warf Bruder Hilpert schmunzelnd ein. Und frotzelte: »Wie gut, dass Ihr mir den Kasus übertragen habt.«

Der Lektor antwortete mit einem müden Lächeln. »Darf ich dich etwas fragen, Hilpert?«, begann er, hakte sich beim Bibliothekarius unter und schlug den Weg zur Lettnerpforte ein.

»Selbstverständlich, Vater.«

»Ab wann hattest du mich eigentlich unter Verdacht?«

»Von Anfang an.«

An der Pforte angelangt, blieb der Kustos wie versteinert stehen. »Und wieso?«

»Wollt Ihr das wirklich wissen, Vater?«

»Raus damit, Hilpert – ich bin ganz Ohr.«

Nach außen hin die Ernsthaftigkeit in Person, konnte der Bibliothekarius ein Lachen nur mit Mühe unterdrücken. »Ganz einfach. Ich habe mich an einen meiner ehernen Grundsätze gehalten.«

»Der da lautet?«

»Trau keinem Franziskaner!«, verkündete Bruder Hilpert mit todernster Miene, worauf sich die Anspannung im Gesicht seines väterlichen Freundes legte und der Greis in schallendes Gelächter ausbrach. »Schon gar nicht, wenn er so alt ist wie Ihr!«

* dt: Irren ist menschlich.

Ein neuer Tag. Das blassrot schimmernde Licht der Morgenröte, das durch die Fenster im Ostchor flutete, in jeden Winkel drang, das Dunkel vertrieb, neue Hoffnung, Wärme und Zuversicht verbreitete. Für Bruder Hilpert, selbst nach so vielen Jahren, in denen er dieses Schauspiels teilhaftig geworden war, immer wieder etwas Staunenswertes und somit ein Grund, dem Herrn für seine Güte zu danken.

Grund genug aber auch, dies am heutigen Freitag besonders inbrünstig zu tun. Wieder einmal war das Böse in die Schranken gewiesen, der und die Schuldige überführt, ein anfangs unlösbar scheinender Fall aufgeklärt worden. Mit Gottes und der Heiligen Jungfrau Hilfe, denen Hilpert, endlich wieder in seinem angestammten Habit, dafür nicht genug danken konnte.

Wieder einmal war er aber auch Zeuge geworden, zu welchen Schandtaten und Verfehlungen die Spezies Mensch fähig war. Wollust, Hochmut, Habgier, Rachsucht, Neid, Ignoranz und Maßlosigkeit – kein Makel und keine noch so schwere Sünde, mit denen er im Verlauf der letzten zwölf Stunden nicht konfrontiert worden wäre oder mit denen er nicht zum wiederholten Male zu kämpfen gehabt hätte. Fünf Fälle, und das in nur zwei Jahren. Bruder Hilpert stieß einen leisen Stoßseufzer aus und betrachtete die Steinskulptur, unter der er gerade Andacht hielt. »Hab Dank, Königin des Himmels«, murmelte er, die Augen, die er kaum noch offen halten konnte, auf die gekrönte Muttergottes unter dem Baldachin und das Jesukind mit den zwei Blumen geheftet. Wie so häufig hatte die mit Mantel, Schleier und Krone bekleidete Patrona seines Ordens seine Geschicke gelenkt und er hoffte, dass dies auch in Zukunft so bleiben würde.

Was diese bringen würde, stand allerdings in den Sternen. Als Erstes würde er ein paar Bissen zu sich nehmen, das Hospiz aufsuchen und den versäumten Schlaf nachholen. Wie hieß es doch in der Heiligen Schrift: ›Legest du dich, so wirst du nicht fürchten, sondern süß schlafen.‹* Und dann würde er sich nach dem Befinden von Irmingardis erkundigen, die, wie er hoffte, sämtliche Schwierigkeiten meistern und möglichst bald wieder auf die Beine kommen würde.

»Gratias do, domina!«**, flüsterte Bruder Hilpert und wandte sich zu den beiden Särgen um, die nur wenige Schritte entfernt vor dem Altar zu Füßen des Lettners standen. Noch heute würden sowohl Agnes als auch Egberta und ihre kleine Tochter hier zur letzten Ruhe gebettet werden, Seite an Seite mit den Vornehmen und Angesehenen der Stadt. Dafür konnte man Bruder Alban nicht genug danken, der seinen gesamten Einfluss geltend gemacht hatte, um dies zu ermöglichen. Insbesondere in Bezug auf Egbertas Neugeborenes waren dazu erhebliche Überredungskünste nötig gewesen, handelte es sich doch um ein ungetauftes und der verbreiteten Anschauung zufolge in ungeweihter Erde zu bestattendes Kind.

Ein erleichtertes Lächeln im Gesicht, in das sich eine gehörige Portion Schwermut mischte, ließ Bruder Hilpert den Blick über die Grabplatten, Seitenaltäre und Bildnisse auf dem Lettner schweifen, durchmaß das Kirchenschiff und begab sich zur Tür. Wahrlich, ein wenig Ruhe tat jetzt not, je früher, desto lieber war es ihm.

Wieder im Freien, blickte sich der Bibliothekarius schlaftrunken um. Die zweite Stunde war gerade angebro-

* Sprüche Salomos, 3. Kapitel, Vers 24
** dt.: Ich danke dir, Herrin!

chen, der Himmel beinahe wolkenlos und azurblau, und die Luft deutlich milder als zuvor. Auf der Herrngasse, wo ein fahrender Kesselflicker, zwei Junker zu Pferde und ein Geselle mit einem Karren voll herrlich duftender Brotlaibe ihres Weges zogen, war der Schnee beinahe weggeschmolzen, und alle Anzeichen deuteten darauf hin, dass es endlich Frühling werden würde.

Bruder Hilpert hatte noch keine drei Klafter zurückgelegt, als er am Ende der Klostergasse eine vertraute Gestalt auftauchen, wie von Sinnen mit den Armen wedeln und über die Straße hinweg auf ihn zurennen sah.

Berengar, aus dem Häuschen vor Glück. Wahrlich, schneller hätte die Muttergottes seine Gebete nicht erfüllen können.

Bruder Hilpert hatte Mühe, das Gleichgewicht zu halten, so stürmisch fiel die Umarmung aus, die sein Freund ihm zuteilwerden ließ. »Geschafft!«, keuchte er ein ums andere Mal, »sie ist über den Berg, Bücherwurm!«

»Über den Berg?«, wollte Bruder Hilpert wissen, im Bewusstsein, wie töricht die Frage war. »Ist … hat sie … herrje, was ist denn eigentlich los?«

»Welch ein Genuss, dich zur Abwechslung einmal ratlos zu erleben!«, witzelte Berengar, löste sich aus der Umarmung und kniff Bruder Hilpert in die Wange. Dann nahm er ihn beiseite und flüsterte ihm etwas ins Ohr. Bruder Hilpert, dessen Müdigkeit wie weggeblasen war, hörte mit wachsendem Enthusiasmus zu.

»Wie?«, rief er am Ende des beinahe eine Viertelstunde dauernden Monologs aus, ungeachtet der beiden Marktfrauen, welche die Szene von der anderen Straßenseite aus verfolgten, »Vater? Du? Und wann?«

»In circa vier Monaten.«

»Heilige Jungfrau, hilf! Das könnt ihr mir doch nicht antun«, feixte der Bibliothekarius, dem die Erleichterung über den Ausgang des Dramas deutlich anzumerken war. »Noch so ein Rüpel, der mir das Leben zur Hölle macht.«

»Keine Angst, falls es ein Junge wird, werden wir ihn ganz bestimmt nicht Hilpert taufen«, hielt der Vogt dagegen und sah sich freudestrahlend um. »Weißt du was?«, verkündete er und bugsierte den Freund Richtung Marktplatz, wo bereits reges Treiben herrschte. »Ich muss jetzt erstmal was trinken. Du doch wohl auch, oder?«

»Und die Priorin?«, warf Bruder Hilpert, den die Aussicht auf einen Umtrunk nicht gerade in einen Freudentaumel versetzte, eilends ein. »Was ist mit der?«

»Die hab ich zusammengestaucht, dass es nur so kracht. Unter tätiger Mithilfe der Küchenmeisterin.« Der Vogt grinste über beide Backen. »Du wirst es nicht glauben, aber mittlerweile frisst mir der alte Drachen aus der Hand.«

»Heilige Jungfrau, wo soll das bloß enden!«, lamentierte der Bibliothekarius mit gespieltem Ernst. »Kannst du mir das verraten?«

»Im Wirtshaus, wo sonst«, gab Berengar zurück und tänzelte beschwingt von dannen. »Jetzt komm schon, oder willst du hier etwa Wurzeln schlagen?«

SIEBTES KAPITEL

Rothenburg ob der Tauber, ein Tag vor Palmsonntag

(Freitag, 18. März 1418)

POENA*

31

Rothenburger Richtstätte, kurz nach Sonnenuntergang
|[17.45 h]

FRIEDHELM, HENKER ZU ROTHENBURG, hatte seine Arbeit getan, und im Gegensatz zu vielen Hinrichtungen, mit denen er betraut worden war, hatte er sie dieses Mal gerne getan. Dies eine Mal nur, aber, so sehr er sich dafür schämte, mit überbordender Genugtuung.

Denn wenn jemals ein Mensch – oder Unmensch – zu Recht aufs Rad geflochten worden war, dann, so sein Fazit, war es Chlotilde Wernitzer gewesen. Das hatte nicht nur er, sondern auch der Stadtrichter und die versammelten Schöffen so gesehen. Die Zeugenaussagen, welche seine ehemalige Schülerin, die unversehens genesene Dienstmagd namens Katharina, ein Zisterzienser namens Hilpert und dessen Gefährte, von Beruf Vogt, gemacht hatten, waren eindeutig gewesen, wenngleich sich aufgrund der Beweisfindung, auf welche sich Melusine und ihre beiden Gefährten eingelassen hatten, beim einen oder anderen Magistrat Bedenken geregt hatten. Am Urteil, das vor einer Stunde auf dem Marktplatz vollstreckt worden war, hatte dies jedoch nicht das Geringste geändert. Und an der

* dt.: Strafe

Freilassung der alten Irmtrud natürlich auch nicht. Der Stadtrichter hatte kurzen Prozess gemacht, und keiner, nicht einmal die anwesenden Kleriker hatten ihm widersprochen.

Im Falle von Tuchscherer, dem niemand eine Träne nachgeweint hatte, war es erst gar nicht zum Prozess gekommen. Kurz vor dem Tribunal, das sich ein Bild von seinem Zustand machen wollte, hatte man ihn in seiner Zelle gefunden – erhängt. Auch hier, wie bei der alten Wernitzerin, die gleiche Reaktion: allseitige Erleichterung, von Fragen oder gar Interesse an den Umständen seines Todes keine Spur.

Und so blieb es ihm, Friedhelm, ein weiteres Mal überlassen, den Willen von Justitia zu vollstrecken. Viel Mühe kostete ihn dies nicht, lag doch das Grab, in das er die kleine Egerter gebettet hatte, noch offen und unberührt da. Nichts leichter also als den Halunken, der nicht nur sie, sondern eine Menge anderer Schandtaten auf dem Kerbholz hatte, an gleicher Stelle zu verscharren. Erde zu Erde, und den Menschen, die seiner ledig waren, zum Wohlgefallen.

An den Henkerskarren gelehnt, auf dem die bis zur Unkenntlichkeit malträtierten Überreste von Chlotilde Wernitzer lagen, legte der Henker eine kurze Verschnaufpause ein. Mittlerweile war es längst dunkel geworden und die Eiche, unter der er stand, sah wie ein vielarmiges Ungeheuer aus. Wind kam auf, beileibe jedoch nicht so kalt wie vor eineinhalb Tagen, in der Nacht, als er mit Melusine hier droben gewesen war.

Irgendwo in der Ferne war ein Trompetensignal zu hören, vermutlich von einem der Türme, um die Schließung der Stadttore anzuzeigen. Friedhelm reckte sich, massierte das schmerzende Genick und trat an die Ladefläche des Schinderkarrens, um mit der Arbeit, die ihn noch geraume Zeit in Anspruch nehmen würde, fortzufahren.

Je früher er damit fertig sein würde, desto besser.

EPILOG

Rothenburg ob der Tauber, Samstag vor Palmsonntag 1418

32

Burggarten, zu Beginn der siebten Stunde | [11.05 h]

Es war Zeit, Abschied zu nehmen. Höchste Zeit, der Stadt den Rücken zu kehren und sich wieder auf die Reise zu machen.

Aber wohin? An Ostern, das hatte er Berengar und Irmingardis versprochen, würde er sich im Haus von Berengars Schwester in Würzburg einfinden, um gemeinsam mit ihnen Hochzeit zu feiern. Bis dahin, das heißt bis zu ihrer Abreise in die Bischofsstadt, würden die beiden noch in Rothenburg bleiben, aus Gründen, die Hilpert sehr gut nachvollziehen konnte. Irmingardis war noch zu schwach, um die Reise anzutreten, und Berengar so besorgt um sie, dass er nichts riskieren und lieber noch vier oder fünf Tage länger in der Freien Reichsstadt bleiben wollte.

Quo vadis, Hilpert?, lautete folglich das Problem. Auf die Umfassungsmauer gestützt, die den Burggarten nach allen Seiten umschloss, folgte Bruder Hilperts Blick dem Lauf der Tauber, die sich wie ein silbernes Zierband durch das mit Weilern, Rebstöcken und Waldeshöhen besprenkelte Tal schlängelte. Der Frühling stand vor der Tür und die Luft war durchtränkt von seinem Duft. Überall im Burggarten sprossen die Märzveilchen, Krokusse und Narzissen hervor, darunter auch hin und wieder ein paar Schwertlilien, deren violettfarbene Blüten im Wind hin und her wogten. Bruder Hilpert wurde wehmütig ums Herz, musste er doch beim Anblick der Blütenpracht immer wieder an den heimischen Klostergarten denken. Bis zu seiner Rückkehr nach Maulbronn würden noch mehrere Wochen ins Land gehen, und wenn er ehrlich war, konnte er es kaum erwarten.

Am Abschied von Rothenburg, wo er einen alten Freund besucht und neue Freunde dazugewonnen hatte, führte folglich kein Weg vorbei. Und so griff Bruder Hilpert nach dem Zügel seines Esels, der treu und brav neben ihm gegrast hatte, und trottete in Richtung Marktplatz, von wo aus das Mittagsläuten zu ihm herüberdrang. Kurz davor, in Höhe der Kirchgasse, bog er nach links und schlug den Weg zum Klingentor ein. Dort angekommen, stieß er auf eine Pilgergruppe, die laut singend und frohlockend Einzug hielt. Danach war ihm im Augenblick nicht zumute, und während er den Torbogen durchschritt, drohte die Wehmut, welche er im Herzen spürte, in blanke Melancholie umzuschlagen.

Bevor es jedoch dazu kam, rief ihn jemand beim Namen, und da ihm die Stimme bekannt vorkam, blieb er augenblicklich stehen. »Jungfer Aschenbrenner – Ihr?«, entfuhr es dem Bibliothekarius, nachdem er sich umgedreht und die mit Vogelbauer, Wanderstab, Rucksack und Stiefeln bewehrte Baderstochter entdeckt hatte. Der Torwächter war gerade mit der Kontrolle eines Weinfuhrwerks beschäftigt, und so konnte sie unbehelligt passieren.

»Ja, ich!«, scholl es ihm entgegen. »Kann es sein, dass wir den gleichen Weg haben?«

»Kommt drauf an, wohin es Euch zieht.«

»Ehrlich gesagt, weiß ich das selbst nicht so genau – auf jeden Fall tauberabwärts, das ist am bequemsten.« Melusine blieb stehen und sah ihn fragend an. »Und Ihr?«

»Ehrlich gesagt …«, begann Bruder Hilpert, kam sich dann jedoch ein wenig albern vor und sagte: »Nun, ich denke, als Erstes werde ich den Zisterzienserinnen zu Frauental einen kleinen Besuch abstatten. Bis dorthin müsste ich es heute noch schaffen. Und dann … tja, dann werde ich vermutlich tauberabwärts reisen, auf eine Stippvisite bei meinen Brüdern in Bronnbach. Und von dort aus weiter nach Würzburg, wo ich spätestens an Ostern von meinem Freund Berengar erwartet werde.«

»Ihr habt doch nichts dagegen, wenn ich mich Euch anschließe, oder?«

»Keineswegs, Jungfer!«, entgegnete Bruder Hilpert, den das Ansinnen, welches die Baderstochter an ihn richtete, einigermaßen in Erstaunen versetzte. »Das heißt, falls Ihr bereit seid, meine Grillen zu tolerieren.«

»Allzu viele können es ja wohl nicht sein!«, gab die Baderstochter zur Antwort, lud ihn ein, ihr zu folgen und schlug den Weg nach Detwang ein. »Im Vergleich zu meinen, meine ich.«

ENDE

DANKSAGUNG

Allen am Entstehen dieses Buches beteiligten Rothenburgern, insbesondere Herrn Pfarrer Oliver Gußmann, Dr. Ludwig Schnurrer und Thomas Schreiner (Stadtarchiv Rothenburg ob der Tauber) sei hiermit herzlich gedankt.

Weitere Romane von Uwe Klausner finden Sie auf den folgenden Seiten oder im Internet: www.gmeiner-verlag.de

UWE KLAUSNER

Die Bräute des Satans

315 Seiten, Paperback.
ISBN 978-3-8392-1072-7.

MEIN IST DIE RACHE Das Kloster Maulbronn, im Jahre 1417. Die Hennen legen nicht, die Kühe geben kaum Milch, der Wein schmeckt wie Essig. Und als das Bauernmädchen Mechthild der Zauberei verdächtigt wird, ist die Krise perfekt. Bruder Hilpert, der erst vor ein paar Wochen ins Kloster heimgekehrte Bibliothekar, tut alles, um die Gemüter zu besänftigen. Doch das Unheil nimmt seinen Lauf. Kaum hat er mit seinen Ermittlungen begonnen, wird der verkohlte Leichnam eines Mitbruders gefunden. Vom Täter, der auf einem Pergamentröllchen die Buchstaben EST hinterlassen hat, fehlt dagegen jede Spur …

UWE KLAUSNER

Pilger des Zorns

322 Seiten, Paperback.
ISBN 978-3-8392-1019-2.

TOD AUF DEM MAIN Mainfranken 1416. Auf der Suche nach Ruhe und Kontemplation macht sich Zisterziensermönch Hilpert von Maulbronn per Schiff auf den Weg von Würzburg in das weit entfernte Kloster Himmerod in der Eifel.

Kaum an Bord, muss Bruder Hilpert die Hoffnung auf eine geruhsame Reise begraben. Anscheinend gibt es keinen Passagier auf der »Charon«, der nicht irgendetwas zu verbergen hätte, und so kommt es, dass die Kette mysteriöser Vorfälle an Bord des Zweimasters einfach nicht abreißen will.

Hilpert wäre nicht Hilpert, wenn er sich damit zufriedengeben würde. Doch muss der Detektiv im Mönchshabit bald einsehen, dass er auf verlorenem Posten steht. Was als Pilgerreise begann, wird zu einer Fahrt ins Ungewisse. Schon bald beschleicht ihn das Gefühl, dass sich auf dem Main eine Katastrophe anbahnt …

GMEINER

Wir machen's spannend

UWE KLAUSNER
Odessa-Komplott

278 Seiten, Paperback.
ISBN 978-3-8392-1053-6.

TÖDLICHE SEILSCHAFTEN Berlin, 31. August 1948. Die verstümmelte Leiche einer Stadtstreicherin wird in der Nähe des Lehrter Bahnhofs gefunden. Nichts Besonderes im Berlin der Nachkriegszeit und so glaubt Hauptkommissar Tom Sydow zunächst an einen Routinefall. Doch warum sammelte das Mordopfer Zeitungsausschnitte über den stadtbekannten Kriegsgewinnler, Schieber und Spekulanten Paul Mertens?

Bei seinen Ermittlungen kommt Sydow einer Organisation auf die Spur, deren Verbindungen in höchste Kreise von Justiz und Politik zu reichen scheinen …

UWE KLAUSNER
Walhalla-Code

322 Seiten, Paperback.
ISBN 978-3-89977-808-3.

GEHEIME REICHSSACHE Berlin, 07.06.1942. Auf einer Parkbank in der Nähe der Siegessäule wird eine Leiche entdeckt. Zunächst deutet alles auf Selbstmord hin. Kommissar Tom Sydow will jedoch nicht so recht daran glauben. Zumal es sich bei dem Toten um ein »hohes Tier« der Gestapo handelt.

Der befürchtete Ärger stellt sich auch prompt ein, denn Sydow beharrt auf einer genauen Obduktion. Eine Maßnahme, die sein Gegenspieler, Gestapo-Obersturmführer Moebius, mit allen Mitteln zu verhindern versucht. Ihm geht es nur um eines: Wieder in den Besitz der Akten zu gelangen, die der Tote auf Geheiß von Geheimdienstchef Reinhard Heydrich beiseite geschafft hat.

Doch nicht nur die Gestapo und Sydow sind hinter den brisanten Dokumenten her. Ein gnadenloser Wettlauf um den Besitz von Heydrichs »Giftschrank« beginnt …

GMEINER

Wir machen's spannend

Unsere Lesermagazine

2 x jährlich das Neueste aus der Gmeiner-Bibliothek

DIN A6, 20 S., farbig

10 x 18 cm, 16 S., farbig

24 x 35 cm, 20 S., farbig

Alle Lesermagazine erhalten Sie in Ihrer Buchhandlung oder unter www.gmeiner-verlag.de.

GmeinerNewsletter

Neues aus der Welt der Gmeiner-Romane

Haben Sie schon unsere GmeinerNewsletter abonniert?

Monatlich erhalten Sie per E-Mail aktuelle Informationen aus der Welt der Krimis, der historischen Romane und der Frauenromane: Buchtipps, Berichte über Autoren und ihre Arbeit, Veranstaltungshinweise, neue Literaturseiten im Internet und interessante Neuigkeiten.

Die Anmeldung zu den GmeinerNewslettern ist ganz einfach. Direkt auf der Homepage des Gmeiner-Verlags (www.gmeiner-verlag.de) finden Sie das entsprechende Anmeldeformular.

Ihre Meinung ist gefragt!

Mitmachen und gewinnen

Wir möchten Ihnen mit unseren Romanen immer beste Unterhaltung bieten. Sie können uns dabei unterstützen, indem Sie uns Ihre Meinung zu den Gmeiner-Romanen sagen! Senden Sie eine E-Mail an gewinnspiel@gmeiner-verlag.de und teilen Sie uns mit, welches Buch Sie gelesen haben und wie es Ihnen gefallen hat. Alle Einsendungen nehmen automatisch am großen Jahresgewinnspiel mit attraktiven Buchpreisen teil.

GMEINER

Wir machen's spannend

Alle Gmeiner-Autoren und ihre Romane auf einen Blick

ANTHOLOGIEN: Mords-Sachsen 5 • Secret Service 2012 • Tod am Tegernsee Drei Tagesritte vom Bodensee • Nichts ist so fein gesponnen • Zürich: Ausfahrt Mord • Mörderischer Erfindergeist • Secret Service 2011 • Tod am Starnberger See • Mords-Sachsen 4 • Sterbenslust • Tödliche Wasser • Gefährliche Nachbarn • Mords-Sachsen 3 • Tatort Ammersee • Campusmord Mords-Sachsen 2 • Tod am Bodensee • Mords-Sachsen 1 • Grenzfälle • Spekulatius **ABE, REBECCA**: Im Labyrinth der Fugger **ARTMEIER, HILDEGUND**: Feuerross • Drachenfrau **BÄHR, MARTIN**: Moser und der Tote vom Tunnel **BAUER, HERMANN**: Philosophenpunsch • Verschwörungsmelange • Karambolage • Fernwehträume **BAUM, BEATE**: Weltverloren • Ruchlos • Häuserkampf **BAUMANN, MANFRED**: Wasserspiele • Jedermanntod **BECK, SINJE**: Totenklang • Duftspur • Einzelkämpfer **BECKER, OLIVER**: Die Sehnsucht der Krähentochter • Das Geheimnis der Krähentochter **BECKMANN, HERBERT**: Die Nacht von Berlin • Mark Twain unter den Linden • Die indiskreten Briefe des Giacomo Casanova **BEINSSEN, JAN**: Todesfrauen • Goldfrauen • Feuerfrauen **BLANKENBURG, ELKE MASCHA** Tastenfieber und Liebeslust **BLATTER, ULRIKE**: Vogelfrau **BODENMANN, MONA**: Mondmilchgubel **BÖCKER, BÄRBEL**: Mit 50 hat man noch Träume • Henkersmahl **BOENKE, MICHAEL**: Riedripp Gott'sacker **BOMM, MANFRED**: Mundtot • Blutsauger • Kurzschluss • Glasklar • Notbremse • Schattennetz • Beweislast • Schusslinie • Mordloch Trugschluss • Irrflug • Himmelsfelsen **BONN, SUSANNE**: Die Schule der Spielleute **BOSETZKY, HORST (-KY)**: Der Fall des Dichters • Promijagd • Unterm Kirschbaum **BRENNER, WOLFGANG**: Alleingang **BRÖMME, BETTINA**: Weißwurst für Elfen **BÜHRIG, DIETER**: Schattenmenagerie • Der Klang der Erde • Schattengold **BÜRKL, ANNI**: Narrentanz • Ausgetanzt • Schwarztee **BUTTLER, MONIKA**: Abendfrieden • Herzraub **CLAUSEN, ANKE**: Dinnerparty • Ostseegrab **CRÖNERT, CLAUDIUS**: Das Kreuz der Hugenotten **DANZ, ELLA**: Geschmacksverwirrung • Ballaststoff • Schatz, schmeckt's dir nicht? • Rosenwahn • Kochwut • Nebelschleier • Steilufer • Osterfeuer **DIECHLER, GABRIELE**: Vom Himmel das Helle • Glutnester • Glaub mir, es muss Liebe sein • Engpass **DOLL, HENRY**: Neckarhaie **DÜNSCHEDE, SANDRA**: Nordfeuer • Todeswatt • Friesenrache Solomord • Nordmord • Deichgrab **EMME, PIERRE**: Zwanzig/11 • Diamantenschmaus • Pizza Letale • Pasta Mortale • Schneenockerleklat • Florentinerpakt • Ballsaison • Tortenkomplott • Killerspiele • Würstelmassaker Heurigenpassion • Schnitzelfarce • Pastetenlust **ERFMEYER, KLAUS**: Drahtzieher • Irrliebe • Endstadium • Tribunal • Geldmarie • Todeserklärung • Karrieresprung **ERWIN, BIRGIT / BUCHHORN, ULRICH**: Die Reliquie von Buchhorn • Die Gauklerin von Buchhorn • Die Herren von Buchhorn **FEIFAR, OSKAR**: Dorftratsch **FINK, SABINE**: Kainszeichen **FOHL, DAGMAR**: Der Duft von Bittermandel • Die Insel der Witwen • Das Mädchen und sein Henker **FRANZINGER, BERND**: Familiengrab • Zehnkampf • Leidenstour • Kindspech • Jammerhalde Bombenstimmung • Wolfsfalle • Dinotod • Ohnmacht • Goldrausch • Pilzsaison **GARDEIN, UWE**: Das Mysterium des Himmels • Die Stunde des Königs

Rotenbürg an der Taüber.